新潮文庫

佐渡流人行

傑作短編集（四）

松本清張著

目次

佐渡流人行

腹中の敵

一

天正二年の元旦、織田信長《のぶなが》が岐阜城に在って諸将の賀をうけたことがある。

酒宴にはいって興がすすんだ時、信長が口を切った。

「これより皆に佳《よ》き肴《さかな》をふるまうぞ。これで存分に過ごしてくれ」

一同、どんな料理が出るかと思っていると、信長が運ばせたのは塩漬けにした三つの首であった。

容相に変化がきているが、紛《まが》うことなき朝倉義景《よしかげ》、浅井久政《ひさまさ》、浅井長政の首級である。

「どうじゃ、珍奇な肴であろう」

と信長は面白そうに皆を見渡した。

それに応《こた》えて誰かが、

「これは一段のご趣向」

と言うのをきっかけに、みなは手を拍いて座を沸かせた。

前年の秋に信長は浅井、朝倉を討った。三年前に金ケ崎を敗退して以来の宿題であった。そればかりでなく、梟雄《きょうゆう》信玄は病死し、将軍義昭《よしあき》は奔《はし》り、佐々木、三好《みよし》の徒が滅んだ。去年は彼にとってよいことばかりの年であった。今年こそ天下を望む年である。

なんと佳い正月であろう。日本じゅうにこれほどの吉日を迎えたものは他にあるまい。信長はうれしさが身の内からぞくぞく湧《わ》くのを抑えきれなかった。彼は立ちあがると、少しよろめきながら前に出て扇を開いた。

「人間五十年、化転《けてん》の内をくらぶれば、夢幻《ゆめまぼろし》のごとくなり」

と十八番の「敦盛《あつもり》」を舞った。いつも見なれている信長の舞いであるが、この主君も今年は天下人ぞと意気昂《たかぶ》っている織田の諸将はやんやと持てはやす。

信長が座にかえると、柴田《しばた》勝家が真っ赤になった鬚面《ひげづら》いっぱいに口をあけて、

「浅井が城はちいさい城や、ああ、よい茶の子、朝茶の子」

とうたい、無骨に踊った。一同、笑い崩れながら喝采《かっさい》した。

つづいて明智《あけち》光秀《みつひで》が日ごろの取りすました顔で立って、

「一天四海をうち治めたまえば、国も動かぬあらがねの、土の車のわれらまで――」

と流行《はやり》の小唄《こうた》を上品に舞った。これも一同が囃《はや》したてた。

するると、小男の羽柴《はしば》藤吉郎がちょこちょこと前に出た。わざとらしくうやうやしく、一礼すると、

「死のうは一定《いちじょう》、しのび草には何をしようぞ。一定かたりおこすよの」

とうたって踊った。信長のよく口にする小唄だ。声も所作《しょさ》もまずい。が、おかしみがあふれて皆は腹を抱えた。

酒のあまり飲めぬ丹羽五郎左衛門長秀《にわごろうざえもんながひで》は、先刻からますます興の募っていくこの場を少し所在ない気持で笑って見ていたが、ふと左の衣紋《えもん》の袖《そで》を引かれているのに気づいた。見ると隣りにすわっている滝川将監一益《しょうげんかずます》が顔を近づけてきた。一益の顔には嘲笑《ちょうしょう》が浮かんでいた。

「ご覧じたか、藤吉めの猿真似《まね》を。あれは殿の口真似をしてへつらっているのじゃ。殿のお睾丸《こうがん》を握ろうと、あのでしゃばり者めが、抜け目なく勤めおるわ」

一益はそうささやくと長秀の顔を見て、白い歯を出した。

長秀は苦笑しながらうなずいたが、一益の気持はわからなくはなかった。近ごろ、異様に出世の早い藤吉郎に一益はなんとなく不安をもっているのだ。

一益は織田家の譜代の臣ではない。近江《おうみ》甲賀郡の生まれで、漂泊の途、清洲《きよす》で足をとめて信長に仕えた。鉄砲の技に達していたから信長に目をかけられ、だんだんに取

りたてられて、今では重臣の列にはいっている。その出世の仕方が藤吉郎とやや似たところがある。それで後から追いかけてくるような藤吉郎の累進《るいしん》ぶりに、一益は反感と危惧《きぐ》をもっているのではないか。それに一益は己れは伴大納言《ばんだいな》善男《ごんよしお》の後裔《こうえい》だと言いふらしている。その自負が土民出の藤吉郎をさげすんでいるのである。

長秀は先輩らしく鷹揚《おうよう》にそんなことを考えていると、信長の声で、

「将監、何かいたせ」

という言葉がかかった。

一益はそれを聞くなり、たちまち満面に欣《よろこ》びの笑みを浮かべて、長秀の方にうれしそうに、

「ごめん」

と会釈《えしやく》して立ちあがった。

「酌《さい》たるも道理、また飲《のう》だるも道理、その上弓取は今日は人の上、明日はわが身の上なるべし、さすが名ある弓取に――」

一益の巧者な幸若舞《こうわか》いは、なんとなく藤吉郎に対抗しているようであった。

長秀はそう思いながら、一益の動作を追っている自分の眼も、いつのまにか寂しいものになっているのに気づかなかった。

二

丹羽長秀がはじめて藤吉郎の名を知ったのは、清洲の城の塀が崩れて、彼がその普《ふ》請《しん》をした時であった。

「他の者が二十日かかってもできぬのを、あいつめ、あくる日に仕上げおった」

と信長が不思議そうに話したので、彼の名前を憶えた。聞いてみて彼が土民であることも、草履取りから足軽となりしだいに取りたてられたということも印象を強烈にした。

城のどこかで彼と行き会ったこともある。色の黒い、顔の貧弱な風采《ふうさい》の上がらぬ男であった。長秀を見て丁寧に敬礼をしたが、彼のその眸《ひとみ》には長秀への畏敬《いけい》の色が充分に籠《こも》っていた。こちらもすぐにそれは読みとった。悪い気はしなかった。

それは今でも変わらない。藤吉郎は何かと長秀に尊敬を払っているようである。「丹羽殿、丹羽殿」と言っている。彼らしい阿諛《あゆ》だと思う一方、憎む心になれなかった。

「丹羽殿は、ご当家随一のお人じゃ」と彼がどこかで言ったということを知らせてくれた人がある。その人は藤吉郎にあまり好意をもっていない人だったので、

「たわけたことを申す」

と吐きすてるようにひとこと言ったが、気持は爽《さわ》やかであった。

以来、じっと彼に眼をつけてきた。

あれは美濃《みの》発向の時であるから永禄四年であった。陣列に見なれぬ旗がある。信長が見とがめて、

「何者の旗か」

ときくと、誰かが、

「木下藤吉郎が旗に候《そうろう》」

と答えたので、信長が怒り、

「誰の許しを得て旗を作りしぞ」

と、すぐに命じて旗竿《はたざお》を折らせてしまった。藤吉郎はそんなことをされても悄気《しょげ》るふうもなく、間の悪い顔もせず、平気であった。

いったいに心臓の強い男である。評議の時でも、よく横口を出す。柴田勝家などは、

「出しゃばり者め」

とずけずけと叱《しか》るが、その時は首を縮めても、また口を出している。

それは信長に対しても変わらなかった。城を清洲より小牧山《こまきやま》に移したほうがよいな

ど平気で進言する。

「要《い》らざる差し出口」

と叱られても、また何か思いつきを言うのだ。

長秀は驚嘆した。こういう神経は、自分にはないのだ。藤吉郎は他の者からなんと言われようと、ぐいぐいと押している。へらへら笑っているが雑草のようにしぶとい意志なのである。

長秀はそうした彼に惹かれていた。だから彼がだんだんに取りたてられていくのを他人よりは好意をもって見ていることができた。

いつか信長から、

「藤吉めがその方にあやかって姓の一字を所望しているが」

と話があったときも、いやな気はしなかった。自分のかねての好意が、そういう形で現われることにむしろ満足を感じたほどだった。もちろんその満足は、先輩が後進の者に持つあの寛容な好意からきていた。だが、

(なるほど一益は異《ちが》うであろう)

と思った。

鉄砲打ちの巧者として取りたてられてきた滝川一益は、いま藤吉郎が彼の地位にせ

まりつつあるのに狼狽《ろうばい》しているのだ。今のように藤吉郎を悪様《あしざま》に罵る言葉は、彼の口から以前には聞かれなかったものである。

長秀には一益のその焦燥《しょうそう》がよくわかった。が、不思議に同情する気持は薄かった。それはぐんぐんと出てくる実力者への心の傾きである。

しかし、長秀は藤吉郎の躍進を先輩らしく認める一方、もうこれ以上に伸びてもらいたくない心がどこかに動いていた。この辺で抑えたいという漠然たる本心だった。それはむろん、一益に同情したからではない。今の彼のもっている藤吉郎に対する寛容な満足をいつまでも平静にもちつづけたいためであった。

それはすでに、一歩身を退いて藤吉郎を眺めている鷹揚な眼ではなくなっていた。

三

天正二年の元旦《がんたん》、信長が浅井、朝倉の塩漬け首を肴に上機嫌に舞ったのが前祝いであったかのように、その後の信長はとんとん拍子に開運した。

その年、伊勢の長島を陥《おとしい》れ、三年には、武田勝頼《たけだかつより》を長篠《ながしの》に破り、越前の一向宗一揆《いっこうしゅういっき》を平らげた。四年には安土《あづち》城を造営し、京都にはいり、十一月には内大臣となった。

五年には叛《そむ》いた松永久秀《ひさひで》を大和信貴山《やまとしぎさん》城に攻めて殺し、播磨に侵攻し、さらに右大臣となった。それから翌年とその翌年にかけて、丹波、北陸、山陰を部将たちの手で攻略させた。たちまちのうちに信長は彼が望んだように完全に天下人となった。が、それとともに羽柴秀吉《ひでよし》の働きは目覚ましかった。長篠にも、紀伊の雑賀《さいか》退治にも従軍して功をたてた。播磨を攻めて上月城《こうづき》を降し、三木城を攻めて別所長治《べっしょながはる》を滅ぼした。次いで因幡《いなば》伯耆《ほうき》に侵入して鳥取城を陥れ、吉川経家《きっかわつねいえ》を自刃《じじん》させた。

秀吉がこうしてしだいに地位が上昇してくるとともに、長秀の鷹揚な平静は少しずつ破れてきた。彼は秀吉を己れの競争者として見たくなかった。そうすることは自負心が宥《ゆる》さなかったが、事実はこの実力充分な新進をいつかは対立者として迎えねばならぬという意識の圧迫から逃れることができなかった。

山陰路の秀吉は吉川元春と伯耆馬山に対陣していったん別れ、それより淡路に渡って由良城を抜いて安土に帰った。天正九年の暮である。

信長は前夜に宿所から伺候《しこう》した秀吉と対面して手をとらんばかりにして、

「筑前、さてさて久しいのう、炎天の暑さから極寒のころまで、因幡、伯耆で長々の苦労、老いやつれてはいぬかと案じたが、かえって若やいでいるぞ」

とよろこんで杯をやり、翌日の改めての対面には秀吉からの歳暮の進物の数が多いと側の者から聞いて、

「さらば相違なきように台にのせて見せよ」

と言ってはしゃいだ。

その台は奉行に言いつけて、安土城の門前から左右にならべて城山下まで布をひいたようにならんだので、信長が城中から望見して、

「見い、大気ものの筑前の仕振りを」

と打ち笑った。側の者が、

「かようにおびただしい進物は初めて見ました」

と言うと、

「山下から山上まで台がつづいたのを見たのは、実はおれも初めてだ。あいつは大気者では天下無双の男じゃ。あいつめ、唐天竺《からてんじく》を退治せよと言っても断わるまいぞ」

と信長は頭の頂きを手で撫《な》でながら笑った。

この時の秀吉の献上品は国久の太刀をはじめ銀子《ぎんす》千枚、小袖百枚、鞍《くら》置物十疋《ぴき》、なめし二百枚、明石干鯛千個などの他播州土産品など広間にあまって庭上に満ち満ちたので、「人皆あるまじきことを見るようにどよめけり」と例の甫《ほ》庵《あん》が書いている。信長の満足はいうまでもない。

信長は秀吉を彼岸の絵万歳、大海の茶入など飾ってある六畳の座敷によび入れて供

膳した。長谷川丹波守、医師道三《どうさん》と一緒に丹羽長秀も相伴として召し入れられた。

長秀はすっかり秀吉の今度のやり方に圧倒されてしまった。彼が今まで秀吉に対してもっていた先輩としての余裕は失われつつあった。彼もまた滝川一益と同様に、このすさまじい後進者に危惧を感じるところにきていた。

が、長秀は、一方で、

(おれは一益とは異う)

という意識を自分の心に言いきかせようとしていた。彼の祖は武蔵の児玉党で、尾張に移ってから代々守護の武衛《たけひら》家に仕えた。武衛は斯波《しば》氏の別称というから、織田家と丹羽家は元は同格だ。長秀は万千代と言った十五歳の時から信長《のぶなが》に仕え、元亀《げんき》三年には早くも佐和山の城主となった。織田殿の内で丹羽、柴田といえば誰知らぬ者もない宿将として世人は見ている。現に信長は長秀に鎮西《ちんぜい》の名家惟住《これずみ》の名を名乗らせて、他日九州を切りとった時に封じるつもりでいる。

(おれは秀吉の上位なのだ。一益づれと一緒になってはならぬ)

長秀はそう心に落ちつかせようとした。すると、今、眼の前で信長手ずから点じた茶を賜わって、茶碗《ちゃわん》をかかえてうやうやしく飲んでいる秀吉の黝《くろ》い品のない横顔もいくぶんか晴々と眺めることができた。

が、信長が秀吉を近々と寄せて、先考信秀が形見の愛刀国次《くによし》の脇差《わきざし》を与え、

「侍ほどの者は筑前にあやかるよう心がけるべし」

と言って、秀吉の肩を撫でた時は、やっぱりいい気持はしなかった。

(もし一益が今日のことを聞いたら、なんと思うだろう)

と、ふと今、関東の北条勢と対陣している滝川将監の顔を思い浮かべた。

四

天正十年、長秀は信長の命によって三七信孝《のぶたか》に従い、侍大将となって四国に渡る途についた。長曾我部《ちようそかべ》征伐のためである。摂津大坂に着いたのは五月末であった。

信長が殺された本能寺の変は六月二日の暁方《あけがた》で、その昼前には、すでにその急報が大坂に届いた。

「どうする?」

と信孝は顔色を変えて長秀に問いかけた。ひどい狼狽であった。

この時、織田方の兵力の多くは分散していた。柴田《しばた》勝家は前田《まえだ》利家《としいえ》、佐々《さつさ》成政《なりまさ》を率いて、上杉景勝《かげかつ》と対して越中にあった。信長の次子信雄《のぶかつ》は伊勢に在った。滝川一益は上州厩橋《うまやばし》に出陣していた。羽柴秀吉は毛利征伐のために中国に出兵し備中高松城を囲

んでいた。信長の盟友徳川家康は数名の供回りとともにのんびりと堺を見物していたが、信長の急死を聞いてあわてて間道伝いに本国三河に向かって遁走《とんそう》していた。

長秀の心には二つの考えが忙しく去来した。一つは目下の手勢に近在の細川、高山、中川、池田の諸大名の手の者を合わせて京にのぼり明智光秀に当たろうとする案と、備中攻めの秀吉の引きかえしを待とうとする案であった。

第一の考えは、明智という強敵に当たるのには少し冒険に思えた。いかにも頼りなかった。第二の考えは、安全だったが、毛利勢と対陣している秀吉が早急に軍を回《かえ》してこようとは思えなかった。

「勝家が越中から戻ってくるのを待ち京の明智を挟撃《きょうげき》してはどうか」

と信孝は口走った。

長秀は、あっと思った。彼は眼をつりあげていた。柴田のことは全く忘れていたのだ。

(こうまで、おれは秀吉を認めていたか)

とわが心が少しくやしくなった。

だが、勝家よりも、あの俊敏な秀吉のほうがやっぱり早く来るような気がした。くやしいが、そう思わずにはおられなかった。だから信孝へは、

「されば」

と返事しただけで曖昧《あいまい》な顔を見せた。信孝自身も迷っていた。

が、長秀のその予感は当たった。いや、あまりに早く当たりすぎて愕《おどろ》いた。

秀吉は変を聞いて急いで毛利と和睦《わぼく》し、八日の夜半に一番二番、三番貝まで鳴らして軍揃《ぞろ》いし九日の夜明け前に進発してきたのだ。途中、昼夜の休みなく、急ぎに急いで、十一日の朝、早くも尼ケ崎に到着した。摩利支天のような早技だった。

秀吉は十三日の午《うま》の刻、淀川に到着した。色の黒い顔が炎天の陽焦《ひや》けでいよいよ黒くなっていた。彼は大坂から参着した信孝と面会し、次に長秀《ながひで》を見ると、すぐ、

「丹羽《にわ》殿。ご主君の仇《あだ》は貴殿ご下知《げち》にて討ち取りとうぞんずる。何とぞお指図くだされ」

と膝《ひざ》を突いて言った。それは先輩に対する誠意をこめた礼だった。

長秀はそれを見ると心からうれしくなった。主力はもとより秀吉の兵なのである。それにもかかわらず、秀吉がこうして自分を立ててくれたのがありがたかった。

「何を申される。今日よりの戦さはお手前の方寸にあるものを」

と力をこめて答えずにはおられなかった。

するとと秀吉はつかつかと歩みよってきて長秀の手を両手で握ると押しいただいた。

「かたじけのうぞんずる。ご厚志は忘却つかまつりませぬ。それでは筑前が采配《さいはい》ぶり

を故右府殿（信長）にかわって後見くだされ——

主の弔い合戦というので、途中の禅寺で剃髪《ていはつ》した秀吉は、そう言うなり、青剃《ぞ》りの頭を下げて落涙した。長秀はそれにもうれしくなった。

山崎の合戦は十三日の暮れがたには決着した。光秀《みつひで》は敗走の途中、土民の手にかかって死を遂げた。

遠征中の勝家も一益《かずます》もこの合戦に間に合わなかった。

一益は関東管領として上州厩橋にいたが、急飛脚に接して変を知ったのは六月七日の晩だった。彼は上州諸将の人質を返して、北条《ほうじょう》勢と一戦を交えつつ、やっと伊勢長島に帰り着いたのは七月朔日《ついたち》であった。

その一益に長秀が久しぶりに会ったのは清洲の城内である。柴田勝家の提唱で、信長の後嗣を決めるというので諸将参会したのである。

一益は長秀を見ると、

「丹羽殿には山崎にてのお働き、格段にぞんじ申す」

と言った。長秀は明智《あけち》討伐に間に合わなかった一益がひけめを感じているための挨《あい》拶《さつ》かと思い、

「いやいや、お手前こそ遠国にてご苦労をなされ、故殿も地下にてお歓《よろこ》びでござろ

う」

と慰めるように言った。

すると一益はそれは耳にも入れず、長秀の顔をじろりと見ると、

「丹羽殿ともあろうお方が、秀吉づれの下知に従われたとは」

と吐きすてるようにひとこと残すとその場を離れていった。

五

柴田勝家は前日には清洲《きよす》に参集した諸大名へ、

「明日登城候え、おのおの談合いたし天下人を相定め申すべし」

と触れをした。

世上、いうところの清洲評定である。

その評定でまず勝家はこう言った。

「上様このたびのことは是非に及ばざるしだいでござる。ついてはおのおののご意見を承り、めでたく天下人を定め、上様と仰ぎ奉《たてまつ》りとうぞんずる」

それを聞いて居並ぶ諸大名は、ごもっともにぞんじ候《そうろう》、と言うだけで、それでは誰を跡目に立てたがよいと進んで発言する者が一人もいない。たがいに眼を見合わせて

いた。

するとと勝家は、その場の有様を見ながら、自信ありげに言いだした。

「それでは拙者の考えを申しあげよう。お世つぎは三七様（信孝）こそ然《しか》るべしとぞんずる。御年のころといい、御覚えご利発の有様は申し分なきお方とぞんじ申す」

勝家は織田家の最元老だ。その貫禄とがむしゃらな性格がこの席上に無言の威圧となっている。

信長に三子があった。嫡男信忠《ちゃくなんのぶただ》は本能寺で父と共に倒れた。二男信雄、三男信孝である。信雄よりも信孝のほうが何かにつけて積極的な性格だったので、勝家の言うことは道理あるように誰にも聞こえた。

一同は水を打ったように森閑となった。勝家の言うことに反駁《はんばく》する理由がない。誰かが、それは千万めでたき儀でござる、と賛成したら、すぐ一決しそうな空気であった。が、

「柴田殿のお言葉は」

ととつぜん言う者があった。その声に皆が見ると末席の方に控えていた羽柴《はしば》秀吉であった。秀吉は一同の視線が自分に集まるのを意識してくぼんだ眼をまたたきながら膝を少し動かした。

「柴田殿のお言葉はごもっともです。さりながら御筋目《おんすじめ》をたてられるうえから、ご嫡男がごもっともかとぞんじます。信忠様の若君がおられますうえは、三法師様をお取立てになることこそ然るべきかとぞんじます」

勝家がきっとなった顔で秀吉《ひでよし》を見た。秀吉はかまわず、

「三法師様、ただいまご幼少たりとは申しながらご一門にて柴田殿はじめ同心つかまつればご幼少なるは苦しからず。万民に至るまで仰ぎ奉らざる者はござるまい。御筋目を立てられるこそごもっともかと拙者はかようにぞんじまする」

とつづけた。秀吉の言うのは直系相続である。

勝家はむっつりとして黙りこんだ。大名たちも静まりかえっている。勝家が内心の不満と怒気を抑えていることは誰の目にもわかった。

針のように尖《とが》った沈黙がつづき、恐れたように誰も秀吉の発言に否《いや》とも応とも言う者がなかった。

長秀は、秀吉の成長に驚嘆した。誰よりも早く明智光秀を討ったという実力がこれほど彼を大きく見せているのだ。柴田勝家ほどの者と正面切って抗争する彼の発言には、自信があふれている。秀吉は山崎の戦のすんだあと輿《こし》に乗ったまま中川瀬兵衛に「瀬兵衛、骨折り骨折り」と言って過ぎ、「あいつ、もう天下をとったつもりでいる

わ」と瀬兵衛を怒らせたというが、この自信が秀吉の背丈を一尺も二尺も伸ばしているのである。

長秀は、今や秀吉が自分を凌《しの》ぐところにきていることを知った。彼の心は動揺した。彼は勝家が秀吉を威圧してくれることを望んだ。大名の誰かが秀吉の発言に反対してくれることをひそかに願った。なんでもいい、ここで秀吉を抑えねばならなかった。彼のこれ以上の成長を必死で阻《はば》みたかった。

が、長秀の待っていることは現われなかった。大名たちは依然沈黙していた。たがいに顔色を見合っている沈黙だった。それなりに気持のうえでは、かなり長い時間がたった。息苦しい時間であった。

すると勝家が、

「丹羽殿のご意見は？」

と嗄《か》れた声できいた。

それはあきらかに自分に味方して秀吉に反対してくれることを期待した言い方であった。

「されば」

と長秀が応えると、満座の視線がいっせいに自分に注いできたのを意識した。

その視線の一つは秀吉の強い眼差《まなざ》しであった。

六

長秀は秀吉の刺すようなその瞳から、彼の縋《すが》るような、請《こ》うような表情を見た。その瞬間、長秀の心ははっと怯《ひる》んだ。

おれはいったい何を言おうとしているのか？

秀吉の言うことに反対して勝家の肩をもつことが、われながらさもしくはないかという気がした。

(おれは秀吉に嫉妬《しっと》している。一益と同じだ)

そうなったわが心に羞恥《しゅうち》を感じた。

丹羽殿、丹羽殿と慕い、どこまでも先輩として立てている秀吉に、自分のその心はいかにも陋劣《ろうれつ》のようであった。

長秀は思わず大きな声を出して言った。

「柴田殿、またおのおのもお聞きくだされ。筑前守《ちくぜんのかみ》申し条も筋目涼しく聞こえ申す。その子細は信忠様に若君なくば是非に及ばぬことでござる。たとえご息女でもご一門の中からご縁辺を迎えられるべきに、ましてやお二つになられる若君が在わすことなれば、この君こそ跡目を嗣《つ》がれるお方でござる。筑前の考え、もっともとぞんずる」

こう言いおわると、瞬時に、張りつめたこの場の空気は波のように揺れた。

が、たちまち長秀は後悔した。本心はこういう言葉を吐けとは言っていない。心にもないことを言ってしまったのは、彼の瞬時の本心を偽る虚栄であった。公平を装う偽善にすぎなかった。

やっぱり言うのではなかったのだ。卑怯《ひきょう》でもよい、陋劣でもよい、なぜ秀吉に反対しなかったのだ。そうしたほうがずっと心が休まるのにと思った。

それほど長秀の心は不安に揺れ動いていた。だから大名たちの間に、長秀の発言に同意するように、うなずく顔が多いのを見た時、

（ああ、おれはなんということを言ったのだ）

という悔悟がいよいよ募った。

（これで秀吉がまた伸びる。おれを凌ぐ）

長秀はその危惧《きぐ》で顔が蒼《あお》くなる思いだった。

しかし、秀吉がこれ以上伸びることを好まないのはひとり長秀だけではない。柴田勝家も滝川一益もそうだった。勝家はもっと直情家であった。

清洲評定で秀吉が長秀の助力で自分の主張に勝ち、織田家の後嗣を三法師丸に決め、

しかもその傅役《もりやく》を申し出て、事実上の権勢に近づいてくると、勝家は、

「このままにしておくと、あいつ、どんなことをするかわからぬ」

とおそれた。

(三日めのご祝儀《しゅうぎ》の節、二の丸にて秀吉を切腹させる)

という内相談が勝家、一益、佐久間盛政《さくまもりまさ》たちによってひそかにすすめられた。

長秀にこの計画を知らせた者があった。

相手を殺してしまう。——

これほど徹底した手段はない。彼の進出をどのように阻止してかかっても、この地上から消してしまうくらい安心なことはなかった。

長秀はそれを聞いた時、吐息して安堵《あんど》できると思った。

ところが、それで落ちつかねばならぬはずの彼の心が、しだいに時が移るとともに微妙に動揺しはじめた。

今度は秀吉をそういう暗い手段で葬《ほうむ》ることが気になりだしたのである。

(そんなことをおれが気に患《わずら》うことはない。柴田などのすることだ。他人のすることだ)

そう強いて思いかえしはしたものの、いったん気になりだした心のひっかかりは穴

のように深くひろがっていった。

彼は秀吉の伸びるのは嫌だったが、殺すほど憎んではいなかった。しかも闇《やみ》討ちにも等しく、城中に呼びよせて詰腹させるなど、あまりに卑怯な手段に思えた。

長秀は、先輩としてともかく敬ってくれ、頼ってくる秀吉を自分が事を知った以上黙って見殺しにすることが、いかにも非人間的で忍びなくなった。

（いったい、どういうのだ、おれの心は）

秀吉を助けてやりたいような、殺されることを望んでいるような、二つの矛盾した心がたがいに乱れあった。夜にはいってまでも長秀は迷いつづけていた。

しかし、城中の評定で長秀の助勢を秀吉がどんなに感謝しているか、彼は知っていた。秀吉の眼には長秀の姿は神仏にも見えたであろう。長秀は秀吉のその感激を人間として裏切りたくなかった。

長秀は思いきって立ちあがった。夜は更《ふ》けている。彼は自分の心を踏みきるように、

「誰かおらぬか」

と大声で呼んだ。この深夜に外出するためである。

「ええわ、丹羽五郎左衛門ほどの者が秀吉づれを畏れ、見殺したとあっては意地が立たぬ」

と自分に言いきかせるように、ひとりで呟《つぶや》いた。われとわが心に張る虚勢であった。

書には、その夜の長秀の行動を次のように伝えている。

「長秀が秀吉の館に訪ねていった時は秀吉はすでに寝所にはいっていた。長秀は秀吉を家臣に起こさせ、両人は書院で会った。この時は側の衆は居らず、二人だけで何かひそかに談合した。長秀はそれから帰ったが、帰る時に秀吉は手を合わせて、長秀の後ろ姿を拝んでいた。秀吉はその夜の明けぬうちにすぐに発足して帰国した。――」

長秀は秀吉を逃がしてやったのである。危ないところで彼を死地から脱出させた。だが、長秀の心は沈みきっていた。これでこの俊敏な後輩がはるかに自分を追いこしていくことは間違いないことになった。自分のとった行動に今度は悔恨はなかったが、真っ黒い絶望感が心を叩《たた》きつけていた。

秀吉に手を合わされて、その場でちょっとでもいい気持になった自分の人のよさが呪《のろ》わしかった。

七

その後の長秀《ながひで》は秀吉にずるずると引きずられていった。秀吉は長秀を恩人だと言って徳としている。如才のない彼の人扱いは天性的な魅力がある。長秀は心の中で反発しながらも彼から離れることができない。

それで秀吉が勝家と手切れとなったさい、滝川一益《かずます》が勝家側について伊勢長島に拠《よ》ったと聞くと、一益の行動的な反抗が羨《うらや》ましかった。秀吉を嫉み秀吉を憎悪《ぞうお》しつづけた一益が年来の宿敵に雀躍《こおど》りして刃をかざした姿を眼の前に見るような気がした。長秀にはその情熱が羨ましかった。

天正十一年四月、勝家は江州柳ケ瀬付近の天険を挟んで秀吉と対陣した。しかるに秀吉は途中で岐阜の信孝を攻めるため美濃に向かった。

秀吉のその留守を狙《ねら》って、勝家の甥《おい》、佐久間盛政が賤《しず》ケ岳《たけ》にある秀吉の二つの砦《とりで》を急襲した。砦の守将中川瀬兵衛は戦死し、隣接の砦の高山右近は戦わずして遁《に》げた。

折りから、丹羽長秀は琵琶湖上を江北に向かっていて、余吾湖《よごのうみ》方面に鬨《とき》の声のあがるのを聞いた。見ると真っ黒い煙が立ちのぼっていた。

「秀吉の留守に柴田方の先手が秀吉方の砦を攻めているのだろう。すぐに一戦する」

と長秀は言った。

老臣は、少ない人数を危ぶんで坂本に引きかえして城を固めたほうがよいと進言したが長秀は聞き入れなかった。

「五郎左衛門長秀が秀吉の加勢として賤ケ岳の砦に籠《こも》ると敵方が聞けば、たぶん多勢で来たと思うに違いない」

彼の武将としての自負だ。戦場に向かう時だけが彼の心が救われる時だった。その時だけは煩悶《はんもん》がなかった。

上陸してみると賤ケ岳の砦を守っている兵は、中川砦の陥落におどろいて逃げかかるところだったので、これを呼びとめて長秀はこの地形一帯を確保した。

秀吉が飛鳥のように岐阜から引きかえして佐久間盛政をさんざんに追い落として大捷した原因の一つは、長秀のこの働きがあったからだった。

秀吉は長秀の姿を見ると馬から降りて走りより、

「合戦心のままなりしは、ひとえに丹羽《にわ》殿のおかげです。この御恩は末代まで忘れませぬ」

と両の手で長秀の手を握りしめて押しいただいた。いつもの人なつこい眼はさらに生き生きとしていた。

長秀は、笑顔をつくって、

「お味方勝利にて重畳《ちようじよう》」

と祝ったが、気はまた重くなってきた。心にもなく秀吉を引きたてるような立場ばかりとっている自分の気の弱さが情けなかった。

新緑に萌えている江北の山野を六万の大軍で勝家の本城北之庄《きたのしょう》めざして進む秀吉の颯爽《さっそう》とした姿を、長秀は陰鬱《いんうつ》に眺めた。

秀吉が天下の実権を握ると、

「今日あるはすべて丹羽殿のおかげ」

と、長秀に若狭、近江の本領に加えて越前一国と加賀二郡を与えた。七十万石とも百万石ともいう。

その時は秀吉もさすがに気がさして、

「われらより身分の高い貴殿に、所領を差しあげるというのは、秀吉の冥利至極《みょうりしごく》です」

と言った。

長秀は、ただ、それに、

「かたじけない」

と短く謝した。崩れ落ちそうな心だった。どんなにひいき目に見ても、二人の地位は転倒していた。領土を与える！　それはもう先輩とか後輩の関係ではなかった。主と臣の関係であった。

長秀にいいようのない怒りがわいた。それは誰に向けようもない怒りであった。向けるなら已れ自身であった。人のいい、弱い、自分のふがいない心にであった。

長秀は煮えたぎるような気持で秀吉の、

「越前国並加賀国江沼郡、能美郡新知相違無事」

という加封の墨付を受けとった。へたくそな字で署名した墨付を秀吉の面前でずたずたに引き裂いたらどんなに爽快な気分になるかと思った。そう思うと、それをさもありがたそうに頂戴《ちょうだい》している自分がいっそう無念であった。

秀吉は天正十二年に従三位権大納言《だいなごん》となり、十三年に内大臣に昇った。

八

天正十三年、北国の雪がようやく解けかけた春、北之庄の丹羽長秀の城門に辿《たど》りついた見すぼらしい旅僧があった。

「越前守（長秀）殿昵懇《じっこん》の者でござる。取り次いでくだされ」

と城兵に言った。取り次ぐ者が、

「どなたでござるか」

ときくと、

「将監《しょうげん》」

と答えたまま余を言わなかった。

長秀は聞いて、

「なに、一益が参ったと」

と口走り、自分で迎えに立った。

滝川一益は柴田勝家に味方して秀吉に抗したが敗れた。秀吉は一益が信長の重臣であったのに免じて茶の湯料五千石を与えて近江の田舎に隠居させた。しかるに天正十二年、秀吉と家康《いえやす》の抗争の時、一益は旧領を回復するため、秀吉に加勢して家康側の伊勢蟹江《かにえ》城を攻めとった。が、たちまち家康に包囲されて、この城を捨てて遁げたのだった。

その城の捨て方、生命を惜しんだ逃げ方が士《さむらい》らしからぬふるまいというので世間の嘲罵《ちょうば》を浴びた。彼は京都の妙心寺に匿《かくま》れたまではわかったが、今、こうして長秀の前に物請《ものご》いのような出家姿を現わしたのである。

痩《や》せて見るかげもなかった。これが信長の生前、〝進むも滝川、退くも滝川〟と重用せられ、関東管領にまでなった同じ人と思うと夢を見ているようだった。

「丹羽殿《の》には面目無うて会わせる顔ではないが、ご城下を通りかかって、あまりのなつかしさゆえに」

と一益は顔を伏せるようにして、ときどき、上眼をつかいながら言った。そんな癖は今までにない男だった。人間も落ちぶれると、こうまで卑屈になるのかと思った。彼の言うこともただの口実で、本当は食うにも困って立ちよったのではないかと思えた。

「なんの。またよき時節もござろう。お心のままに気兼ねのうご逗留《とうりゅう》あれ」

と長秀が言うと、一益は思いなしかほっとした様子でくどくどと礼を述べた。

一益がふたたび放浪の旅に出る日までの寄食をはじめたのはこの時からである。だが、長秀は一益を軽蔑《けいべつ》する気にはなれなかった。一益が蟹江城を捨てたのは、秀《ひで》吉《よし》に忠義立てをして死ぬるのが、いかにも阿呆《あほ》らしかったからであろう。彼にとっては秀吉は年来の心の仇敵《きゅうてき》なのだ。後進の秀吉が累進《るいしん》するにつれ、一益がどんなに嫉み、憎悪していたか長秀は知っている。秀吉に加勢したのは旧領を戻したいばかりの彼の方便なのだ。城を枕《まくら》にして死んでまでこの秀吉につくすのがばかばかしかったに違いない。

すると一益が勝家に味方して秀吉に刃向かったことと、世間から〝武人にあるまじきふるまい〟と後ろ指を指されても秀吉のために死なずに、やすやすと城を捨てたこととは一貫している。いや、これも彼の強烈な秀吉への反逆ではないか。

そう思うと、長秀は、自分のようにしじゅう秀吉に利用されては心で悔恨している者より、思うままに行動に出している一益の抵抗のほうが、はるかに男らしく立派に見えた。

長秀は越前に引っこんだまま出なかった。秀吉には病いと届けてあった。秀吉は長秀がなかなか上洛《じょうらく》しないので蜂須賀彦右衛門《はちすかひこえもん》を使いとして、上洛を促しにやった。その時、秀吉は左のような起請文《きしょうもん》を持たせてやった。

「只今《ただいま》天下にそなはり候事はひとへに長秀殿御かげ也《なり》。此上は天下を長秀殿と替り持に仕るべく候間、御跡へ秀吉参るべく候。かくのごとく入れ替へ長秀殿を我等仰ぎ奉《たてまつ》り候はば、およそ日本には天下の望の人は有まじきかと覚え申候」

長秀は病床の上でこれをひろげて読んだ。相変らず如才ない秀吉の殺し文句であった。しかし事実は、あくまで上洛させて臣従させねばおかぬ秀吉の強い意志が行間にせまっていた。

「ありがたき仰せなり。煩《わずら》いも薄らげば罷《まか》りあがらん」

と長秀は使者にさりげなく返事をした。

長秀が病床で、己れの腹を割《さ》いたのは、それから六十日たってである。

病いは積聚《しやくじゆ》という死病であった。癌《がん》であろう。自分で癒《なお》らぬことを知った。

「わが命を失おうとするは正《まさ》しく敵にこそあれ、いかでその敵を討たでは死ぬものか」と開いた腹に手を突っこんで腸《はらわた》をつかみだした。すると血まみれの異形《いぎよう》な、喙鷹《かいおう》のように尖《とが》り曲がった一物が出てきた。

「こいつめ、こいつめ」

と長秀は腹を切った刀でその異物を刻んだ。口には出さぬが、それを秀吉になぞらえていた。長秀は震える手で今こそ彼の〝敵〟である秀吉を存分に斬《き》った。

秀《ひで》頼《より》走路

七月二十七日。（ユリウス暦。旧暦では元和元年閏六月十二日）

ヒデヨリ（秀頼）様は薩摩或は琉球に逃れたりとの報あり、然れども予は依然としてその真偽を疑ふものなり。

八月十三日。

夜半頃、イートン君京都より平戸に着せり。イートン君の談によれば、ヒデヨリ様は今なほ重臣の五六名と共に生存し、恐らく薩摩に居るべしとの風聞一般に行はるゝ由なり。

十月二十六日。

予はイートン君宛の書状を認め、ヒデヨリ様は薩摩に生存し、舟を多く備へつゝありとの風評行はるゝ由を報じたり。

——英国東印度商会・平戸商館長リチャルド・コックス日記

一

元和《げんな》元年の夏、家康が大坂に再度の兵をすすめたとき、開戦の理由の一つとしたのは、大坂方が夥《おびただ》しい浪人を召抱えていることであった。

慶長十九年と元和元年の両年に大坂城に召抱えられた浪人の人数は都合十万余人であったと見聞書は計算している。

関ケ原役によって生じた多数の浪人が大坂城に集まったのである。

山上順助もその一人であった。関ケ原の生残りだけに浪人衆はよく戦い、かえって攻囲の関東勢に戦意が薄かったといわれているが、順助も戦意のないことは敵の関東勢に劣らなかった。

順助の兄は石田方に加担して取潰《とりつぶ》された大名の家来だが、関ケ原で敗けたことを無念に思い、この度の東西の手切れを聞いて弟を遣《や》ったのである。兄は病中であった。

順助は二十二歳の若者だったが、気の乗らぬまま大坂に入城したものの、戦闘する意欲は湧《わ》かなかった。彼は兄ほどに豊臣家に恩義を感じてもいなければ、徳川方を憎悪してもいなかった。

それに勝算のある戦ならまだ張り合いがあった。が、寄手が迫るにつれて城方の誰の顔にも敗北の興奮があらわれていた。一刻一刻と縮まってくるおのれの死に誰もが逆上《のぼせ》ているようである。その逆上が彼らを勇敢にし、自棄《やけ》にさせているようであった。それを見ると順助の心は更に萎《しな》びた。

順助は兄の名代などで、この連中と一しょに死にたくなかった。城の大矢倉から見渡すと、天王寺口から岡山口にかけての一帯にまで動く森のように真っ黒にかたまって馬煙を立て乍《なが》ら押寄せてくる敵兵を眼前にしつつ、彼は最後まで持ち場からの脱走を考えていた。

城中に火が上がったのは、夏のあつい太陽が西に落ちかかる申《さる》の刻であった。城の火の手をみて寄手は勢いづいて三の丸の木柵《もくさく》を越えてきた。放火によって黒煙は諸所から上がった。

こうなると城方で防備を下知する者もなかった。敵の打懸ける鉄砲の音や喚声に煽《あお》られて、城内の混乱はすさまじいものとなった。

秀頼や淀君《よどぎみ》や大野修理などは干飯蔵《ほしいいぐら》に入ったままどうなったか分からなかった。

順助が手に属していた七手組の郡主馬《こおり》は千畳敷で腹を割いて果ててしまった。秩序は完全に壊滅した。女達が叫びながら逃げ惑った。順助は多くの逃亡者と一しょに目的通り遁《のが》れることができた。混乱のため、思ったよりそれは容易であった。

灼《や》けるような陽が沈んだ。涼しい風が野面をわたった。疲れて草の中にひそんでいた順助は人の跫音《あしおと》に身を起こして様子を窺《うかが》った。関東方の探索の者ではないかと気づかったのだ。

一人の女が忍ぶように歩いていた。

焼け落ちた城や町家の余燼《よじん》が燃えていて夜空はその方角だけ赫《あか》くなっている。女の半身はその赤いあかりのなかに仄《ほの》かに泛《う》かび出た。帷子《かたびら》一枚に細い帯一つの姿だった。城中から脱けてきた女であることは一眼で知れた。

順助は身を起こして立ち上がった。

女は不意に男を見て叫び出しそうにした。あと退りして逃げ出しそうにしたが、やっと踏み止どまってこちらの様子を弱い動物のような格好で窺った。

「お前さまは寄手衆かえ?」

と女は口をきいた。顔ははっきり分からぬながら声は若かった。

順助はよっぽど女を安心させるために大坂方であると答えようかと思った。しかし女のその言葉の語感には敵であることをかえって期待しているようなひびきがあった。

彼は咄嗟《とっさ》に、

「いかにも細川の手の者じゃ」

と言った。

それを聞いて果たして女はかすかにうなずいたようであった。そしておそるおそる二三歩近づいてきた。敵兵に近づく女の媚態《びたい》と恐怖をその全身が表わしていた。

「細川どのの家中なら、藤堂家の陣所をご存知あろう。これを進ぜるほどに、案内してたも」と女は懐《ふとこ》ろから何やらとり出して差しだした。短い細い棒のようなものだった。順助がうっかり受け取ると、思いのほか重量があった。仄かな明かりのなかでもそれは光っていた。竹流しの金であることは改めるまでもなかった。

「七両二分ほどはある筈《はず》じゃ」

と品物を渡して、女はやや自信を得たように言った。

二

「藤堂の家中に知り人《びと》でもあってか？」

と順助は訊《き》いた。

「言いとうない。お前さまには陣場までの案内をお頼みするだけじゃ」

と女は答えた。その言葉には、日頃使いなれているらしい権高な語韻の名残りが小憎らしく籠《こも》っていた。

「こうござれ」

　と順助は先に立って歩き出した。

　歩きながら彼はどういう方向に足をすすめたものか自信がなかった。相変わらず暗い空の一角には炎の色が赤く染めていた。彼はそれとは逆な方に向かった。やはり敵陣から遠い方をえらんだ。夏草が生い繁《しげ》り腰まで達していた。

　それまで後からついてきた女の足が停まった。

「お前さまはどこに連れて行くのじゃ？」と咎《とが》めるようにいった。声が少し慄《ふる》えていた。

「はて、藤堂陣に連れて行くところではないか」と順助は答えた。

「嘘《うそ》じゃ。これは鴫野へ行く方角じゃ。この先には川がある。まだ寄手の陣所は無い筈。お前さまは妾をだましたな」

　女の慄え声の中には怒りが含んでいた。それはむざむざと竹流金を奪われたという口惜しさからのようであった。

　順助は、こういう際でも、最後のおのれの生き道を敵方の中に連絡をつけている女の狡《ずる》いやりかたに腹を立てた。

「竹流し一つでは足りぬ。もう一つ寄越せば藤堂陣に連れて行こう」

順助は突然に言った。それ以外にこの女に吐きかける言葉はないような気がした。

「もう、よい」

女は明らかに軽蔑を罩《こ》めた一言を投げた。そのまま背を見せると元の方へ足早に歩きだした。今まで気づかなかったが、その背には小さな包みを斜めにかけていた。蔑《さげす》まれたと知って順助は女の背後からとびかかった。女は叫びを上げて身体《からだ》を反らせた。細い頸《くび》と肩が腕の中に落ちた。

順助は女の懐ろの中に手を入れた。女は必死に両手で上から押えて防いだが、彼の指は固いものを摑《つか》み出していた。

それは竹流金ではなく、もっと大きくて円い形をしていた。うすい遠いあかりにすかしてみると小さな鏡で、背には桐の紋が彫ってあった。そこまで確かめたが女の手が伸びてそれを奪い取ってしまった。

「上様拝領の品を何とするぞ」

そういって女はそれを抱きしめた。

「そなたは右大臣家（秀頼）寵愛《ちょうあい》の者か？」

と順助が眼を瞠《みは》って訊くと、女は崩れるように跼《せぐくま》って歔《な》きはじめた。

「右大臣家はどうなされた？　何処へ渡らせられた？」

と順助はたずねた。女は一層に啜《すす》り歔いた。が、その嗚咽《おえつ》の間から、

「上様には干飯蔵で生害遊ばされた」

と言葉を啜った。

空の赤い色が又あかるくなった。どこかが新しい放火で燃えているのであろう。いま、その下で寄手の雑兵どもによって、どのような地獄が行なわれているか彼には眼に見えるようであった。

近々に見ると女の顔の輪郭が暗い中に美しくぼかされていた。薄い着物一枚に細い帯という姿も順助の心を燃やした。

「藤堂陣へ連れて参ろう。立て」

と彼は言った。

「まことかえ？」

と女はいった。その声には疑惑と希望が交っていた。順助は女の手をつかんだ。次に背にかけた小さな荷に手をかけた。どういうものか彼はさきほどからその荷が気になってならなかった。

「あれ、そればかりは」

と女は彼の手にしがみついてきた。

「これは上様より妾に賜わった御小袖《こそで》じゃ。金目のものはさきほどの竹流金一つしか無い。藤堂どのの陣に着いたら何でも貰《もら》って進ぜる。拝領の品だけは勘忍して下され」

と泣き声で頼んだ。

残忍な気持が順助の心を突風のように吹き荒れた。

「藤堂陣に着いての約束は当てにならぬ。この場で欲しい。拝領の品を遣りとうなかったら、そなたは何でも此処《ここ》でわしにくれる筈じゃ」と彼は女の耳の傍で言った。

女は返事をしなかった。ただ呼吸が荒くなったことでその反応が知れた。女は憎々しげな瞳《ひとみ》を順助の横顔に据えた。

無言で立ち上がると女は叢《くさむら》の間を先に歩いて入った。腰まで届いている伸びた草が薙《な》ぐと、女はその中に仰向いて長々と横たわった。

順助が寄っても女は動かなかった。近づいてさし覗《のぞ》くと、女はおのれの顔の上に袖を当てて蔽《おお》っていた。横たわる時に白い裾《すそ》が少しまくれたが、女は身じろぎもしなかった。

順助は、女が秀頼から貰った品物を護《まも》るために、やすやすと身体を与えようとする心理が分からないではなかった。女の倒錯した虚栄と物欲の自我だけがあった。

順助は女の身体に進んだ。果たして女は覚悟のようにその間微動もしなかった。行為が過ぎ去ると、順助の手は女の身体をいたわらずに胸にある背の包みの結び目にかかった。

それを知って女は火がついたように狂い出した。順助は武者ぶりついてくる女を突き倒して遁《に》げた。手にはその包みが握られていた。桐の紋のある小袖一枚と、同じく桐の紋を金泥で散らした七寸五分の黒鞘の短刀がその包みの中にあった。

三

大坂城から逃走した浪人は夥しい数であった。関東方は通路の要所に木戸を設けて警戒した。浪人者の詮議《せんぎ》は厳しかった。それによって捕えられた脱走者も少なくはなかった。同時に逃亡し了わせた者も多かった。山上順助はその幸運な逃亡者の一人であった。

まず彼は十数日、摂津の豪農の土蔵に匿《かく》まわれた。偶然、食を求めて立寄ったのだが、そこの主《あるじ》は無類の豊家の同情者であった。

毎日毎日、陽もろくにこないところにひそんだ。食事は大てい下男が運んでくれた。ある日のこと、下男にかわって三十ばかりとも見える女が昼餉《ひるげ》を持ってきた。

「卒爾ながら、おねがいしたい。かように厄介になっていて、この上気儘《きまま》を申して申し訳ないが、ご酒を少々頂戴《ちょうだい》出来ぬであろうか」

蠟燭《ろうそく》の焰のかげで女はかすかに笑った。

「それは気の届かぬことを致しました。只今《ただいま》もって進ぜます」

と気易《きやす》く立って行った。

順助は呑《の》ませば一升でも二升でも飲んだ。彼は永いこと酒から遠ざかっているので欲しくてならなかった。

女はやがて小さな壺《つぼ》に酒を入れて持ってきてくれた。順助は乾いた砂が水を吸うように咽喉を鳴らした。水がよいのか、地酒ながら堪《たま》らなくうまかった。

それにしてもこの女は下婢《かひ》とも見えなかった。様子もあか抜けていたし、落着きがあった。女は訊《たず》ねられるままに少し間が悪そうに答えた。

「当家の主の世話になっている者でございます」当時は妻妾《さいしょう》ともに一つ屋根の下に暮らしているのが普通であった。

そのことがあってから、その女は三度に一度くらいは自分で膳《ぜん》を運んできた。女はその都度酒をすすめた。

ある昼間、順助は前に坐《すわ》っている女の手を引いた。女は前に倒れそうになったが、争わなかった。そして自分で蠟燭の灯を消した。

女が土蔵に膳を運ぶ回数がそれから多くなったことは言うまでもなかった。

しかし、こんなことがいつまでも怪しまれぬ訳はなかった。ある日、蠟燭の灯が消えたばかりのところを主に踏み込まれた。主の持った提灯《ちょうちん》の灯は、どうとり繕《つくろ》いようもない二人の姿を照らした。

「すぐ出て行け」

と白髪まじりの髪を逆立てて主は瞋《いか》った。

順助は悪びれずに手を突いた。彼は、重々申し訳ないと言った。そして包みを開いた。包みの中には例の小袖と脇差《わきざし》があった。順助は畳んだ小袖の間から大事そうに竹流金をとり出した。

「お世話になったお礼やお詫《わ》びの印までに、この棒の三つ一ぶんを折り取ってお納め願いたい」と申し出た。

八両分のこの竹流しを半分遣《や》るのは惜しいと順助は思った。三分の一くらいがこの場の相当の値だと計算した。

然し、主の眼は別なものを見ていた。それは小袖についた桐の紋と、黒塗の脇差に散らしてある金泥の同じ紋章であった。

主の表情が複雑なものになった。

「もしや、お前さまは——？」

と彼は不埒《ふらち》な若者の顔を見つめた。畏敬《いけい》とおどろきが拡大された瞳の中に混乱していた。順助は主が何を勘違いしたか、すぐに読み取った。とっさに、この急場を逃れる道を覚《さと》った。彼は顔をさしうつむけた。

一言ものをいう必要はなかった。

主が順助の前に膝《ひざ》を折った。

小さくなっていた姿がびっくりしてその主の様子を見た。

四

当時は、大坂城内にかなり朝鮮人もいた。秀吉《ひでよし》の朝鮮役からついて来た者もあり、その後渡ってきた者もあった。

彼らも大坂落城と共に逃亡した。しかしそのまま真っすぐに朝鮮に帰れる訳ではないから、やはり何処《どこ》かにかくれていた。

主は三名の朝鮮人を順助にひき合わせた。

「お供代わりにして下されませ。本国へ帰りたいと申して居りますから、九州まではお供が出来まする」

順助は自分では何も名乗ったことはなかった。然《しか》し主は彼を秀頼《ひでより》と思い込んでいた。その頃は、落城と共に秀頼の最期《さいご》も伝わったが、それと同じ位に有力に秀頼の脱出説も伝わっていた。

「何処に落ちられますか？」

と主は訊いた。酒はふんだんに呑ませて款待《かんたい》したが、さすがに妾はもう出さなかった。

「薩摩に行こうと存じている」

と順助は答えた。薩摩が一番遠いし、関ケ原の時から豊臣方に好意をもっている頼りになりそうな藩と考えた。それが尤《もっとも》らしい答えに思われた。

果たして主は何度もうなずいた。

そしてその途中までといって、帰国の朝鮮人をひき合わせたのである。

順助はもしや朝鮮人に顔を見破られはしないかと思った。が、その懸念《けねん》は無用であった。彼らは順助に向かって本国式の揖礼《しゆうれい》をした。その様子から、順助は、彼らは秀頼の顔をろくに知っていないのだと思った。

が、そういう彼も秀頼の顔を間近に見たことはなかった。

ただ一度、落城の日の朝、遠くから彼の姿を眺めただけであった。その時、秀頼は最後の決戦をするため玄関から桜門まで出たのだった。この貴公子は梨子地《なしじ》緋縅《ひおどし》の物具をきて、太閤《たいこう》相伝の切割、茜《あかね》の吹貫、玳瑁《たいまい》の千本鑓《やり》を押立て、梨子地の鞍《くら》をつけた太平楽という黒毛の馬をひいて現われた。

しかし秀頼が、その姿で床机《しょうぎ》に腰をかけていたのは長い時間ではなかった。かれは決戦を覚悟して其処《そこ》まで出てきたのではあったが、天王寺口から岡山口にかけての先手の備えが総崩れと聞いて忽《たちま》ち城内に引きあげた。

それきり順助は秀頼の姿を見たことはなかった。足早に大股で引返してゆく秀頼の緋縅の鎧《よろい》の色だけが残像として鮮やかに未《いま》だに眼に残っているばかりだった。

この朝鮮人たちが秀頼の顔を見知っていないとしても怪しむに足りなかった。

順助は誰にも秀頼と信じ込ませて出発するのに不都合はなかった。

古書によると、秀頼が三人の朝鮮人をつれて九州の中央部を横断したと記載している。彼らは豊前《ぶぜん》、豊後《ぶんご》、筑後《ちくご》にその通過の痕跡を遺したとしてある。そのことはあとで書くとする。

元和元年九月の末、順助は備後《びんご》鞆の浦から乗船して周防中の関に至り、豊後日出《ひじ》に渡って上陸した。

ここから山国川に出て北行し、豊後森に歩いた。折りから秋で、この山峡は殊《こと》に紅葉が美しかった。

「酒はないか」

と順助の秀頼はぐぜり出した。彼は片時も酒がなくては済まなかった。そして女も好きであった。

そのため竹流金は疾《と》うに失せていた。今では三人の朝鮮人の懐《ふとこ》ろの路銀で賄《まかな》っていた。

朝鮮人たちは、この大酒と色好みの若い貴公子に早くから呆《あき》れていたが、彼らは大体律義《りちぎ》であった。おとなしく一しょについて来ていた。

「酒は、ありませぬ」

と一人がいんぎんに答えた。

順助は不機嫌に歩いていたが、ふと眼を上げると傍の山の中腹を指した。

「あれ見い、寺がある。地酒なとあろう」

といった。なるほど杉木立のなかに古びた藁《わら》葺《ぶ》きの大きな屋根が見えた。もう順助はその寺に向かって急な坂道を駆けるように登っていた。

住職は不意にきた見なれぬ若い武士にびっくりしていた。

「和尚《おしよう》、酒は無いか、地酒でよい。振舞ってくれ」

と順助は臆面《おくめん》もなく言い、

「これは身分のある者じゃ。粗略に扱うでないぞ」

と言い放った。

あとから三人の朝鮮人が追いついてきた。尤も彼らはみな日本の風采《ふうさい》をしていたが、日本語を話すときは言葉つきが異っていたし、自分たちだけは朝鮮語をしゃべっていた。

彼らが朝鮮語で話している時は、順助にはおのれの悪口をいわれているような気がしてならなかった。

「ええい、また朝鮮語で話しているな。おれの雑言を言い合っているのであろう」

と順助はよく腹を立てたが、朝鮮人達は必ずにぶい表情を動かさずに、

「さようなことは、ありませぬ」

と一礼した。しかし実際は悪口をしているのかもしれなかった。

順助はそこで住職の出した酒を五合ばかり呑み、一刻《いつとき》ばかり鼾《いびき》をかいて寝た。眼をさますと懐ろから小布に捲《ま》いた脇差をとり出し、鞘の方をちらりと住職に見せた。無論、金泥で描いた桐《きり》の紋を示すためだ。

例の単重《ひとえ》の小紋は肌着の代わりに着物の下に着こんでいた。

「和尚、この寺は何と申す名じゃ?」

と順助はきいた。

「はい、豊前仲間村の明円寺と申します」

「うむ、明円寺か。憶《おぼ》えておくぞ。望みを遂げた暁《あかつき》には、いずれ一万石は寄進いたす」

と酒臭い息を吐いた。

住職は呆然《ぼうぜん》としていた。

その翌晩は筑後田主丸の来迎寺に一行は泊った。田主丸というところは前に筑後川が流れ、夜霧が深い。

順助はここでも酒を所望して大酔し、宵から寝ていたが、夜中に姿を消した。

間もなく村の方が騒がしくなったかと思うと、順助が遁げかえってきた。

朝になって、村の若者が、昨夜は他所《よそ》者の夜這いを霧の中に見失ってとり遁したと口惜《くや》しそうに噂《うわさ》した。

順助はここでも桐の紋を見せ、その寺に寄進一万石を約束した。

五

十月の末というのに、歩いていると肌が汗ばむほどの陽気であった。農家の垣の内からも見慣れぬ植物が覗き、野山はまだ秋のはじめのような青さが残っていた。

「これ、ここから鹿児島までどの位ある?」

順助はこの薩摩領に入ってからでも、何度この同じ質問をしたか分からなかった。それほど彼はくたびれていた。彼の懐ろの中には、豊後日田で別れるとき、朝鮮人のくれた銀の残りが僅《わず》かばかりしかなかった。

今や彼は酒も呑めなかった。いや、食べものさえもこと欠いた。朝鮮人と一しょだった頃は彼らの懐ろをあてにしてあまり不自由はなかったが、今の境遇からみれば、それはどんなに贅沢《ぜいたく》であったか分かった。

順助は鹿児島に入ったら、豊臣家の残党として保護をたのむつもりであった。彼はここでも秀頼を偽称する意志は少しもなかった。単なる大坂の落人《おちうど》としてかくまわれ、郷士でも百姓でもして生きるつもりであった。そういうことの頼めるのは、この島津家だけのような気がした。

が、その鹿児島に到るまでの道は甚だ遠かった。路銀の心細さに倹約している食べものの不足と長い旅の疲労で身体は病人のように懈怠《けだ》るかった。彼は路傍でもどこでも、ごろりと倒れて了いたい欲望を、歩きながら何度感じたか知れなかった。

これほどくたびれて鹿児島まで歩けるかどうか分からなかった。

こんなときに酒でも思うほど飲めたら元気が出るだろうと思った。しかし彼の心細い路銀は三度の食事さえ倹約するほどだから、酒が咽喉を満足させる余裕はなかった。

しかし、もう我慢がならなかった。彼は山道を歩いていて、ふと一軒の百姓家をみつけると、わけもなく入った。

「たのむ、たのむ」

いくら声をかけても家の中からは返事がなかった。野良《のら》に出て留守なのか、広い土間に牛が首を出していた。順助は裏口に回った。そこにも人影がなかった。外のあかるい光線の中から入ってきた眼には内部《なか》は夜のように暗かった。

彼は手探りのようにして地酒を入れているらしい瓶を索した。がたがたといろいろな道具があった。が、かなりの苦労の末、それを探し出すことに成功した。手造りの濁酒ながら、強い酒であった。順助はそれを夢中に呑んだ。それから強《したた》かに酔いが回ると、其処に仆《たお》れて前後もなく寝込んでしまった。どの位、睡《ねむ》ったか分からなかった。身体《からだ》に痺《しび》れるような痛みを覚えたので、眼をあけると、十二三人の男たちが取り巻いていた。女も二三人居た。気づくと彼の両手は背中に回されて縄がまきついていた。

順助は、とっさに事情を知った。睡っている間に家人が帰ってきて部落の男たちをあつめたのであろう。彼は謝るのが一番だと思い、

「赦《ゆる》してくれ」

と言った。しかし熊襲《くまそ》の裔《すえ》かとも思える髭《ひげ》づらの男たちは、おそろしい眼をむいたまま一向に妥協しそうな風はなかった。のみならず彼らが罵《ののし》っている言葉は、まるで異国の言葉のように日本語放れがしていた。

順助はこういう手合に、おのれが手籠《てご》めにされているのに怒りが湧《わ》いてきた。縄をかけられて転がされている自分のあさましい姿にも腹が立った。

「おのれ、よくもこのような恥辱を与えおったな。予を秀頼と知ってか。あとで後悔いたすな」と彼は叫んだ。

秀頼といったのは思わず不意に口から衝《つ》いて出た口惜しいあまりの言葉だった。

しかし男たちにはそれが通じなかった。竹棒の雨が彼の身体の上に打擲《ちようちやく》を加えた。

彼は気を失った。下着の桐の紋のついた単衣《ひとえ》の練絹の小袖《こそで》が垢でよごれたまま、はだけて見えた、つづいて懐ろから脇差が転がり出た。さすがに男たちの中には、その紋章を注視する者があった。

順助は土地の役人の手にわたった。

「貴殿は豊臣家由縁《ゆかり》の者か？」

と役人は訊《き》いた。いんぎんな訊き方であった。

順助は一言も答えなかった。答えぬことが肯定であり、且、威厳があると思った。

その上、あとでどのようにも返事の出来る自在さがあった。

役人はひとりで何度もうなずいた。それからすぐ鹿児島に早馬を奔《はし》らせた。

順助は土地の庄屋のような家に預けられた。そこでは丁重な扱いで遇せられた。今や罪人と高貴な客人の中間に、彼の地位はさまよっていた。

「酒をくれ」

と彼は要求した。そして久しぶりに、うまい酒をいくらでも飲むことが出来た。

三日後、順助は鹿児島に護送された。

そこでは、かなり上位らしい役人に取調べられた。

「お手前の名は？」

と役人は質問した。礼儀正しかった。

順助は、ここで、秀頼だ、と言わねば何か悪いような気がした。そういわねば、この礼儀正しい役人にも、その背後の眼に見えぬたくさんの当路者にも落胆を与えそうな気がした。いや、違う返事を出したら、おのれにさえも落ちつかぬ気がした。

「秀頼《ひでより》」

と呟《つぶや》くように答えたまま、彼は口を閉じた。その瞬間、そう答えてよかった、という何か安心感がきた。

役人はそれをきくと一番気に入った返答をきいたようにさも満足そうな表情をうかべて、微《かす》かに目立たない敬礼を送った。

順助は厳重な警固のなかに、丁重に拘禁された。

不自由はなかった。酒はいくらでも旨《うま》いのが呑《の》めた。今更、引込みがつかなかった。平凡に生きていても面白いことはなさそうだし、万一、ここで殺されても仕方がないと思った。一旦《いったん》、とり憑《つ》いた「秀頼」が運命的な巨大な意志で彼を縛っているようであった。

例の桐の紋のある小袖と脇差《わきざし》は、薩摩藩からの急使によって江戸表へ届けられた。鑑定の結果、間違いない品と分かった。脇差は吉光《よしみつ》の銘刀であった。

幕府が薩摩藩に与えた指示は、

「気違者之儀にて詮議の筋も立つことにては無レ之、其方にて御成敗も不レ苦《くるしからず》、御指越御律儀之事と存知候」

とあった。

順助が斬《き》られた年月は分かっていない。

＊

寛永年間の末ごろのことである。

豊後日田隈町の鍋屋惣兵衛という男が大坂から京都へ上る船中で、一人の武士と話を交わした。武士は肥前平戸藩の者であると名乗った。かれは惣兵衛が日田の人間であるときいて、

「日田には大きな川や野があるか？」

ときいた。

大きな川は隈川のことであろう。大きな野とは筑後にかけての平野であろう、と惣兵衛はそのように答えた。

すると武士はこれは自分の祖父の話であると次のように語った。

秀頼公が薩摩落のときに三人の朝鮮人がお供をした。豊後の日田というところに来て、大きな川を渡り、広き野のある今市という所までくると、秀頼公は三人の朝鮮人

に暇を賜わった。公はそれから薩摩の方へ行かれた。朝鮮人三人のうち二人は平戸から便船で本国に帰った。一人は本国には親も兄弟もないというので平戸に止どまった。しかるにこの朝鮮人が、いつも秀頼公薩摩落の話をしてきかせ、日田の今市の川原で御暇の段になると声をあげて泣いたという。

武士はこの話を常に祖父から聞かされた。それであなたが日田の人間だときいて懐《なつか》しく思い出したのだと言った。——

この話は「亀山抄」にある記事である。そこでこの書には、この事実を裏づけるように、豊前下毛郡山国谷仲間村の明円寺に秀頼が立寄って昼餉《ひるげ》をし、住職に箸《はし》で鯛《たい》の片身を賜わったという説をのせ、筑後田主丸の来迎寺に秀頼公が一夜の宿をかりたという伝をのせている。

たしかに、一人の詐欺《さぎ》漢が豊前、豊後、筑後を通って何処かに行ったのである。年月は彼の醜悪な素行、たとえば大酒のみとか、好色とか、吝嗇《りんしょく》とかいう醜い骨を埋没して、その上に浪漫的な夢塚をつくり出したのであった。

戦国謀略

一、われらは思いの外、多くの人数を殺している。この応報は必ずやって来るものと、お前達に対しても、内心気の毒に思っている訳だが、万一、元就が生存中にこの報いが来るとすれば、何をか言わんやである。

一、元就は二十歳の時に兄に死に別れ、今日まで四十余年を経ているが、その間、大浪小浪の起伏絶えることなく、弓矢取る身の我も人も幾変転を重ねて来た次第である。その中で、この元就だけがよく生命を全うし、今日の隆昌を見るに至ったのは不思議なことである、人一倍、智恵や才能があるでもなく、さりとて正直一徹のお陰で神仏の加護がある程の者でもなく、何一つ特にすぐれていないのに、難局を切り抜けて来られたのは、今更ながら奇妙である。

――毛利元就家訓（取意）

一

毛利元就《もとなり》は芸州吉田から興った。所領三百貫とも千貫とも言うが、とに角、はじめは取るにも足らぬ田舎地頭であった。

その頃、永正、大永年間には、周防、長門、石見を大内義隆《よしたか》が領し、出雲は尼子晴久の所領であった。大内、尼子は敵国の間であった。

元就は、はじめ大内に属し、次には尼子に属し、後にまた大内の下についた。強国と強国の間に挟まれた小さな豪族は、旗色次第で、昨日はあっちに付き、今日はこっちに付かねばならぬかなしい存在だった。

大内の被官となった元就は、大いに大内のために働いて度々尼子を破り、次第に所領もひろがり、大内の家中でも重要な存在となった。しかし、この時、元就は五十を過ぎて初老に入っていた。

天文二十年の秋、大内義隆の家老陶晴賢《すえはるかた》が反逆して主の義隆を山口で殺した。元就は義隆のために陶に復讐《ふくしゅう》するのでもなく、かえって陶の味方になって、その手先となって働いた。まだ陶の方が強大であったからである。

が、元就は尼子の所領を少しずつ攻略して大きくなると、いつまでも陶の下に働く気がしなくなった。手切れの時期が来た。

「どうでしょう、陶と戦うとなると、尼子と両方から挟撃《きょうげき》される恐れはございませんか」

と家臣の中でも危ぶむ者がいた。

「いや、尼子は大内以来山口とは仇敵《きゅうてき》じゃ。両方が手を握ることはないから、大丈夫じゃ。それに、お前たちは陶を恐れているだろうが、ここ数年来、その家風を見ると、家来どもは上下あげて詩歌や茶の湯などの愉楽に耽《ふけ》って、武辺を心掛ける者は一人も無い。陶への手当ては、わしに任せてくれ」

元就のその言葉で、はっきり陶と敵国関係に入った。

元就に三人の男の子がいた。長子隆元《たかもと》、次子吉川元春、末子小早川隆景《たかかげ》。あとの二人の姓が異うのは、それぞれ養子に行ったからである。しかるに長子の隆元はのちに陣歿《じんぼつ》したから、後嗣は孫の輝元《てるもと》になった。

この三人に対して元就は常に協力団結を諭した。冒頭の家訓は、実はこの三人に向かっての遺訓の一節である。三人とも出来が甚だよく、智《ち》にも武勇にも恵まれていた。彼らは元就の手足となって働いた。

元就が山口の陶と手を切った時は、五十八歳であった。そろそろ人生の薄暮が迫る頃である。

天文二十三年の夏から秋にかけて、毛利は周防と安芸の間に出兵して、しきりと陶の領分を掠めた。金山、桜尾、草津の諸城は毛利に降った。

陶晴賢は怒って兵をさし向けたが、その度に敗れた。然《しか》し、全体の勢力は陶がずっと優勢である。陶方は二万の兵力を温存しているのに対し、毛利方は三千内外がせいぜいであった。陶はこの小癪《こしやく》な毛利を何とかして取押えようとし、毛利は陶との兵力差をどうにかして消す工夫はないものかと考えていた。

殊《こと》に、毛利方が芸州折敷圃《おりしきはた》の合戦に勝利を占めたとき以来、両者の考えは、いよいよ切実なものとなった。

その年の秋、陶晴賢は山口の居館の奥で評議を開いた。

晴賢は肥満して二十貫を超える大男である。彼は重そうに身体《からだ》を動かしながら大儀そうに歩む。坐《すわ》っていても、いつまでも同じ姿勢ではいられない。大そう行儀の悪い坐り方になる。

片方の足を投げ出すような横坐りの格好で晴賢は左右を見て言った。

「元就の息の根を止める手段《てだて》は無いか。工夫してみたか」

剃《そ》り立ての彼の入道頭の半分は禿《は》げ上がっていた。

集まった老臣たちは口々に思いのままの作戦を言った。その多くは兵力を正面に用いての強行戦略である。その席上、江良丹後守という宿将だけは最後まで顔を伏せて、黙っていた。

二

「丹後、その方の意見はどうじゃ」

晴賢に促されて、丹後守は初めて眼を上げて、口を切った。

「各々の御意見、だんだん承って、いずれも尤《もっと》もであるが、元就は敵ながら一筋縄では行かぬ男です。すでに度々の小口の戦闘でも彼の手なみは侮《あなど》り難い。ついてはわが兵力を損せずして敵に克《か》つ工夫が肝要と存じます」

「そんなうまい軍略があるか？」

「されば良将は戦わずして謀をいたすと申します。手前の考えでは、まず然るべき諜《ちょう》者《じゃ》を毛利方へ入れて、毛利をこちらの思う壺《つぼ》におびき寄せたが良策かと心得ます」

「うむ、うむ、なるほど、それは一段の工夫じゃ」

と晴賢はよろこんだ。

「その諜者は才智弁舌すぐれた者でなければ勤まるまい。誰か心当たりがあるか？」

「されば、天野慶菴が然るべきかと存じます」

「おお、なるほど、慶菴か。それはよいな。それでは、ここへ慶菴を呼べ」

晴賢の前に天野慶菴が呼び出された。彼は右衛門といって家士であったが、入道して慶菴と号した。機転に長じ、弁舌が巧みである。

「御用でございますか」

「その方を見込んでの頼みがある。諜者となって元就の所にうまく入り込んで貰《もら》いたい」

「ははあ。どういう事をいたしますので？」

「元就はこのたび折敷畑の一戦に打ち勝ったから、これに乗じてこなたに働きかけるだろう。その気配が見えたら、こなたへ、彼の戦略、人数、日付など知らせてくれ。尚《なお》、その上、彼をうまく欺《あざむ》き、こなたの思う壺の土地に誘い入れてくれ。その方は智恵才覚、他に勝《すぐ》れているから委細を指図するに及ぶまい。うまくやってくれ」

晴賢の言葉に慶菴は一礼して引受けた。そこで細かいことを更に江良丹後守が含ませた。

慶菴は粗末な旅衣裳《いしょう》に更《か》えた。誰が見ても尾羽打ち枯らした零落の格好である。彼のその姿は山口の城下から消えた代わりに、芸州吉田の城下に現われた。

毛利の家士に平佐源七郎という者がいる。その平佐の邸《やしき》に慶菴はたよってきた。二人は旧知の間柄であった。

「某《それがし》は今まで右馬頭《うまのかみ》元就殿と懇《ねんご》ろであったため陶入道殿に疎《うと》んじられ、無実の罪をきせられて、かような態たらくに相成り申した。自害せんと思いましたが、あまりの無念ゆえ、恥を忍んで参上仕った次第でござる」

彼は泪《なみだ》を落として平佐に語った。

平佐源七郎はひどく同情して、彼を城内に導き、主君の元就の前に連れて行った。

「おお、慶菴か。久しいのう。どうした?」

元就は眼を細めて声をかけた。白髪はとみにふえて白さが光っている。皺《しわ》が眼尻《めじり》にも鼻の前《さき》にも眉間《みけん》にも縦横に刻まれている。誰が見ても人の好《よ》い、おだやかそうな老爺《ろうや》であった。

慶菴は平佐に言った同じことを述べて、晴賢への無念の涙をこぼした。

「よいよい」

と元就は、更にやさしい年寄の笑いを見せて慶菴をなだめた。

「その方が年来の好みを忘れずに、こなたに参ったのは祝著《しゅうちゃく》じゃ。その方、いよいよ変わらぬ心底に於《お》いては、所帯の地もあてごうて取らせる。ついては陶殿の様子はどうじゃ。詳しく話して聞かせぬか？」

慶菴は心の中で第一の計略の成就《じょうじゅ》を喜んだ。相手をうまうまと瞞《だま》し了《お》わせたという最も困難で肝腎な仕事に成功したので胸中で安堵《あんど》の太い息をついた。

慶菴は、ここだと思って、練りに練ったかねての話の筋を披露した。話は熱があり、自分ながら迫真性があった。

元就は、一つ一つうなずいた。慶菴は、

「こういう次第ですから、直ちに御出馬あればお味方の勝利は疑いありません。それには——」

と攻撃の進路方向など詳しく述べた。

元就は、悉《ことごと》く感心したようであった。彼は慶菴を更に膝《ひざ》近く招いた。

「そなたの申すことは至極じゃ。わしも早速に出馬したいが、実は陶方の江良丹後守がこなたに内通し居ってのう」

慶菴は、わが耳の聞き違いではないかと思った。

「何と仰せられます？」

「江良丹後じゃ。疾《と》うからこなたに内通いたし、周防一国の約束で起請文《きしょうもん》を寄越している。されば丹後よりの通知があり次第、出馬する覚悟じゃ。折敷畑の戦にも、丹後が出陣無きを見ると、或《あ》るいは陰謀露見したのではないかと案じている。慶菴、これを見い」

そう言って元就は手文庫の中から大切そうに一枚の書面を見せた。江良丹後守興房の署名と花押《かおう》のある起請文であった。

慶奄は一眼見ると、心中で度を失った。その驚愕《きょうがく》が面上に出ぬように彼は必死に己れの表情をとりつくろった。

三

慶菴は動揺をかくしながら、さりげなく言った。

「さては丹後守もお味方申しましたか。それではいよいよ陶退治は疑いござりませぬ」

「うむ。その上、その方がこなたを頼んで参ったからには、尚更じゃ。われらが武運強き証拠であろうな。そこで、その方に頼みがある」

と元就は、おだやかな眼の光のなかにも、真剣な色をみせた。

「手前に出来ますことならば、身命にかえましても」

「その方なら、いと容易なことじゃ。これより岩国の江良丹後が許《もと》に赴き、かれと相談をいたし、陶晴賢を偽って引出し、打果たすよう計ってくれぬか。また、この談合が出来ぬうちに、陶方が厳島に渡って海上の運送を止める時は、味方の損も多いでのう、何とかして陶が厳島に渡らぬよう、その方が才覚してくれぬか」

「ははあ。厳島に陶の手が渡っては、それほどご当家のためになりませぬか？」

「そうなれば、こちらの勝ち目はない。咽喉《のど》くびに刃物をつきつけられているようなものじゃ。おそろしいことよ」

「左様なれば、仰せの通り岩国に参り、江良殿にお眼にかかり、万々計らうでございましょう」

「何分、たのむ」

天野慶菴は、呑《の》み込み顔をして退った。

元就は、傍に控えていた子の隆元に、笑いかけた。

「聞いたか、隆元。慶菴は岩国など寄りはせぬ。やつめ、真すぐに山口の全姜《ぜんきよう》（晴賢）のもとに行くぞ。丹後が内通したときいて、あわてふためいて注進に行くであろう。はははは」

「すると、慶菴は陶の回し者でございますか？」

「知れたこと。わしには、やつめが空涙《そら》を出して全姜の恨み話を申した時から分かっていた。それで、知らぬ顔で逆に使ってやったのじゃ。江良丹後の偽《にせ》の起請文など見せてな。可哀想《かわいそう》に、江良は成敗されるであろう。あの男は剛勇で陶方の大黒柱じゃ。われらに取っては陶退治の邪魔者じゃよ。それで陶の手で丹後を除くように計らったのじゃ」

「なるほど、分かりました。それから、厳島に陶の軍が来るのが当家の為《ため》にならぬ、と仰せられましたのも策略でございますか？」

「そうだ。考えても見い。陶の軍は二万。われらは三千人足らずの人数じゃ。平地で大合戦ともならば、とても勝ち目は無い。厳島は長さ二里半、幅一里の小さな島じゃ。しかも島の真ん中には弥山《みせん》という高い山がある。この狭い島に陶の大軍をひきつけて、屠《ほふ》るのじゃ。今に見い。全姜はよろこんで厳島に上陸《あが》ってくるぞ」

元就《もとなり》は眼を細めた。相変わらず柔和な、たのしげな顔であった。

間もなく、江良丹後守興房とその嫡子《ちゃくし》彦三郎が、岩国の琥珀院で、陶の手で闇打《やみう》ちに殺されたという風聞が伝わった。

「丹後は気の毒したな」

と元就は言った。

「この上は、陶をいよいよ厳島におびき寄せるのじゃ」

暫《しばら》くして、元就は厳島の北岸の宮尾に城を築いて、兵五百で守らせた。

そのようなことをして、後で散々に後悔した。その後悔は大びらで、集会の席で構わずに大きな声で嘆息した。

「ああ、悪いことをした。あんなところに城など築くのではなかった。万一、陶方が厳島に渡海して、あの城を奪い、さらに修理でもして腰を据えようものなら、当方の不自由は申すも更なり、粮米《ろうまい》運ぶ舟の出入りも叶《かな》わぬときは、われらの武運もそれまでじゃ。どうか、陶《すえ》が厳島に渡らねばよいが」

いかにも心痛で堪《たま》らぬ顔をした。

多勢のなかには陶方に心を寄せる者もいた。

元就の後悔めいた述懐は、すぐに陶晴賢《はるかた》の耳に達した。

晴賢は先の天野慶菴の聞いてきた注進といい、この情報といい、厳島上陸こそ毛利の急所だと判断して、遂にそのことを決行した。

弘治元年九月下旬、陶晴賢は、四カ国の兵二万を率いて兵船数百艘《そう》で厳島に渡海した。

その報告をきいて、元就は横手を拍った。

「全姜め、うまうまと乗りおったな。これで勝はこちらのものじゃ」

おだやかな老翁《ろうおう》の面相は、秋霜も侵さぬ武人の面貌となった。

十月晦日《みそか》の夜、元就は厳島の対岸、地御前から発船した。月無く、真っ暗な闇であった。毛利の船はいずれも篝火《かがりび》を消し、隠密のうちに漕《こ》ぎ出た。折から暴風雨であったが、中途までくると、風は落ちて海は凪《な》いでいた。厳島の西、鼓の浦に到着した。兵が上陸すると、乗ってきた舟は悉く対岸に漕ぎ返らせた。

みな必死の覚悟であった。

雨が降り出してきた。

兵は黙々と山を登って行った。合言葉は、「勝つか」と言えば、「勝つ勝つ」であった。山を登りながら、兵たちは懸け声をかけていた。それが自然に高まり、鬨《とき》の声になっていた。

元就は齢とも思えぬしっかりした足の踏まえで、兵と一しょに山を登っていた。雨が山道を叩《たた》いた。

この山を越して駆け下りたところが、陶晴賢の本陣のある塔の岡《おか》であった。晴賢は多分は其処《そこ》で、まだ睡っている筈《はず》であった。

「勝つ勝つ」

真っ暗な山の坂道を、兵たちは声を合わせて呪文《じゆもん》を唱えるようにして登っていた。

「勝つ勝つ」

四

強剛陶晴賢の大軍を厳島の狭隘《きようあい》な地にひき入れて潰滅《かいめつ》し、晴賢を自刃《じじん》させてから、元就は、大内の所領、周防、長門の二国をそのまま、手に入れた。

そうなると、強敵は出雲の尼子晴久であった。毛利は以前に一時は尼子の下についたころがあったが、それは僅《わず》か七百貫か千貫の弱小の田舎地頭の頃であった。今は安芸に、周防、長門を併有して思いもよらぬ勢力にのし上がっていた。そして此の二州をもつものの宿命として尼子氏と対決せねばならなかった。尼子の兵力は精鋭であった。それは大内や陶のように、内部の饐《す》えた兵力とは異っていた。簡単に戦いを挑むことは出来なかった。

尼子が強いのは、その一門の新宮党が存在するからだと元就は考えた。

新宮党は、尼子国久で、宗家の晴久の叔父であった。国久には五人男子があり、嫡男にはまた四人の男子がいた。一門の団結であった。

この新宮党が在る限り、尼子は磐石《ばんじやく》であった。

「何とかして、新宮党を取り除く工夫は無いものか」

元就はまた考えはじめた。彼は眉間の皺を一層に深め、数日を思案に耽った。いや、実は、謀略を工夫することに陶酔している顔であった。

一つの思案を、ああでもない、こうでもない、と組み立てたり壊したりするのは、頭脳の酷使よりも遊びであろう。元就の場合は、巨大な賭《かけ》があるのだから、愉《たの》しみは一層であった。

遂に或る着想を彼は得た。しかしこの思案を実行に移すとき、元就はそれまでの愉しみを半分は失った。実行には苦労が多いからである。

彼は、常々から心懸けて置いている諜者《ちようじや》共を集めて、苦い顔をして命じた。

「出雲領内に潜んで行ってな、かように言い触らすのじゃ。新宮衆が毛利方に心を寄せて、晴久に逆心を抱いているとな。必ず噂《うわさ》になるように仕立ててくるのだぞ」

諜者達は命令を受領して去った。彼らは、さまざまな人体《にんてい》、さまざまな職業人に変装する術《すべ》を心得ている。

何カ月かが経《た》った。

出雲の領内には、ひそひそと新宮党の逆心の噂が立つようになった。

この噂は、遂に尼子晴久の耳まで入った。

「世上の噂というものは埒《らち》もないことを申す」

と晴久は嗤《わら》い捨てた。しかし、すっかり嗤い捨てられない懸念《けねん》を、彼は眉の間に残していた。

「世上にはいかに風聞があろうとも、われらに対して一門衆の逆意は無い筈じゃ。さりながら今頃、不審な取沙汰《とりざた》ではある」

晴久の心に、疑惑とまではゆかぬが、心理的な伏線を元就は与えたことになった。

元就は、ある日、家臣に言った。

「近ごろ科人《とが》に死罪に決まっている者があるか？」

調べた結果を家臣は答えた。

「ございます」

「男であろうな、罪名は何じゃ？」

「は。四十一二歳くらいの親殺しでございます」

「うむ。隆景《たかかげ》を呼んでくれ」

末子の小早川隆景が来た。このときは三十五六の壮年であった。

「死罪と決まった科人が一人あるそうじゃ。その者に巡礼の衣裳《いしよう》を着せてやれ。首から文箱をかけて懐《ふとこ》ろに入れさせるのじゃ」

「ははあ」

「肝腎なのは、その文箱に文を入れて置くことじゃ、新宮衆なら誰に宛《あ》ててもよい。いかにもこなたと内通しているような、見せかけの密書の文句を書いて、その文箱に入れる。それからその科人にこう申しきかせる。この文箱を出雲のこういう人物のところへ届けよ。無事に使いを果たしたら、一命は助けてやるとな。よいか。後から武功の者二三人を隠れてつけてやるのじゃ。出雲領内に入ったら、どこぞでそ奴《やつ》を斬《き》って捨てさせい」

五

出雲国の山中の路傍に、雑草を血で塗って巡礼姿の一人の男が斬り殺されていた。よほどの腕の者に斬られたと見え、一刀のもとに息絶えていた。

土地の者がその屍体《したい》を見て騒ぎ、役人に届けた。調べてみると文箱がある。何気なく文面をよんで、役人は胆《きも》を消した。代官も顔色を変えて、上へ届け出た。

尼子晴久は、その密書の文句をよんだ。

「内々互に御意を得候一儀、弥々《いよいよ》御別心無く、彼の仁を打果され候節は、御所領の儀、御望みの如く雲伯を進置申す可きこと云々」

宛名は新宮衆の一人である。これで見ると毛利方の密使が巡礼に化けて入国したが、途中で変死したため、偶然に密書が手に入ったと判断された。

晴久は憤怒と恐怖を覚えた。

「さては、世上の取沙汰も嘘では無かったか。油断が出来ぬ。分からぬは人間の心じゃ」

これだけでは済まなかった。元就は、もう一度、念入りな仕上げをした。

尼子の本城は富田《とだ》城である。要害堅固で聞こえた堅城であった。その富田城の裏向きで、しかも容易に普通の人間が来られそうもないところに、落とし文があった。拾った人間は、艶書《えんしょ》だと思って、はじめは読んだが、それは重大な文句だった。彼は周章して上役に届けた。

晴久は落とし文の文句を読んだ。

「我らことは毛利家へ味方仕候間、此以後はたとえ命ながらえ候とても、お目に懸かることは有るまじく候。扨々《さてさて》御名残りおしく存候儀は、筆に尽くし難く候」

宛名も日付も、書いた本人の名も無かった。これで判断すると、毛利方へ内応した誰かが、その愛人に宛てて、別れを惜んだ文が、不用意に拾われたということになる。

もはや晴久は新宮衆の逆心を疑わなかった。一刻も猶予《ゆうよ》は出来なかった。

晴久は富田城に腹心の家来だけを集めて相談した。

衆議、新宮党の当主尼子国久を討つべし、と決した。しかし、国久の男子多く、強剛であるから正面から押掛けて行くのは不利だといった。そこで、国久を富田城に誘い寄せて殺すということに、また決した。

「明日は乱舞を興行するに依って、登城なされたし」

との口上が新宮の国久のもとに届けられた。

国久は、喜んで参上する旨《むね》を答えた。

天文二十三年十一月朔日《ついたち》、国久は僅かな郎党と共に富田城に登った。

城中では晴久と対面した。二人の関係は叔父甥《おい》であるが、同時に主従の位置でもある。晴久は機嫌がよかった。

京から乱舞役者が来て城内に逗留していた。その舞いを国久は見物して喜んだ。そのあと、晴久と酒を掛《く》むことになっていた。

手筈は整っていた。襖《ふすま》のかげに武功の士三四人を忍ばせて置いた。

見物が済んで、晴久と国久が一室に対坐《たいざ》して杯を手にした。

瓶子《へいし》を持って酒を注ぐ役の近侍が、傍に一人控えているだけであった。

主従というより、肉親の間であるから、遠慮は無かった。酒は気持よく進んだ。

「近ごろ、わが家中に毛利に内通する者があると世上で取沙汰しているそうな。叔父御は聞かぬか?」

さりげなく、晴久は訊《き》いた。

「聞かぬでもないが、根も無い噂じゃ。気になさることは無かろう」

五十を超しているが、国久は精悍《せいかん》な赭《あか》ら顔をしていた。

「噂では、新宮党の中に異心を抱く者があると沙汰している」

「笑止なことよ。われらの間のことを知らぬ痴《し》れ者の陰口じゃ。左様な取沙汰をひろめたは、大方、毛利方の細工かもしれぬ」

国久は、悠々と杯をふくんで、表情には塵《ちり》ほどの変化も無かった。晴久には、ひどくそれが横着気に見えた。

晴久は眼を近侍に向けた。その士は心得て酒を注ぐとみせて、瓶子を国久の面上に投げた。

「何をする」

国久はとっさによけた。太刀を摑《つか》んで晴久が立ち上がった。それを合図に隣りから襖を蹴倒して槍《やり》が殺到して来た。

「裏切者」

槍は国久の起ち上がりかけた横腹を抉《えぐ》った。その柄《つか》を握ったまま国久の大きな身体《からだ》は転倒した。肩と頭を刀を持った者が斬った。

「成敗」

太刀を抜いて立っていた晴久が言った。これが朔日の宵の出来事であった。

翌二日の早朝には、晴久の大挙した人数は新宮に押し寄せて、其《そ》の一党を打った。国久の子、誠久、豊久、敬久、又四郎、氏久、みな仆《たお》れた。

ただ、この誅殺《ちゅうさつ》から孫の孫四郎だけは乳母の懐ろに抱かれて遁れた。この幼児が、後に山中鹿之助《しかのすけ》の一党に擁立されて、毛利に抵抗した勝久である。

晴久が、己れの手足ともいうべき新宮党を討ったという情報はすぐに元就《もとなり》の耳に入った。

「やったか」

皺《しわ》の刻んだ眼が糸のように細まり、咽喉の奥でくくと笑った。

元就が出雲に攻め入り、富田城を囲んで尼子晴久を降したのは、永禄九年十一月であった。

ひとりの武将

一

佐々与左衛門《さっさよざえもん》が、はじめて前田孫四郎の名を知ったのは、このようなことからである。

信長がかわいがっていた童に十阿弥《じゅうあみ》という小姓がいた。この者が孫四郎の笄《こうがい》を盗んだ。孫四郎は怒って、主君の信長の前に出ると、

「十阿弥を成敗いたしとうぞんじます。お許しを願います」

と申し出た。信長は、それを聞くと不愉快な顔をして断わった。

「童のことじゃ。許してやれ」

話はそれきりになったと誰もが思った。ところがその日の暮れ方に、十阿弥は血にそまった死体となって転がっていた。下手人はもとより孫四郎である。

信長が憤激して、孫四郎を手討ちにすると言いだした。それを支えたのが柴田《しばた》権六《ごんろく》である。そのために生命《いのち》だけは助かったが、前田孫四郎の姿は織田家からそれなりに去ってしまった。

その話を、与左衛門は兄の盛政《もりまさ》から聞いた。

「孫四郎は、そちと同年、十九のはず。強《したた》か者じゃな」

与左衛門は、兄が同じ齢の自分とくらべて、孫四郎を賛美する口吻《くちぶり》が気に入らなかった。彼の心に、生涯の敵手が影を落としたのは、この時からであった。

同じ年齢ということに、与左衛門は、孫四郎にたいして一種の執拗《しつよう》な意識をもった。淡泊に忘れてしまえないものがあった。

そのことを証明するように、それから三年経《た》って前田孫四郎の名が耳にはいった時は、与左衛門に衝撃を与えた。

永禄三年五月、信長《のぶなが》は桶狭間《おけはざま》に今川義元《よしもと》を急襲して勝利を獲《え》た。その時、孫四郎が現われて敵方の目立ちたる首級三つまであげたのであった。

篠《しの》つく雨のなかを泥んこのようになって孫四郎が二つの首を提げて、信長の馬前に近寄った。

「これを御覧ぜられよ」

孫四郎は両の手の首を、信長に見せた。信長はちらとそれに視線を走らせたが、知らぬ顔をして、指揮をつづけていた。

孫四郎は顔色かえて、その首をその場に投げだし、ふたたび乱戦の中にとって返した。彼がふたたび駆け戻ってきた時には、今川方に名だたる侍大将の首が手にさげられていた。

信長は一言も口をあけなかったが、彼の眼は、もう孫四郎を許していたのだった。

――

この話を、与左衛門は兄の友人から聞いた。

「孫四郎は見かけはおとなしいが、なかなかの者じゃ」

話してくれた男は、大きな声を出して感心していた。外は雨が降りつづき、屋敷の中は暮れ方のように暗かった。この友人は、桶狭間で戦死した兄の弔問に来てくれたのである。

「貴殿はたしか孫四郎と同年であったな?」

「さようです」

与左衛門は言葉少なに答えたが、平静ではなかった。

「盛政どのの跡目として貴殿にお召しがござろう。孫四郎に負けずにご奉公なされよ」

雨の中を帰っていくこの男の姿を見送って、与左衛門は煽《あお》られたような気持になった。

彼がその前田孫四郎とはじめて顔を合わせたのは、信長の前に呼びだされた時である。

「盛政は惜しいことをした」

信長はまず兄を追悼して、与左衛門の顔を見すえた。

「そのほうはいくつに相成る」

「当年二十二でござります」

「ほう、孫四郎と同年じゃな。これ、孫四郎」

信長は居ならんでいる家臣の方へ声をかけた。その中の一人が頭を下げた。若い顔であった。

「あれなるが孫四郎じゃ。見知っておけ。桶狭間では手柄を立てたぞ。そのほうと同じ齢じゃ。劣らずに奉公をしてくれ」

信長は、そう言って杯をくれたが、さらに言葉を重ねた。

「孫四郎は菅家《かんけ》の末流、そのほうは佐々木源氏の裔《すえ》じゃ。家柄の由緒《ゆいしょ》も、いずれ劣らぬ。向後は両人とも励みあうがよい」

信長は上機嫌であった。

信長がいなくなると、孫四郎のほうから立って、与左衛門の前にきた。

「前田孫四郎でござる。何分、お頼み申す」
若いのに、いやに落ちついた態度で、実際より年上に感じられた。先に挨拶《あいさつ》された
ということも、彼の老巧じみた自信がみえて、与左衛門は軽い狼狽《ろうばい》を覚えた。
「手前こそ、お引きまわしくだされ」
彼はこう答えたものの、何か羞恥《しゅうち》のようなものが顔にのぼってきた。彼は己れのこ
の理不尽な羞恥に怒った。あとで考えてみると、孫四郎のひどく大人びた顔つきや物
腰に、ある厚味を感じて気おされたようであった。
「おのれ、負けるものか」
与左衛門は、ひとりになったとき、いま会ったばかりの彼の記憶を宙に据えて、反
発と競《せ》りあう心が燃えあがった。
前田孫四郎が又左衛門利家《またざえもんとしいえ》と名を改めたことを間もなく聞いた。彼に関しては、こ
のような些細《ささい》なことでも聞きずてにできなかった。
与左衛門自身も、佐々内蔵介《くらのすけ》成政と改まっていた。

二

それから小さな戦闘はいくつもあったが、内蔵介成政が充分に己れの働き場を得た

のは、永禄《えいろく》五年の五月、信長が斎藤義興《よしおき》と美濃国賀留美《かるみ》で戦った時である。降りつづいた長雨に洲俣《すのまた》川は氾濫《はんらん》し、田面《たのも》の水嵩《みずかさ》は増して池のようだった。敵は漫々と水を張った深田の向こうの低い高地にあった。こちらが田を渉《わた》っていくのを待ちかまえているらしかった。

暮れて間もない空には、雲の間に細い月があり、一面にみなぎった水をうすく光らせていた。

短気な信長は前進を号令した。織田勢は水沫《みずしぶき》をあげて水田を渡りはじめた。敵が計画したように、深い泥田のために膝《ひざ》まで没して前進は容易でなかった。そのため陣列が乱れ、ようやく這《は》いあがった者は、敵に押しつつまれて討たれた。織田勢はみるみるうちに苦戦に陥った。

それでも大部分の兵が渡りついたころから、非常な乱戦となった。夜戦であることが混乱をいっそうにした。信長のもとには、早くも九条の砦《とりで》の守将織田勘解由左衛門《かげゆざえもん》の討死が報告された。

内蔵介は夢中で敵の黒い塊りの中に槍《やり》を揮《ふる》った。すると、彼の耳は周囲の激しい叫喚のなかから、命令をかけている声を聞いた。嗄《か》れ声だったが、恐怖のまじった瞬間的な怒号とははっきり区別できる秩序をもつ号令であった。

内蔵介は、その侍大将らしい声の方に槍を突進させていった。黒い塊りが叫びながら左右に割れた。その中の一つが、彼の槍の攻撃をがっちりと受けとめてはねかえした。

暗い中に、二三合の突きあいが、瞬時の間に行なわれた。彼が無我のうちに突きだした槍に敵の姿勢が崩れた。それは相手の身体《からだ》が彼の槍先に衝突してきたような変なたあいなさであった。このころから美濃勢は、退き潮に流れていく芥《あくた》のように徐々に壊走しはじめていた。

首を掻《か》いた時、内蔵介はそれほどの大物とは思っていなかった。が、夜明けて信長の実検に供したとき、それが美濃衆の武者大将稲葉又右衛門《またえもん》であることを知らされた。

「よくぞやった。これからも手柄せい。まだまだ、たんとある」

信長は遠い眼つきをした。彼の前途は、北美濃の山岳の打ち重なりのように、大小いくつもの戦闘をのり越えねばならなかった。内蔵介は賞詞と引出物を貰《もら》った。自信が、内蔵介成政の意識を押しあげた。それからもつづいた戦闘ごとに、彼の働きは織田方の荒武者との評判をひろめるようになった。

ところが、前田又左衛門の成功も、決して内蔵介に負けてはいなかった。二人はいつもならべられて人々の口にのぼった。

奇妙なことに、以後、二人はどこの戦でも、いつも一組となって任務に当たるめぐりあわせとなった。それは信長が意識してそうしているのか、あるいは偶然にそうなったのかわからなかった。が、内蔵介は前田又左衛門がいよいよ己れと向きあって立っていることを覚悟しなければならなかった。

戦場での敵は単純であったが、内蔵介の神経を絶えずつついているこの〝敵〟は、ひどく心理的で、厄介であった。

すると、二人の立場をもっとはっきりすることが起こった。

永禄十年、信長は家臣の中から最も武功の者を選んで、黒赤の母衣《ほろ》の衆二十人をつくることを考えた。

信長は選考してみたが、その資格のありそうな者が人数に達しなかった。それで一度は諦《あきら》めようとしたところ、老臣の進言に、

「万事を備えている者はまれですから、その長ずるところ一二ある人々をまず選びだされたが然るべきかとぞんじます」

との言葉で、その気になった。

毛利新左衛門尉《じょう》、河尻肥前守《かわじりひぜんのかみ》、生駒《いこま》勝介……そういう誰もが織田家で武功者として納得している人々十九人のなかに、内蔵介も又左衛門もはいっていた。

しかも対立させるように、内蔵介は黒母衣十人の筆頭、又左衛門も赤母衣九人の組頭となっていた。二十人の予定が一人欠けているところに、この人選の厳密さと名誉があった。

それからは戦場の風を背にふくらませて馳駆する母衣の衆の赤と黒の色彩は、どの合戦でも織田方の花形であった。

黒母衣を背負った内蔵介も、赤母衣を背負った又左衛門も、表面はどちらも別段のことはなかった。戦場で会えば挨拶もするし、短い談笑もした。しかし、そのさりげない振舞いから離れると、二人の間には火のような競争心がせりあっていた。どちらかといえば、日ごろ重厚にみえる又左衛門も、内蔵介に煽られたように、すっかり熱くなっていた。

この二人を組みあわせて、信長の攻略は着々と延びていった。いや、信長の進路の歯車に二人は組みあわされたと言ったほうがよい。

美濃出陣の時は、彼ら二人が第三線を固めた。

朝倉征伐の越前手筒山の包囲戦では、柴田勝家の下について彼ら二人が先鋒であった。

元亀《げんき》元年、天満森《てんまのもり》の退陣では、やはり柴田と一緒に、彼ら二人が殿軍《しんがり》であった。

天正元年、朝倉滅亡の時にも、追撃して先駆したのはこの二人であった。

同じく三年、長篠《ながしの》の戦いでは、二人とも鉄砲奉行であった。

どの戦闘、どの合戦でも、内蔵介と又左衛門とは、まるで一対のように、同じ働き口と同じ任務が与えられた。

そのたびに、二人は見えぬ闘争を交わしていた。事実、合戦ごとの働きは、二人とも同じ点とはいかなかったから、感情は昂《たか》ぶるばかりである。

天満森の戦いの時がそうだった。

信長は摂津野田城を囲んでいた。秋のことで、田は稲が熟れていて一面に黄色い。城方は籠城《ろうじょう》の兵糧《ひょうろう》を獲るために森口あたりへ五六千人を出して刈田をはじめた。

川口の向かいの部署にあった内蔵介は、これを信長に報ずると、気早な信長はすぐにやってきた。その旗印を遠く望見すると、内蔵介はすぐに下知して渡河をはじめた。

敵は三千梃《ちょう》あまりの鉄砲をもって射かけてきた。そのために味方勢の足が怯《ひる》んだ。

内蔵介は真っ先にすすんだ。

「ぐずぐずするな。鉄砲に当たるぞ。すぐ、馬を乗り入れよ」

そう叫ぶと、敵の何千梃も構えた陣地へ、十騎ばかりで突っこみ、縦横に斬ってまわった。味方の兵がそのあとに雪崩《なだ》れこんだ。

が、敵は織田方の野村越中守という剛の者を討ってから勢いを盛りかえしてきた。気持の作用で自信を得たのか、つい先刻までとは見違えるような敵の攻勢であった。逆に、織田勢は浮き足だって、もう一歩のところで壊走が始まろうとしていた。

内蔵介も、いつか身体に数カ所の負傷を受けていた。さすがの彼の槍も、勢《きお》いこんで揉《も》んでくる敵勢の前には、威力を失っていた。彼は敵陣に駆け入って死ぬる衝動さえ、もう感じていた。

この時、彼の耳に、

「前田――」

という声が聞こえた。本能的にその方を見ると、いま、よそからここに駆けつけた又左衛門利家が名乗りをかけて、敵の群れに突入するところだった。彼を先頭とする一隊が敵方の攻勢を押し戻しつつあった。

この日の戦いは、どちらも懸け入らずに相退《あいび》きとなった。もし前田又左衛門の働きがなかったら、織田勢の敗戦は必至だった。当然のことに、又左衛門は信長はじめ家中から賛嘆された。内蔵介のはじめの猛進ぶりなどはその陰になって、声一つ出なかった。

「今に見ておれ」

内蔵介は苛立《いらだ》った。

三

あくる年、信長は近江にはいって、浅井長政を攻めた。高月というところで対峙《たいじ》したときだった。

信長は各陣に、

「近江勢は、今夜おおかた退散するぞ。相構えて油断すな」

と触れをさせた。諸将、承りましたと返事したが、誰もそんなことはあるまいと油断していた。

信長は休息もしないで、近江兵のいる田辺山の方を注視していた。すると子《ね》の刻ごろ、その山の後ろの方に当たって、炎の色が空を染めだした。敵が陣屋陣屋を焼きたてる火の色だった。

「それ見よ。敵が退くぞ。螺《かい》を立て。馬引け」

信長は大きな声で呼ばわると、引かせた馬に跨《また》がって、あとも見ずに駆けだした。

五六十騎ばかりが、やっと追いついているだけであった。

信長が五町も走ってきたころ、彼の前を一団の騎馬が駆けているのか、闇の中を轡《くつわ》の音や蹄《ひづめ》のざわめきが聞こえていた。

「誰か?」

と信長が誰何《すいか》した。

「戸田半右衛門でござる」

闇の中から返事があった。

「下方左近《しもかたさこん》」

「佐々内蔵介」

内蔵介は走っている馬上からどなった。油断しないで、宵から休まずに待機していただけの結果になったことに充分満足していた。

「岡田助右衛門」

「浅湯甚助」

「赤座七郎右衛門《しちろうえもん》」

暗い中からつぎつぎと興奮した名乗りがあった。内蔵介は一番に又左衛門はどうであろうかと気にかかった。すると彼の思惑を嘲笑《あざわら》うように、すぐ、

「前田又左衛門」

と聞きなれた男の声がかかった。

やっぱり！　内蔵介は小憎らしさと闘志を同時に感じた。負けてなるかと、思った。

「今夜の先陣はおれだと思ったが、やっぱり皆に先を越されたな」

信長がうれしそうに冗談を言って笑い声を立てた。

先を越されたと言えば、内蔵介もなんとなく又左衛門に先を越されたような気がした。彼はだんだん又左衛門が競争相手というよりも敵意の対象になってきた。

それから一年間は、信長は伊勢や大和に働いて相変わらず忙しかったが、その翌年の五月には武田《たけだ》勝頼《かつより》と戦うために、長篠に出動した。

この時は鉄砲という武器がはじめて主力に試された。甲州勢の騎馬集団を破るには、壕《ほり》をつくり、柵《さく》を設けて食いとめ、鉄砲で射かけるという戦法をとった。考えだしたものの、はたして実戦に成功するかどうかわからなかった。

鉄砲組の働きに勝敗がかかっているだけに、信長はその奉行に最も武功を恃《たの》む佐々内蔵介と前田又左衛門を任命した。

「また、あいつか」

内蔵介は相役が又左衛門と聞いて、闘争心に燃えあがった。

しかし、天正五年五月二十一日のこの戦は、あっけない勝負に終わった。押し太鼓を鳴らして攻めよせてくる名だたる甲州勢も、五千梃の鉄砲の前には面白いほど倒れていった。

名の聞こえた山県も、馬場も、甘利も、真田も、跡部も、攻めかかってきては、柵の前に半分以上も兵の死体を置いて引きさがっていった。繰り返して来れば来るほど、敵の人数は減っていった。

合戦のたびごとに敵をふるえあがらせた、武田勢の赤武者も黒武者も、鉄砲の筒先にかかっては、馬から石ころのように地上に転げ落ちた。

「もはや、潮合いがよろしゅうございますな」

と、内蔵介が信長《のぶなが》に言うと、信長は前面を見つめていた眼を放さずにうなずいて、全軍の総攻撃を命じていた。

戦いがすむと信長は、鉄砲奉行である内蔵介と又左衛門のほかに、野々村三十郎や福島平左衛門《へいざえもん》に厚いねぎらいの言葉をくれた。いわば、この戦いでも、内蔵介は前田又左衛門をさして越えたとは認められなかった。

ただ、連合軍である徳川家康《いえやす》が祝詞を述べに信長の本陣に来たとき、信長はちょうど横にいた内蔵介を家康に紹介して、

「今日の鉄砲奉行で佐々という男です」

と言った。

家康は、小太りした白い顔に、まるい眼をもっていた。その眼もとを愛らしく笑わせて、

「こんにちのお働き、いちだんとお見事」

とお愛想を内蔵介に述べた。

内蔵介はうれしかったけれど、もし又左衛門が居合わせたら、彼にもそう言ったであろうと思うと、独占的な喜びではなかった。彼の存在がいつも心に翳《かげ》って、晴れなかった。

信長は長篠の役《えき》を終わり、越前の一向宗門徒を退治すると、北陸方面の経略に手をつけた。

柴田《しばた》勝家を北の庄に居らせて越前八郡を与えてこの方面の探題とし、佐々内蔵介、前田又左衛門、不破《ふわ》彦三には二郡を与えてその下につけた。

ここでも、内蔵介は又左衛門と一緒だった。

「どこまでも、又左と組みあわせか」

内蔵介は、あくまで離れることのできぬ彼との間が、前世の約束ごとのように思えた。

そのうち、信長から書簡が来た。越前のことは柴田に仕置きを申しつけたから、何

分の指図は柴田に従うがよい、という文言のあとに、

「たがいに磨き合い候様に分別《ふんべつ》専一に候」

とあった。たがいにというのは文書の宛名《あてな》になっている佐々内蔵介、前田又左衛門、不破河内守《かわちのかみ》の三人のことである。

「たがいに磨きあえとな――」

内蔵介は、不破は別として又左衛門との競《せ》りあいがいよいよ命令的でさえあるように思えた。

四

それから三年たって内蔵介は越中を信長から貰って、近在の敵を破り、富山に在城した。

すると、追いかけるように、それまで越前にいた前田又左衛門は、信長から能登一国をもらって移ってきた。越中と能登は隣りあわせである。

「領国まで隣りあわせになるとは――」

内蔵介には、見えぬ宿命の糸のようなものが、自分と又左衛門とを結びつけていることを感じた。彼にとっては隣りの能登が友国というよりも敵国に近く思えてきた。

内蔵介が又左衛門と一緒に同じ戦塵《せんじん》を浴びて軍旅に出たのは、天正十年の五月からはじまった上杉との対戦が最後だった。

これは内蔵介や、柴田、前田、金森などの北国大名が信長の馬揃《ぞろ》いに参加のため、上洛《じょうらく》した留守を上杉景虎《かげとら》に踏みこまれたのである。上杉勢は越中の東部にある魚津城と松倉城に籠《こも》った。

急を聞いて北国大名たちは夜を日についで越中に馳《は》せ帰った。

柴田勝家を総大将として、魚津、松倉の両城を攻撃した。この時は内蔵介も又左衛門も勝家の下知に従って働いただけで、どちらがよけいに目覚ましかったというわけではなかった。

上杉景虎は急に本拠の春日《かすが》山城が心もとないという報をうけて、越後に帰国した。

そのため、さしも難攻であった魚津城がようやく落ちた。天正十年六月二日だった。

勝家はじめ織田方の諸将が、めでたい、めでたいと囃《はや》していると、四日に思いもよらぬ急報が京から届いた。信長の横死である。

みんな仰天した。わけて日ごろから剛毅を誇る柴田勝家が人が違うくらいしょげてしまった。

昨日まで、

「いよいよ上杉を追撃して越後にはいろうぞ」

と大声をあげていたのに、今は顔色まで褪《さ》めていた。

どうするか？　狼狽《ろうばい》した空気のなかに、軍議が開かれた。勝家はまず、こう言った。

「すぐに京にのぼって明智《あけち》を討ちたいが、われが上洛したと聞けば上杉勢がまた出てくるに違いない。この抑えいかがいたしたものか？」

並みいる不破、原、金森の諸将はすぐには返事はできなかったが、又左衛門が重そうに口を開いた。

「ご懸念《けねん》はごもっともとぞんじます。もうしばらく様子を見てから、上洛なされてもよろしきかと心得ます」

内蔵介は、又左衛門が分別くさそうに言うのが気にくわなかった。彼は思わず気負って口を出した。

「いや、こういうことはさっそくに実行されたがよろしかろう。上杉勢への備えは、われらにて充分につかまつります」

内蔵介は言いはなつと、勝家に向けていた眼を、じろりと又左衛門に移した。又左衛門は知らぬ顔をしていた。相手でないと言いたげな、横着な顔つきに見えた。

勝家はしばらく考えていたが、

「内蔵介の申すこと理《ことわり》と思う。われらは明朝この地を打ちたつでござろう。方々にお頼み申す」

と言った。

その言葉のとおり、勝家は五日の朝、陣列をそろえて上方に向かった。彼の老いたいかつい肩は、やや前かがみとなり、馬上に揺られて、北陸街道の西に消えた。それが内蔵介の見た勝家の最後の姿であった。

勝家が引きあげたあと、上杉の様子もさしたることがないので、諸将はそれぞれ自国に引きあげた。国境を固めて、この動乱期の推移を見きわめようとしたのだった。

ところが富山に帰った内蔵介成政のところには、明智光秀《みつひで》は羽柴藤吉郎秀吉《ひでよし》が討ち、勝家は戦に間に合わなかったことが知らされてきた。

「なに、藤吉郎が！」

内蔵介は呆《あき》れて、つづく言葉が出なかった。

彼にしても、異常な出世児である藤吉郎秀吉のことを意識しないでもなかった。が、その意識はあくまで軽蔑《けいべつ》の意味だった。

多くの織田の宿将がそうであるように、内蔵介も、秀吉を小身のころから知っていた。いやに上位の者に取りいることの巧い軽薄な奴《やつ》だと思っていた。才気走ったところが信長に買われてしだいに出世したが、内蔵介が彼を見る眼のさげすみの色は、それと比例してしだいに濃くなっていた。今まで、何度も、

「猿め。いい気になりおる」

と、舌打ちして呟《つぶや》いたものだった。

「ほどほどのところで、抑えてやらねばなるまい」

下賤《げせん》の出身ということが侮辱の対象であった。いやに出世が早いということが不愉快である。それに、彼が前田又左衛門と親密であるということが気にくわなかった。もしかすると、そのことが秀吉を嫌ういちばんの理由かもしれなかった。

その、ばかにして見くだしていた藤吉郎が光秀を誰よりも早く討ったというのだ。

「これは柴田殿が納まるまい。秀吉を討つかもしれぬ」

やるがよい、とけしかけてやりたいくらいだった。むろん、勝家から、頼む、と言ってくればさっそくに味方をしにいくつもりである。ここまで秀吉をのさばらせておいたのが寛大なくらいだった。思いあがった小面の憎い猿面を叩《たた》きたかった。

「待てよ。又左衛門はどうするかな。あいつ、秀吉とひどく仲がよいが」

内蔵介は、ふと思った。

五

勝家からの誘いは確かに来た。

天正十一年三月、雪解けも待ちきれずに、勝家は秀吉と決戦のため南下するというのだ。が、内蔵介にあてた勝家からの頼みは、

「秀吉は上杉と通じたから、貴殿は上杉への抑えとして在国されよ」

とあった。

そのため内蔵介は戦闘には参加しなかった。ただ、勝家、秀吉の決闘の結果の急報を待つばかりであった。

急報は来た。江州柳ケ瀬《ごうしゅうやながせ》付近で北国軍は総敗軍、佐久間盛信は捕われ、柴田勝家は敗走、秀吉はこれを追って、北の庄に進撃中というのである。

内蔵介にとって想像もつかない結果だった。秀吉があの勝家を負かした。なんということだ！　猿めが。

「又左衛門はどうしているか？」

内蔵介は報告に帰った者に急きこんできいた。やはりそれがいちばんの関心事だった。

前田又左衛門が勝家に従って出陣したことは前に知らされていた。内蔵介の脳裏には、今や秀吉のために打ち負かされて、惨憺《さんたん》として敗走する又左衛門利家の姿が快く描かれていた。

「前田又左衛門殿は、羽柴方の先手として北の庄に進んでいます」

「なに？」

と、内蔵介はわが耳を疑った。

「又左は柴田殿の味方で出陣していたのではなかったか？」

「はい。たしかに前田殿は柴田さまについて柳ケ瀬に出陣なされていました」

「それで今は秀吉の先手とな？」

「さようにございます」

なんのことかわけがわからなかった。が、次の報告は、その消息をやや詳しくした。

「前田殿は柳ケ瀬の合戦ではほとんど一戦もせずに府中に引きあげました。負けた柴田さまは帰国の途中、府中城に寄って前田殿から湯漬けの振舞いをうけ、新しい馬を貰ったそうです。そのあとを追って秀吉が府中に着くと、前田殿は秀吉を城内に迎えて、自分から柴田征伐の先鋒《せんぽう》を申し出たそうです」

内蔵介は、はじめて合点《がてん》がいった。納得のいった合点ではなかった。悪事のからくりを見たような納得だった。

「又左め。柴田殿を裏切り、秀吉に内通しおったな」

これだと合点した。これ以外に又左衛門の不可解な行動の説明のしようがなかった。怒りがこみあがってきた。

「又左。恥知らずめ。」

憤激で声がふるえた。又左衛門利家《としいえ》を軽蔑できることに満足しながら、しかも、どのように憎悪《ぞうお》しても足らなかった。

それからの事実を伝える報告はつぎつぎとあった。

「北の庄落城」

「勝家さま自刃《じじん》」

「羽柴殿は加賀に向かい、尾山に入城」

「前田殿も羽柴殿に従って加賀に入国」

内蔵介は眠れなかった。憤懣《ふんまん》が火の塊りのように胸にたぎった。憤懣ばかりではない、危惧《きぐ》が彼の心を揺すった。秀吉の報復という恐れだった。はじめて秀吉が思いもよらぬほど巨大に成長していることに気づいた。

——その夜、更《ふ》けた亥《い》の刻、内蔵介の寝所に足音が聞こえ、老臣の佐々平左衛門《へいざえもん》が面会に出た。

「いかがなされます？」

平左衛門は内蔵介に近々と寄ってきいた。紙燭の灯が、彼の皺《しわ》の多い半顔を浮かびださせていた。

「どうするもない。一戦してもよいぞ」

内蔵介は吐きすてる調子で言った。

「それも悪くありませぬな」

平左衛門は主人の挑むような言葉を、薄い笑いで静かにはずした。

「しかし、まだ早うございます。時期をお待ちください」

「時期とは？」

「ほどなくやってまいりましょう。このたびは羽柴殿におとなしくしていたほうがよいと思います」

「しかし秀吉は柴田方についたわしをこのままにしておくかな。秀吉には又左もついていることじゃ。あいつ、何を言っているかわからぬ」

「殿。手前にお任せください。府中に滞留中の羽柴《はしば》殿のところへは、手前が使者にまいります。事は急がねばなりませぬ。明朝、早々に府中に出発いたします」

内蔵介はすぐに返事を与えなかった。主従の間にやや長い沈黙が流れた。

「平左」

口を切ったのは内蔵介のほうだった。

「そのほうの口からは申しにくかろう。人質に志保姫《しほひめ》を出そう。明日、府中へ連れていけ」

内蔵介には二人の女《むすめ》がいた。上が十五、下が十になる。その妹のほうを秀吉に差しだそうというのであった。

平左衛門は黙って手を突いた。

あくる朝、佐々平左衛門は三十騎ばかりで富山城を出発した。その騎馬に包まれて一梃《ちょう》の輿《こし》が去っていった。真昼の暑さを思わせる朝の太陽の強い光が、小さな人質を乗せた輿をきらきら光らせて遠のいた。

内蔵介はその行列が小さくなるのを見送った。未《いま》だかつてこのような屈辱の行列を、わが城から出したことがなかった。

「見ておれ、猿め」

内蔵介の眼には、この行列を迎えた秀吉と前田又左衛門とが、顔を見合わせてわらいあう光景が見えるようであった。

それから五日たって平左衛門が府中から帰ってきて、秀吉が内蔵介の帰順を容れて、越中一国は安堵《あんど》するという結果を報告した。

「又左は？」

内蔵介は、やっぱりそれが何より心にかかった。

「前田殿は佐久間殿の旧領加賀二郡を加封され、尾山を居城となされました」

六

家康《いえやす》が織田信雄《のぶかつ》の頼みをいれて、秀吉と手入れとなったのは翌年の春だった。

内蔵介は、機会が来た、と思った。秀吉は負けるだろう。又左衛門の所領、能登、加賀に打ち入るは今だと思った。長い間、この北国の空のように陰欝《いんうつ》な雲を見てきたが、はじめて一画に青空を見た思いがした。

「覚えたか」

唾《つば》吐くように投げつけた言葉の相手は、むろん、秀吉と又左衛門にである。

内蔵介は佐々平左衛門を呼んだ。

「去年、そのほうが時期を待てと申したが、その時期が来たぞ。浜松殿（家康）に呼応して、わしは又左を打つ。加賀、能登二州を切り従えるのじゃ」

内蔵介の昂《たか》ぶった表情ほどには、平左衛門は興奮しなかった。彼は小首を傾《かし》げた後に言った。

「前田殿もなかなかのお人。容易ならぬ相手でございます。たとえご当家の勝ち戦になりましても、相当にご人数が傷《いた》みましょう。のちのちのため、一人のお味方でも大切です。何か調略でもございますか？」

「ある」

と、内蔵介は、慎重な平左衛門に満足して答えた。

「奈津姫の婿《むこ》に又左の次男利政《としまさ》を受けたいと申し入れるのじゃ。ゆくゆくは越中の一国を譲ると申してな」

「はて。それから？」

「又左は承知するに違いない。約束しておいて、婚儀はいろいろと口実を設けて先に延ばす。その間の油断を見すまして攻め入るのじゃ。不意を打てば又左め、ひとたまりもなかろう」

平左衛門の顔には危ぶむ気色《けしき》が見えたが、反駁《はんばく》はしなかった。彼は主人がどのように又左衛門利家にたいして敵愾心《てきがいしん》をもっているかを知っている。とめてもきく人ではなかった。

縁組の交渉がはじまった。

「内蔵介はもはや四十五歳に相成り男子の出生は望まれない。ついては世嗣《よつ》ぎとしてご次男利政殿をご養子として申し受けたい。ご縁を結べば越中をも譲り、内蔵介は気楽に隠居する所存である」

というのが申し入れたときの言葉であった。

前田又左衛門のほうからは、

「結構である。当方に異存はない」

と承諾してきた。

内蔵介は笑った。近ごろ、このように晴々と笑ったことはなかった。

佐々平左衛門に命じて尾山城（金沢）に結納を持たせてやった。

「よろしくと申されました」

と、使いから帰った平左衛門は報告した。

「又左は本気にしているか？」

「これにて、とかく今まで疎遠《そえん》であった両家が親密になれて重畳《ちようじよう》である、とたいそうご機嫌でありました」

「いい気なものだな。越中一国が手をわずらわさずにはいってくると思っているのか」

内蔵介は毒づいた。うまい話にすぐ飛びついてきた又左衛門の根性を軽蔑《けいべつ》した。

尾山からは、前田方の重臣村井又兵衛という者が答礼に来た。内蔵介の見せた扱いはていねいで、しじゅう口辺から微笑を消さなかった。

前田方は、それから婚儀の日取りを迫ってきた。

当然の計画として、佐々方は、某月はつごうが悪い、某月は縁起がよくない、で時日を遷延《せんえん》した。その間に加賀侵入の謀議はたびたび開かれた。

ついに八月となった。

「どうやら前田方ではこちらの様子を察したらしい。しきりに軍勢を催している」

という報告がはいった。もう猶予《ゆうよ》はできなかった。内蔵介は命令した。

「佐々平左衛門と前野小兵衛は、まず朝日山に砦《とりで》を築いておけ」

朝日山は加賀と越中の国境にある。五千の軍兵が出動するのを内蔵介は満足そうに見送った。

すると二刻《ふたとき》も経《た》たぬ間に、騎馬が汗して報告にかえってきた。

「朝日山は、もう二日前に前田方の村井又兵衛の兵が砦を構えております」

やったな、と内蔵介は思った。又左、やりおる、と思った。

「村井の人数はどれくらいじゃ」

「しかとわかりませぬが、およそ千五百人ばかりです」

「それなら少人数、二手に分けて朝日山を攻めい。今日じゅうに落とせ」

伝令は弾丸のように引きかえしていった。

しかし、この戦闘は折りからの天候異変に妨げられた。

未《ひつじ》の刻から降りだした雨は強風を伴って地軸に突きたつばかりとなった。水煙で一間先も見えず、四囲は暮れたように昏《くら》くなった。風はますます募って、すさまじい暴風雨が荒れ狂った。

やむなく、朝日山を放棄して佐々勢は富山に引きあげた。このつまずきが暗示であるように、以後の戦闘は佐々勢に運が翳《かげ》った。

内蔵介は、苛立《いらだ》って能州末森城を目指した。

「末森城は能登と加賀の境目じゃ。ここを手に入れれば、又左の首と胴は離したも同然よ」

八日朝に富山城を打ちたち、行く行く処在の兵力を集めながら能州にはいった。その夕刻には先鋒は末森城の南一里ばかりの吾妻野、天神林に迫った。内蔵介はその後方の坪井山麓《さんろく》に主力とともに据わった。

「尾山から又左が後詰《ごづめ》を出すかもしれぬ。神保は途中でその手当てにあたれ」

神保氏張は命令を受けて、尾山城から来る敵の増援隊を拒《ふせ》ぐため、北川尻の砂丘に陣地をつくった。

その夜は篝火《かがりび》を限りなく焚かせ、末森城を示威した。晴れ渡った秋空には半月があった。

攻撃は九日の夜明けと同時に始まった。

八千の兵が鬨《とき》をあげて、南と東から懸かった。真っ黒い蟻《あり》の大群にたかられたように、ひどく頼りなげに見えた。戦は一方的のようだった。

「三の丸が落ちました」

一刻の後に、この報告がきた。

「ただ今、二の丸が落ちました」

また一刻の後に馳《は》せ帰った兵が告げた。

内蔵介は足を踏み鳴らした。じっとしておられなかった。

「陣地を前に進め。三の丸あたりに移せ」

城近くに来てみると、裸に取り残された本丸はいよいよ哀れに眺められた。城兵がぽつんぽつんと鉄砲を射かけていた。

しかし、いざ懸かってみると、この小さな本丸がどうしても落ちなかった。まるで針のような毛をもった動物が総毛を立てて向かっているように扱いかねた。一揉《も》みと思った佐々勢は、意外に厄介な抵抗に出会った。

「城将は誰じゃ」

内蔵介はきいた。

「奥村助右衛門です。城方もさほど人数もありませぬに、あんがい頑固に保っておりますな」

平左衛門が城を見ながら答えた。感嘆したような響きが声にあった。

「城兵が少人数では夜昼がもつまい。では味方は交替して昼夜休みなく攻めたてさせい」

内蔵介は指図した。夕刻になっても落ちず、夜にはいっても攻めつづけた。あくる日も、その晩も攻撃の手はゆるめなかった。

が、城は今にも落ちそうにして、呆《あき》れたように落ちなかった。最後の一点で踏みこたえていた。

じつは城兵の奮戦は、守将奥村永福《ながもと》の妻の激励があったのだ。

奥村の妻は、長刀《なぎなた》を横たえて夜昼となく城を見まわり、疲れて眠った城兵を揺り起

こし、

「さぞくたびれたであろう、ほどのう金沢より後巻なされるとの知らせがありましたぞ。もう一刻の辛抱じゃ」

と慰めて励ました。粥《かゆ》を大鍋《なべ》に炊いて配ったり、紅葉を焚いて酒をあたためて出したりして、崩れそうな兵卒を支えたのであった。

やがて金沢より後巻なさるべし、と彼女が言ったのは嘘《うそ》ではなかった。

その夜、急をきいた前田又左衛門利家《としいえ》は、尾山城から津幡城にはいり、それから逸散に馬を飛ばしつつあった。跡につづく人数は、わずか二千五六百だった。

又左衛門はこの後詰に出陣するとき、大声あげてこう言った。

「内蔵介とはたがいに若年よりたびたびの合戦に出あったが、この利家を越すことは一度もなかったぞ。余人は知らず、利家を敵にしてはなかなか思いも寄らず、みな心安くわが下知のごとくにつかまつれ」

七

十一日の夜明け、佐々勢は今浜の方角に思いもよらぬ喊声《かんせい》を聞いた。

その前夜、尾山城を出た利家は津幡城にはいってそのまま止どまっているという報告をきいたばかりだったので、佐々勢には前田勢のこの不意の出現は、後ろから撲《なぐ》りかけられたようなものだった。

山の上から見ていると、前田勢は末森城を囲んで輪になっている佐々勢の背後から、ぐんぐん食いこみつつあった。それは前田方でも精鋭で最も聞こえている村井又兵衛の隊が先手だった。

輪の一画に混乱がはじまった。混乱はしだいに輪を崩しだした。佐々方の輪は、急流のような前田勢の侵入に、揺れ動いて崩壊した。

鉦《かね》や、押し太鼓や、螺《ほら》や、人間の喚《わめ》きが、今朝もおだやかにのぼってくる太陽の下で湧《わ》きあがった。同じ秋の陽ざしは、地面に撒《ま》き散らされて刻々に量を増していく人間の血を、おだやかに照らしつけていた。

加賀勢の奇襲に、狼狽《ろうばい》して混乱した佐々勢は、もはや、輪の形態を完全に失ってしまった。前田勢は城内から打って出た城兵と一緒に、そうした佐々勢の一群をじりじりと押していった。

この戦場から一里半はなれている坪井山の内蔵介の本陣からこの戦況は望見された。

内蔵介は顔を紙のように白くした。

「佐々新左衛門《しんざえもん》殿、敵方の村井又兵衛と一騎打ちなされて討死」

「野々村主水《もんど》殿討死」

そうした報告はつぎつぎと来た。

やりおる、やりおる、又左。今、行くぞ。内蔵介は心に喚いた。

「平左衛門《へいざえもん》、先手をつかまつれ。又左に見参じゃ。参るぞ」

八千の主力は坪井山をくだった。——

前田勢も、これを見た。利家は馬の鞍《くら》を叩《たた》いた。

「おう、来る来る。願うところじゃ。今に内蔵介の首が見られるぞ。一番合戦は村井がせい。二番は奥村がつづけ。三番は不破、四番は利長、次がおれの番じゃ」

両軍の距離は縮まった。衝突はすぐに始まるかと思われた。

この時、奇妙な現象が起こった。

ひた押しに進んできた佐々勢が、ある線まで来ると、ぴたりと停止してしまった。内蔵介成政はじっと前方の前田勢を見つめた。整然と陣立てして待ちかまえている前田勢をである。

今まで燃えあがっていた内蔵介の瞳《め》に、一点、氷のようなものが射《さ》した。疑惑の色だった。鵜《う》の毛ほどだが怯《おく》れの表情だった。あの、人間が大事を決行の前にいつも訪れる逡巡《しゅんじゅん》と不安であった。

不意に前田勢の備えが鉄の壁のように見えてきた。このままぶつかると、はねかえされるか、砕けそうな気がしてきた。途方もなく取りかえしのつかないことを仕出かしそうであった。高い削られたような断崖《だんがい》の端に立ったときのように、それに引きずりこまれそうな誘惑と、その気持への恐怖を感じた。

内蔵介は不安そうな顔になった。判断力が逃げていくような不安でもあった。

内蔵介は無意識のように命令を出した。

「退《ひ》け」

と叫んでいた。

佐々勢は津幡街道に沿うて退却していった。

が、こういう場合の常識にはずれて、前田勢も傍観して佐々勢の退却を見送っていた。

むろん、なかには、すぐに尾撃《びげき》しよう、と息まく者もいた。又左衛門利家がそれを制止した。

「あの退きぶりを見たか。内蔵介も信長さまに取りたてられた者ほどあって塵《ちり》ほどの隙《すき》は見せておらぬ。あれに跡追いしてかかれば、えらい目に会うぞ。かまうな。われらも引きあげじゃ」

——内蔵介は富山に帰った。

彼が待っていたのは、秀吉《ひでよし》と家康《いえやす》の動きである。この二人が小牧山《こまきやま》でもの別れとなったことは知ったが、その後の情勢が気がかりなのだ。

天正十二年のその年も暮れようとしていた。雪はすでに降りつもった。

家康、信雄《のぶかつ》が秀吉と和解した、という知らせがはいって、内蔵介を驚愕《きょうがく》させたのは、その時である。

「なんということをするのだ。家康ほどの者が」

内蔵介にとっては、家康がただ一つの心の支えであった。その家康が秀吉と通じた。今まで秀吉を倒すたった一人の男だと思っていたのに。

おれはどうなるのだ！

家康も信雄も、自分を捨てて勝手な振舞いをしているように思えた。やりきれぬ焦《しょう》燥《そう》が心を嚙《か》んだ。又左衛門と秀吉に負けるのが無念でならない。

内蔵介は追いつめられている己れをさとった。逃げ場を必死に求めた。負けてはならない。負けてなるものか、どうしてくれよう。

家康を引きもどそう！　これだった。

家康を引きもどす。もう一度、秀吉打倒の立場に連れもどすのだ。ただ一つ、残された手段である。
まだ間に合う。すぐその工作に取りかかればよい。家康へ手紙をやっただけでは、むろんだめだ。使いを出しても、説得力があろうと
も思われない。自分が行くのだ。それよりほかになかった。わざわざ自分が出かけて
いって誠意をもって説けば、家康も動かぬことはあるまい。いや、きっと動く。
「必ず家康を誘《いざな》うぞ」
希望が内蔵介に勇気を出させた。顔色も血の色がのぼっていた。明るい見通しなの
だ。語調も力がはいっていた。
佐々平左衛門は内蔵介の言うことをおとなしく聞きおわると反問した。
「浜松へは、いずれの道を参られますか?」
越中から浜松への道は、東の方は越後から信濃へ出て遠州にはいるか、西は加賀か
ら美濃を通っていくかである。
加賀には前田がいる。越後には上杉がいる。飛騨も秀吉方だ。どの道も敵地であ
る。
どのように焦慮《しょうりょ》しても、翼がないかぎり、浜松に向かうことは不可能であった。平
左衛門のおとなしい反問は、その否定的な質問だった。

「浜松に行くには越後や加賀を通るとはかぎらぬぞ」

内蔵介は、平左衛門の心を読んだように言った。

「はて」

「立山を越えて信州にはいるのじゃ」

「なんと仰せられます」

あっと言ったように、平左衛門が呆然《ぼうぜん》として内蔵介の眼を覗《のぞ》きこんだ。主人が狂ったのではないかと思ったのである。

八

内蔵介は誰の諫言《かんげん》もきかない。説得に家康に会う決心は火のようだった。決心というよりも執念に近かった。現在いうところの日本アルプスを横断して、信州平に出ようというのであった。しかも冬山である。

内蔵介の眼は、熱病のように光を帯びていた。

彼の危惧《きぐ》は、冬山の登攀《とうはん》よりも、己れの留守を聞いて、前田又左衛門が出てくる恐れである。

彼は、こう胸算用した。

「おれが出発したことが又左に知れるのは十日ぐらいかかるだろう。又左もまさかと思うから、真偽をたしかめるのに五日はかかる。それから越中に侵入しようとしても、その出発準備に五日ぐらい費やすだろう。すると二十日間は大丈夫だ。二十日間で、おれは浜松を往復しなければならぬ」

できぬことはない、と信じた。心は焦燥で火のようになっていた。理性の計算はなかった。

内蔵介の家中にいる亀谷吉郎兵衛という者はもとは禅僧であったが、北国の地理は間道にいたるまで通じているというので、何かの用に立つと思って内蔵介が前に抱えておいた男だった。

内蔵介は吉郎兵衛を呼んで、立山から信州に越す近道はないか、ときいた。それに吉郎兵衛が答えた。

「下諏訪へ出る道は一度通って覚えておりますが、なかなかの難所でございます。絶えて人の影にも行きあいません。山また山は打ち重なって天に連なり、夏でも雪があります。手前が過ぎましたのは七月ごろでしたが、それでも寒風は真冬のようで、手足が凍りました。道はなく、ただ巌石《がんせき》を攀《よ》じて伝いますが、足を滑らせば深い谷間に落ち、その底は果てがしれませぬ。見も知らぬ鳥や獣に胆《きも》を冷やすことも、しじゅうでございました。煙を上げてたぎる地獄のような谷間もございます。手前もいろいろと諸国を歩きましたが、あんな恐ろしい山越えをしたのは初めてで、今思いだしても身ぶるいがいたします」

「恐ろしゅうても、道は覚えておるであろうな？」

「うろ覚えでございますが」

吉郎兵衛の顔に不安な影が射すのを、内蔵介は押えつけた。

「近いうちにその道を通って信濃に越す所存じゃ、案内いたせ」

吉郎兵衛は仰天した。

「これはお気でも触れられましたか。夏でもかようなしだい、まして真冬の今、かの山を越えんなどとは思いもよりませぬ。なにとぞ、お止どまりくだされ」

内蔵介は、その語尾の消えぬうちに、耳をおおうような声を出した。

「そのほうを、なんのために召しかかえたと思うか。今日のような時に役立てようために扶持《ふち》をくれてやったのじゃ。きけぬとあれば主命を拒む不忠者じゃ。この場を立たせず成敗いたす」

吉郎兵衛は畳の上にうつぶせた。彼はようやく合点をした。

準備は十日も前から秘密のうちに始まった。雪中の装具と、食糧が主だった。ことに食糧は厄介だったが、餅《もち》、乾飯《ほしいい》、握り飯に味噌《みそ》、塩を添えてそれぞれの袋に詰め、三つも四つも一人が携える腰兵粮《こしひょうろう》とした。

内蔵介は五日前から病気を言いふれさせ、膳部《ぜんぶ》も帰ってくるまでふだんのとおりに運べと言いおいた。

十一月二十三日、主従は富山城を人にさとられぬように脱け出た。

——立山を越え、冬の北部日本アルプスを横断して信濃に出た内蔵介成政の〝さらさら越え〟の行路は、三つの推定がある。

「越中三日市辺なる上野と云ふ所より信州松本への道をよぎる、高山より水流れ出で、越後の方へ流るるは、姫川の源にして、そこに橋あり、渉り場も有りて美濃へも出づ。成政の沙羅沙羅越をこゆると云ふはこの路の由土人云ひ伝ふ。真の沙羅沙羅越は高山より東海道の方へ流れ出づる河あり。そのところ至険にて六七月も容易に越えがたき地勢といふ」（賀邦録）

これが一つ。

「信州大町の西に高瀬川あり、この川五六嶽に出づ。又、北の方の野口入の水に会ふ。天正中越中の佐々成政ここに至るゆゑ佐々越とも云ふ」（信濃地名考）

これと、あとの一つは、加賀の藩臣有沢永貞という人の、

「この山絶嶮にして道只一筋なり。新宮を岩倉と云ふ。ここまでは平地なり。ここより三里ばかり嶮路を行きて中宮を芦峅《あしくら》と云ふ。ここまでは馬も通ふなり。此より立山御前まで九里あまりなり。其の道激水を渉り、嶮岨《けんそ》を伝ひ、岩を踏み、峰に上る。また難所の比すべくなし。至険五里ばかり上りて不動堂といふに至り、これより立山へは北の方左につく、沙羅々々越は右につく。その末は知らず。人の常に通ふ道にあらず、深谷大きによりて下って又上る。風雨に逢ふ時は進退度を失ふ。夜宿せんとするに民屋なく洞穴に憩ふの由なり。信州野口村と云ふ山家へ出づるなり。芦峅より十一里許りありと云ひ伝ふ。これより松本へ出で、人馬をやとひて木曾路か伊奈通りを行きて遠州か尾州に出でたるなるべし」

というのである。

これを、現在の登山径路から考えて、〃さらさら越え〃は、立山、浄土山の南側、五色ケ原の北に当たる今の〃ザラ峠〃(二三五三メートル)であると考えてよいのではなかろうか。それなら、粟巣、立山温泉、湯川谷、ザラ峠、刈安峠、平の小屋、針木谷、籠川渓谷、滝の小屋から大町に出る山径である。

九

昨日も今日も、すさまじい霧と吹雪であった。吹雪が音たてて渦を巻く。木一つ見えず、抵抗物もないのに、どうしてこのように凄《すご》い音を立てるのかわからない。内蔵介《くらのすけ》と従者たちは、何人かずつ分かれて、雪穴を掘ってかがんでいた。一足でも出たら、息もできないこの吹雪に巻かれてしまうのだ。見ていると、尾根の雪が風にさらわれて白煙をあげて疾っていく。

「今夜もこのまま野宿じゃな。みな抱きあって寝い。ひとりで寝るでないぞ。寒いのは身体《からだ》を動かせ」

内蔵介は下知した。誰の顔も暗い紫色になっていた。そう言う彼の唇も変色していた。

今朝、ひとりが凍死した。昨日はここまで来る途中、一人が身体を辷《すべ》らせて渓谷の底に引きこまれていった。

みんな不安な、脅えた暗い表情をしていた。いつ、見えない敵から死の襲撃をうけるかわからない。吹雪の唸《うな》りは魔のようだった。

いったい、生きて山が越せるのだろうか。荒れ狂う雪の山を眺めながら、誰もがそう思った。

「吉郎兵衛。まだ半分も来ぬか？」

内蔵介がきいた。

「はい。手前が前に越しました時は七月でございますから、まるで山の相が変わっております。こう雪で真っ白いばかりでは、見当がつきませぬ。しかし心覚えの、谷間からの湯の煙が立っている所がまだ見えませぬから、三つ一ぶんも来ぬくらいでございます」

吉郎兵衛が腫《は》れあがったような唇を動かして答えた。自信が少しもない顔つきだった。

あくる朝は、吹雪がやんでいた。雪は粘りついていたが、それも下の方で、上の方は晴れて、鋭く研いだような白い山頂が連なって見えた。

出発して歩きだした。雪は凍てついて堅かった。

「足に気をつけい。すべらせたら最後だぞ」

そう言いあっている声の下から、黒い影が喚《わめ》いて白い斜面を急な速度で落ちていった。

半刻《とき》もせぬうちに、濃い霧が下から湧《わ》きあがってきた。陽が翳《かげ》ったかと思うと、あたりが昏《くら》くなり、ひろがった霧が人間を巻きこんだ。人の眼は一寸先がきかなくなった。

「危ないぞ。はぐれるな。前の者を見失うな」

絶えず呼びあって踏みすすんだ。凍りついた雪は、一足あゆむたびに、砂利を崩していくような音がした。

「これは危ない。霧の晴れまを待とう。動くな。このまま停まれ」

停まると、しかし歯の根も合わぬ寒さが肌に襲ってきた。指や足先はとうから感覚がなくなっていた。

「足踏みせい。眠うなったら叩《たた》きあえ」

霧が少しずつ晴れて薄くなった。それから足を前に動かし始めた。たしかに東を指していた。

不意に地から湧くような無気味な物音が遠くで聞こえた。雷鳴を、もっと低く圧しつけたような響きであった。妙に不安な音響だった。なんだ、ときくと、吉郎兵衛は、

「雪崩《なだれ》です」

と答えた。

前進がはじまった。視界は相変わらず利《き》かなかった。攀《よ》じたり、下降したり、白い

雪の起伏の打ち重なりに取りついて、丹念に繰りかえすだけで、まるで目標がなかった。吉郎兵衛の先導についていくだけだった。

その日は十里も歩いたような気がした。すると、行き着いたところには、見覚えの雪穴があった。

それを見ると一同は落胆した。霧にこめられて一日じゅう、同じところをどうどう回《めぐ》りしていたのであった。疲労が一時に出た。

内蔵介は、その空《むな》しい行為が、己れの現在していることに、どこか似ているのではないかという予感が、ふとした。又左衛門《またざえもん》と秀吉《ひでよし》を目がけて瞋恚《しんい》の炎を燃やしながら行動していることが、これと同じに空《から》まわりではないか。そういう感じであった。それは、彼のような男にもときどき見舞ってくる、己れの茫漠《ぼうばく》とした運命への、瞬時の不安な自己示唆《しさ》だった。

「なに、又左に負けてなるものか」

と、彼は力を振るって妄念を払い落とした。家康《いえやす》さえ説得すればこっちのものなのである。

雲が湧きだした。雪がまた降ってきた。風が起こった。氷を砕いたようなかたい雪が顔をなぐりつけ、息ができなかった。

また明日の天候を待って雪穴の生活に戻った。

夜中に獣の吠《ほ》えるのを聞いた。何かときくと、吉郎兵衛が、

「豺《やまいぬ》です」

と教えた。

腰兵粮の食糧はしだいに欠乏してきた。凍傷にかかる者がふえてきた。二里の峠を越すのに、一日がかりだった。この分では、いつ向こうに出られるのか、立ちふさがっている果てしない白い山岳や渓谷を前にして、茫然とすくむばかりであった。

十

それでも必死の六日めには、羚羊《かもしか》や山鼬《やまいたち》の足跡が多く見られるまでになった。雪の上に樵人《そまびと》の足跡をみつけたのは、その翌日である。

十二月二日、ようやく信州高島に辿《たど》りついた。

死亡した者と、途中の野口村に置いてきた凍傷病人の数だけ減ったので、ここまで無事に着いたのは、主従十二人だった。

高島城では諏訪《すわ》頼忠《よりただ》が浜松に知らせてくれた。

駿河の府中にくると、家康の使いの者が、乗馬と換え馬をもって出迎えていた。使者は本多作左衛門でていねいな扱いであった。にこにこ笑っている作左衛門の顔を見ると、内蔵介は家康の意中を読んだような気がした。これは必ず上首尾であろうと、彼は心を弾ませて駿府の城を訪ねた。

家康は彼を迎えた。たいそう愛想がよかった。相変わらずふくよかな頰と、まるい眼に柔和な微笑を浮かべていた。

「立山を越えてまいられたそうだな。驚きいった話じゃ。鬼神のごとき貴殿でなければできぬことと」

と、まず驚嘆して、どの径《みち》を通ったか、どんな難儀があったかと、質問して、ふむ、ふむ、と子供のように熱心に聞き入った。

しかるに内蔵介がいよいよ本筋に話を持ちだして、秀吉追伐の意見を述べだすころから、家康の面上に徐々に熱心の現象が退きはじめた。

彼は話は最後まで聞いてくれた。人をそらさぬ家康のことであるから相手を鼻白ませることはなかった。客を迎えた主人の礼儀を守った。ただ礼儀だけであった。

「徳川殿には、さきに北畠《きたばたけ》殿（信雄《のぶかつ》）をお助けなされ、先君の筋目を違わぬようお計らいなされたことは、海内《かいだい》いずれも感嘆つかまつっております。ついては和睦《わぼく》とききましたが、まことに残念、今一度秀吉めをお討ちくだされませぬか。わたくしは故殿から格別の御恩をうけておりますから、ぜひ徳川殿と両旗にて、秀吉めを挟み撃ちいたしとうぞんじます」

内蔵介は、こういう意味のことを繰りかえして言った。ぜひ家康に言うことをきいてもらわねばならなかった。その一心で雪の山岳を生命知らずで歩いてきた。彼は、家康の厚い唇が動くのを、動悸《どうき》を早めてうかがった。

家康は口をほころばせた。言葉は、おとなしく親切である。

「貴殿が遠路大雪を分けてそれを申されにこられたは奇特なお心がけじゃ」

それは、十年前、長篠の戦で内蔵介がはじめて会った家康から、こんにちのお働き一段とお見事、とほめられた、あれと同じ家康の言葉の表情だった。

「しかしな」

と、話はつづけられた。

「わたしは元来が秀吉とは恩怨《おんえん》がない。ただ信雄殿から頼みこまれたから、故右府殿の恩義もあり、生命を忘れて加勢したまでじゃ。ところが信雄殿は勝手に秀吉と仲直りして、わたしのところに秀吉との間をかえって仲裁に見えたのだ。少し話がおかしいがな、まあ、それはよい」

と、薄く笑った。

「そんなわけで、わたしから旗を起こして秀吉ともう一度やりあう理由がない。ただな、秀吉にたいして貴殿が思いたつことがあれば、その時は、ずいぶんと加勢をいたすつもりじゃ」

言葉は、顔つきのように親切そうに見えたが、じつは中身は鳥毛一枚の重量感もなかった。

後で気づくとしても、その時はそれと感じさせない老練さを家康はあやっていた。その場の雰囲気に染まって内蔵介は気持が昂《たか》ぶって言った。

「かたじけのうぞんじます。故殿は数カ国を持たれましたが、謙信、信玄が同意して北陸道、中山道より攻めのぼれば必ず敗れたでござろう。今、徳川殿は信玄の分国駿甲信三州を領地となされ、手前も早くから謙信の分国、越中を手に入れております。されば、考えようでは、信玄、謙信が同意すると同じと見られましょう。これに敵《かの》うものがございましょうか。勝ち戦は手の中に握ったも同然でございます」

家康は、短い頸《くび》に顎《あご》をひきながら、

「そうであろう、そうであろう」

と、絶えぬ口辺の微笑《ほおえみ》と一緒にうなずいていた。

内蔵介は、信長から貰《もら》った刀を家康にやって、浜松から岐阜に向かった。旧主の子信雄に会うためだった。

が、岐阜に馬を進めながら、内蔵介は家康がいったい何を約束したかを考え直してみた。すると家康の言った言葉の一つ一つが、掌《てのひら》に汲《く》んだ水のように、指の間から漏れ落ちはじめた。——何も残っていなかった。

加勢するとは言った。しかし、己れは秀吉には恩怨はないから、立ち向かう意思はないと言った。すでに心にないものがどうして、ずいぶんの加勢ができようか。口先だけで、その実証も見せなかったではないか。家康のふくらんだ物の言い方は、空気のように何もなかったのだった。

すると自分があの場で、家康に向かって、

「あなたと手前は信玄、謙信も同然」

と話したのは、なんとつまらぬことを言ったものかと悔やまれた。実直そうな家康の態度とその雰囲気に、つい気持が昂然となって、言葉を大きくした。今は、そのことに充実感はなかった。

空疎《くうそ》なことを人前で言ってしまったあとの後悔と寂しさが、内蔵介の心に寒い風のように吹いた。

岐阜に着いて信雄に会った結果も、いっそうに晴れなかった。内蔵介が、

「徳川殿をお頼みなされて大坂に討ってあがらせたまえ。さようなれば手前も北国より攻めのぼり、秀吉の一党を退治するでござろう」

と、いくら勧めても、すでに秀吉に籠絡された信雄は、いっこうに顔色を動かすようすもなかった。

「それでは、春を待って、重ねてご相談申しあげに参上いたす」

と、内蔵介は言って退ったが、これは口だけの挨拶《あいさつ》で、信雄にその見込みがあろうとは思われなかった。

内蔵介成政は、今や孤独となった自分を見た。世の中の動きに、自分だけが隙間《すきま》のように取りのこされた孤独である。しかも秀吉は、この小さな隙間を埋めるため、早晩、迫ってくるであろう。

内蔵介は北国路を攻め寄せてくる秀吉の大軍が眼に浮かぶようだった。先手の指物《さしもの》はもちろんあの前田勢である。

「負けてなるか」

内蔵介は、ひとりで声を出した。

「来い、又左」

又左衛門のことを思うと憎悪《ぞうお》に近い闘志が湧いた。

内蔵介は越中にかえるため、ふたたび雪の深山路《みやまじ》を越さねばならなかった。

十一

翌年の天正十三年八月の初め、秀吉は佐々征伐のため大坂を出立したとの知らせが内蔵介のもとに届いた。

「美濃、尾張、伊勢、丹波、若狭《わかさ》、因幡《いなば》、越前、能登、加賀の衆で、細川、丹羽《にわ》、金森、蜂屋《はちや》、池田、宮部、森、稲葉、蒲生《がもう》、木村、堀尾、山内、九鬼、加藤、中村、それに前田の手の者を入れ、総数およそ十万」

情報は、そう伝えた。

十万。——

内蔵介は、己れの身体にかかってくるこれだけの数字の実体を知ろうとした。あまりに膨大すぎて、急には実感が来なかった。

ここ一年、末森城攻撃以来、内蔵介は前田勢と国境で小競合《こぜりあ》いばかりしてきた。いつもせいぜい、一万たらずの兵が動くだけであった。十万という数の想像はできても、現実感が遠かった。

それに、秀吉がそれだけの大軍を指揮しうる地位にのぼったということが、内蔵介には合点が行かなかった。そういえば彼はこの三月に内大臣となり、七月には関白となっていた。どうしてそんなことになるのか、内蔵介には理解できなかった。何か非常に不合理なことが、この世の進行にあるような気がした。

あの秀吉がそこまで伸びていることが不合理で仕方がなかった。どうしても納得がいかなかった。誰かが、よく説明できないが、誰かが、非常な錯誤を冒しているとしか思えなかった。

そう思うと、

「北畠殿も秀吉の手について参加されております」

という情報を耳にしたときも、この感想は同じであった。これくらいわけのわからぬ話はなかった。自分は、ともかく、信雄のためを思って尽くしてきたのである。雪の沙羅沙羅《さらさら》越えをして、駿河に出て、家康に会ったのも、信雄を助けるという理由であった。信長の旧臣がほとんど失せた今、信雄のためを思っているのは、己れだけだという自負もある。

その信雄が、秀吉と一緒になって、自分を攻める。どうしても納得がいかなかった。何もかも腑《ふ》に落ちなかった。

内蔵介は防御の準備をした。彼の思惑とは無関係に、現実に、秀吉の十万の兵は刻々と迫りつつあった。

富山城は、北、西に神通川《じんつう》があり、東に鼬川《いたち》がある。この両川を堀として、内蔵介は城を堅くした。

秀吉は二十日に倶利伽羅《くりから》峠を越えたという物見の報告があった。二十四日には急造した八幡嶺の仮り城に秀吉ははいったと知らせてきた。

「又左はどこじゃ」

内蔵介は真っ先にそれが知りたかった。

「前田勢は安養坊坂に布陣しております」

しかし今日の内蔵介には、それを聞いてもいつものような敵意も憎悪もすぐに来なかった。すべてのことが、不合理にずれて眼にうつってくると、今まであれほど憎いと思った又左衛門の存在まで、いびつに歪《ゆが》んで感情が呆けた。

二十四日から雨が降りだした。

あくる日も、あくる日も雨は降りつづけた。それもひどい豪雨で、昏《くら》く垂れこめた黒い空を、あきれて見上げるほどだった。その雨は七日間も降りそそいだ。

寄手の何千という陣屋も、草葺《くさぶき》のかげに青柴《あおしば》を刈り敷いたり、傘をさして凌《しの》いだりしたが、強風に煽《あお》られた雨は斜めに吹きこみ、雨漏れ、浸水で横になって寝ることもできず、薪《まき》が濡《ぬ》れては飯も炊《た》けず、熱い湯を一杯のむこともできなかった。陣中の馬は雨にうたれて、濡れ鼠《ねずみ》が泥の中をあるいているような格好で、ひどい苦労だったそうである。

降りつづく大雨で神通川の水量《みずかさ》が増し、山の谷々から押し流されてくる水は、真っ赤な濁流となって奔《はし》っていく。ついに堤を破って氾濫《はんらん》した。

この雨のため、寄手も城方も、戦闘の開始を阻まれた。

佐々平左衛門《へいざえもん》は内蔵介の前に出て言った。

「どうも、たいそうな降りでございますな」

「ひどい雨だな。さすがの寄手も水が出ては攻められぬとみえる」

「雨がやめば、やがて水も退《ひ》きましょう。寄手の攻めははじまります。ごらんなされたか、山も丘も寄手の人数で満ちております。寄手は十万、味方は一万五千、万死一生のご合戦も叶《かな》いませぬが、いかがなされますか?」

「どうせよと言うのか?」

「ここはひとまず秀吉殿におくだりなされたが然《しか》るべきかとぞんじます。そのわけは、とてものことに勝ちめがございませぬならば、無事の行《おこない》なされて秀吉殿に忠勤をつくされたうえ、時節をお待ちなされたほうが行く末のお家のためかとぞんじます」

内蔵介に返事がなかった。雨降りの乏しい外の光で顔が暗かった。

内蔵介は平左衛門の顔を見まもった。この男は本気でそれを勧めているのだろうか。たぶんはそうではあるまい。拒絶されることを半分は期待しているのであろう。秀吉の大軍を引きうけて一戦し、潔《いさぎよ》く討死しようと、己れが言いだすのをやはり待っているのではないか。

そう思うと、内蔵介は、いや、それは眼の前にいるこの平左衛門だけではないことに気がついた。

みんなが、それは、秀吉も前田又左衛門《またざえもん》も家康も信雄も含めて、その他の大名小名もろもろの者、足軽、百姓にいたるまで、佐々内蔵介が秀吉と合戦して討死することを当然な行為と思っているに違いない。それが、こういう立場に追いこまれた武将の行動では常識と思っているのだ。

それなら、よし、と内蔵介は考えた。どうせ納得のいかぬ世の中にできているのだ。こっちばかり常識を押しつけられてたまるか。注文どおりにはならぬぞ、と思った。どう考えても、秀吉などが、こんなに出世するのが不合理だった。

それが不平でならなかった。こちらだけがきちんと寸法の合った、まともな行動ができるか、と思った。

「よし」

と、内蔵介は声を出した。平左衛門が顔を上げた。

「そのほうの申すとおりになろう。秀吉に降参いたす」

平左衛門が手を突いた。さすがに意外に感じていることは、あっと叫びたそうな、その顔つきで知れた。

「佐々成政ほどの者が」と驚き、あなどっている世間が、内蔵介の頭をかすめた。彼はそれに挑む気持になった。

秀吉からは、

「坊主《ぼうず》になって墨染めの衣をつけて出てこい」

という返答があった。

よし、どんな格好でもしてやるぞ、と彼は思った。負けるものか、思いあがり者め、と心を張った。

呉羽山の秀吉の陣所に行くとき、どっと声を合わせて笑うのが聞こえた。はじめは何かわからなかった。つぎに笑う声が起こって、それが前田の陣所であることが知れた。笑い声は陣所の中から内蔵介を見て起こったのだった。戯言《ざれごと》まで聞こえよがしに言っていた。

「見い、うつくしき坊さまじゃな、われわれにも奉加帳をおまわしなされ」

手をたたいて囃《はや》した。

その前を通る内蔵介の足どりは早くもならず、遅くもならなかった。くりくりと剃《そ》ったばかりの頭をのせて、うすい笑い顔さえみせ、敗辱の泥の中を大股《おおまた》で歩いた。

「――又左、いるか。いるならここに面《つら》を出せ。おれの顔がまともに見えまい」

十二

佐々内蔵介の降伏は北畠信雄《きたばたけのぶかつ》の扱いによった。

秀吉は、聞いて、

「内蔵介め、腹を切らせたいところじゃが、北畠殿のお取りなしとあれば無下《むげ》には断われまい。ただし、又左殿の心しだいじゃ」

と、横にいる又左衛門利家《としいえ》の方を遠慮そうに見た。利家は頭を軽く下げた。

「内蔵介とは、この両年の間、たびたび戦っておりますが、一度も内蔵介に利を得さしたことはございませぬ。そのうえ、若い時からたがいに信長《のぶなが》公につかえてきましたが、その時分でも、内蔵介に先を越されたことは、ございませぬゆえ、そこはお心やすく思しめしくだされ」

秀吉は眼を細めて、笑いながらぐるりを見た。

「聞いたか、皆の衆。大気なことを申されるの。又左殿こそは文武の大将じゃ。それにしても、内蔵介は、幾歳になるかな」

「手前と同年でございますから、今年、四十七のはずでございます」

利家は答えた。

「おう、同じ齢か。なんでも似た年ごろとは思ったが、同じとは知らなんだ。さてさて年は同じでも人間の値打ちの違いは天と地じゃ。内蔵介め、ひとかどの暴れ者と思うていたが、武士の死場所も得ずに、生死を請《こ》いにくるとはきたなき奴《やつ》じゃな。そうは思わぬか」

秀吉の言葉に、ならんでいる丹羽、細川、池田、蒲生、堀尾、加藤などの武将たちは、いかにも同感であるというふうにうなずいて、

「佐々内蔵介ともあろう男が――」

「右府殿遺臣では随一の荒武者が――」

と口々に罵《ののし》りあった。

「もうよい」

と、秀吉はみなを制した。

「北畠殿のお口添えもあり、かれは故殿がお目をかけられた家来でもあるから、それに免じて生命は助ける。越中一国のうち、新川一郡だけをつかわそう。又左殿、それでよかろう？」

利家はそれに異論はないと、律義《りちぎ》そうに答えた。

——内蔵介の家中からは新付《しんぷ》の者は言うにおよばず、譜代の家臣まで暇を請うて去るものがつづいた。

そのことがあってから二年置いた天正十五年、秀吉は九州征伐を終わって肥後一国を佐々内蔵介成政に与えた。

秀吉は成政に肥後には従前の領主が五十二人いて、それに朱印状を渡してあるから、しばらくはそれに構うな、検地も三年の間はするな、と言い渡した。

成政は隈本《くまもと》の城にはいったが、片意地な肥後国人が、なかなか新しい領主になずまないことを知った。

「検地はするなと秀吉は言ったが、わが領国で検地ができないというばかなことがあるか。秀吉め、何を申す」

成政はそう思って、領国にわたって付け出しを出させた。はたして国人が騒ぎだした。菊池郡の隈部親永《くまべちかなが》がその命令を拒絶した。成政は三千騎の討手を隈部に向けたことから、一揆《いっき》の火の手が大きくあがった。

天正十五年いっぱいは一揆との攻めあいで暮れた。隣国の諸大名が鎮圧に出動した。この大騒動を起こしたため秀吉は彼を呼びつけた。

摂津尼ケ崎まで来たとき、成政には死の命令が待っていた。令書は藤堂高虎《たかとら》が懐《ふところ》から出して見せた。

場所は、法華寺《ほっけじ》という小さな寺であった。五月十四日の蒸し暑い日で、用意のため肌を脱いだが、汗が粒のように出ていた。

高虎が長々と罪状を読みだした。

成政はそれを聞いていたが、文句がきれぎれに耳にはいるだけだった。昔から知っているあの秀吉が自分にこのようなことを命令するまでになった、そのことの不合理が、まだどうしてもわからなかった。

高虎が、ようよう読みおわって、個人の資格にかえり、丁重に何か言った。

それを聞きながら成政は、秀吉が自分を治めがたい肥後に入れたことが、はじめから陥穽《かんせい》ではなかったかと、ふと思いついた。

誰かが、成政の前に小刀を置いて退った。

成政は、いつごろか知らないが、もっと早くこの瞬間があるはずだったという気がした。ずいぶん、遠まわりをして、ここに来た、とぼんやり思った。

いびき

一

上州無宿の小幡の仙太は博奕《ばくち》の上の争いから過《あやま》って人を殺して、捕縛された。彼はその日から人知れず異常な恐怖に襲われた。

仙太は六尺近い大男で、二十八の壮齢である。力も強ければ度胸もある。博奕は渡世であるが、その世界でも顔はよい方である。今更、処刑を恐れる男ではなかった。それにどうせこういう罪は死刑になるようなことはなく、せいぜい遠島くらいと刑量まで知っている。その男が何を恐れたか。

鼾《いびき》である。

仙太は人一倍の鼾かきであった。十七八の時まではそうではなかったが、二十を過ぎてから鼾をかくようになった。それが年齢とともに高くなって、二十四五の頃になると、壮快な高鼾となった。

「どうも兄哥《あにき》の鼾は少々高すぎるぜ。お陰で昨夜は耳についてこっちは碌《ろく》に眠れやしねえ」

同じ部屋に同宿の者があると、きっと朝になってこういう抗議をうけた。実際、そういう連中は不眠のために眼が赤く血走っていた。

「そうか、済まねえ、済まねえ」

仙太は、はじめはそう謝っていた。

しかし、どう心懸けても、鼾が生理的なものである以上、こればかりは抑制する方法が無かった。ぐっすりと眠りこんで意識を休止させている間に、鼾は生きもののように暴れるのである。

彼自身が、どうかすると自分の鼾に眼を醒《さ》ますことがあった。

もう鼾に手がつけられないと知ると、かえって性根が坐《すわ》って、遠慮がなくなった。

「おう、俺は鼾かきだからな、煩《うる》せえと思う奴《やつ》は、どこかに逃げてくれ」

博奕の揚句、仲間と同室して雑魚寝《ざこね》でもするような時には、彼はそう宣言した。しかし彼の鼾は襖《ふすま》を隔てた隣室の者にも同じくらいな迷惑を与えた。

「ひでえ男だ。手前ひとり、いい気で鼾をかいて寝てやがるんだからな」

一晩中、耳に障《さわ》って睡《ねむ》れなかった連中がこぼした。正面切って苦情が言えないところに一方的な被害感があった。

ところが、ある時、何年間か牢《ろう》住まいを済ませた男が、仙太の鼾に閉口した揚句、彼が眼を醒ますのを待って、こういうことを言った。

「仙太、おめえの齢は娑婆《しゃば》に居る間は泰平だがの、一旦《いったん》牢にへえったら、無事には済まねえぜ」

「齢で三年も出牢が延びるとでもいうのかえ？」

「三年ぐれえのことじゃねえ。生命にかかわるぜ」

どうせ、お前も一度は牢の飯を喰うことがあろう、その時の心得に聞いておけ、といって、彼は次のような事を話した。

一つの牢には大体七十人位が入る。混む時には、もっと多い。これだけの人数が間口四間、奥行三間の中に詰め合う。名主、一番役、二番役、角の隠居、詰めの隠居、穴の隠居、三番役、四番役、五番役、頭かぞえ役などの役付がひろい場所をとって、平囚はその残余の場所にひしめくのである。彼らは夜、眠るときでも充分に手足を伸ばすことが出来ない。

平の囚人は、昼間は役付の連中の眼が光って勝手な振舞いが出来ぬ。食うこと眠ることが彼らの唯一《ゆいいつ》の楽しみである。眠っている間だけが、窮屈な拘禁を忘れ、娑婆の夢に遊ぶのである。

だから、若し、この極楽の睡眠を妨害する者があったら、彼らの憎悪《ぞうお》は骨の髄からその男に向かう。眠りを邪魔する者といったら、病人の呻吟《しんぎん》と、鼾をかく男である。病人でも重病になれば、浅草か品川の溜《たま》りに移したが、少々の程度では、そのままにした。牢医が毎日一回きて診立《みたて》をし、煎薬《せんやく》などを与えるが、あまり効きそうにも思えない。病人は苦しいから呻《うめ》く。夜中でも水を求める。折角、睡り込んで愉しい夢を見ている同囚にとっては、こんな余計な者が居ることは迷惑だ。夜中、病人が人知れず同囚の手によって圧殺されることは珍しくない。一人でも減ったら、それだけ手足がいくらかでも伸ばせる。

翌朝、死亡を見回りの牢番に届け出る。昨夜、急病にて死にました、と言えば、牢番も大てい事情が分かっているから、ああ、そうか、といって死体を引き取るのである。別に検《しら》べもしない。無宿者は乞食《こじき》が死体を引き取って千住あたりへ取捨てるのだ。

「鼾の高え奴も同じこと。俺の知った奴あ、ただの一晩で煩さがられて、あくる朝は仏さまに早変わりよ。ま、おめえなんざ、せいぜいその用心をしとくこったな」

おどかすねえ、野郎、とその場は言ったが、この時から仙太は己れの鼾に対して恐怖をもった。

この鼾を癒そう、癒そうと、こっそり信心をかけるほど苦労したが、こればかりはどうにもならなかった。あの男が言った通り、いつかは入口三尺四方の牢格子《ごうし》の内に四つ這って送り込まれる日が来るであろう。同囚七八十人の間で、ごろごろと傍若無人に鼾を搔《か》く新入りの己れを考えたら、鳥肌が立つのである。つまらぬことから博奕打ちを一人殺す仕儀となった。ところが、その恐れたことが、案外に早くやって来た。岡引に捕えられ、奉行所へ連行されて、役人の取調べをうけた。すらすらと白状した。彼にとって罪科の軽重はどうでもよい。一晩でも無事に牢屋の中で過ごせるかということであった。

二

奉行所での判決で、三宅島に遠島されることになった。

予想しないことではなかったが、遠島と聞いて、小幡の仙太はよろこんだ。江戸を離れた遥《はる》かな孤島ではあるが、牢住まいではない。そこでは庄屋の指図をうけて、漁師か百姓かの手伝いをして苦役をすればよい。夜は小屋に寝る。ひとりという訳にはいかないが、鼾が煩さいからとて殺されるほど囚人は混んではいない。おとなしく勤めていたら水汲《く》み女くらい女房代わりにつけてくれるかもしれない。

ところが、遠島というから、すぐに島送りになるのかと思ったら、そうではなかった。

島へ舟が出るのは、一年のうち、春秋たった二回である。だから遠島の判決があっても、何月何日出帆と決まるまでは、牢舎へ預かりということであった。

仙太は一旦よろこんだが、それを聞かされて蒼《あお》くなった。出帆はいつのことか分からない。それまで何カ月も牢舎の生活である。それでは同じ事ではないか。六十日も八十日もこの大鼾が無事に済むとは思われない。

「恐れながら、お伺い申し上げます」

仙太は役人に訊《き》いた。

「この次、八丈島への発向はおよそ何月頃でございましょうか？」

「そうだな」と、その役人は、ちょっと考えてくれた。

「まず、九月の半ばを過ぎることはあるまい」

「有難う存じます」

仙太は実際に有難そうに言った。今は八月の末である。そんなら一カ月の辛抱である。舟の出帆日が早ければ、もっと短い。その位な期間なら、気を張って、なるべく高い鼾が出ぬよう、浅い睡眠をとることにしよう。困難だが、気の持ち方一つでは、緊張によって出来ぬことではない。――

そう決心すると、仙太は落胆から再び生気を取り戻した。

その日の夕刻、仙太は伝馬町の大牢に送り込まれた。

一体に一牢舎に七十人が定員であるが、無論増減がある。仙太が入牢したときは百人に近かった。大きな事件を検挙したときには、そういうことがあるのだ。

いくら人員が殖《ふ》えても、牢内役人と称する役付囚人の場所まで侵害は出来なかった。名主は見張畳と称して畳を十二枚重ねた上に、一人坐っている。それ以下は格式に応じて重ねた畳や一枚畳の上に一人でいる。それからは順に、三四人で畳一枚、五六人で畳一枚、新入り間もない者は一枚の畳の上に七八人が坐るのである。囚人が殖えれば、一枚の畳に坐る者が増加するだけだ。役付は広々とした己れの座から平然とその混雑を見下ろしている。

仙太は三尺の入口から這って牢内に入るや否《いな》や、衿首《えりくび》を摑まれて、骨にひびが入るのではないかと思われるほどキメ板で打擲《ちようちやく》された。

「やいやい、娑婆から、うしゃアがった大まごつきめ、そッ首を下げやアがれ」

どなっているのは牢役人の一人だ。

「御牢内はお頭、お角役様だぞ。野郎、うぬがような大まごつきは夜盗もし得めえ、火もつけ得めえ、割裂の松明《たいまつ》も碌にゃあ振れめえ。直な杉の木、曲った松の木、いやな風も靡かんせと、お役所で申す通り、有体に申し上げろ」

「へえ」

と仙太は這いつくばった。

「人を一人、殺《あや》めて、ここへ送られてめえりやした」

「なに、人殺しだと、うなあ博奕打ちだな。喧嘩《けんか》か？」

「へえ」

「よし、渡世人なら、つべこべ言うことは無え。ツルを持ってきたか？」

「へえ」

仙太は、仲間から教えて貰《もら》ったように、着物の襟をといて隠した二朱金一枚出した。

それは相手に奪うように取り上げられた。

「おう、こっちへ来う」

やはり衿首を摑《つか》まれて、ずるずると牢の隅へ連れて行かれた。臭気が鼻にきた。

「やい、娑婆じゃ何というか、厠《かわや》というか、雪隠《せっちん》というか。御牢内じゃ名が変わり、詰の神様というぞ。詰には本番、助番とて二人役人あって、日に三度、夜に三度、塩磨きにする所だ。穴は縦八寸に横四寸、前に打ったが睾隠し、回りに打ったが抹香縁、その抹香縁へ糞《くそ》でも小便でもかけてみろ、うぬが娑婆から着てうせた一帳羅で拭《ふ》かせにゃならねえ。うぬが名前を名乗って借りやがれ。それとも二人役の受答えねえうちに、古道具屋の御酒《みき》徳利か、六尺棒を呑《の》んだ人足みたように如意《にょい》切り立ちをしていやがると、御牢内の畳仕置きをするから、そう思え」

それから、いきなり足蹴《あしげ》にされて、六尺の大男が土間に転がされた。

「やい、御牢中の法度《はっと》申し付けるぞ。きいて置け。牢は初めてか、元来たか。もと来ても、初めて来ても、畳一帖《じょう》一帖格式あってむずかしい所だ。うぬが今、転んだところは、お戸前口とも獄屋門とも言う。牢内は段段仕置きの多い所だ。もっそう仕置き、海老《えび》手鎖、三足手鎖、狭屋砕け、段段撲《う》って撲ち回すから、日に二本のもっそう飯を喰って謹慎していろ」

さすがに死の仕置きがあるとは、表向きには言わなかった。

三

畳一枚について十人がひしめいている。手足を伸ばして寝るなど思いも寄らなかった。膝《ひざ》を抱え、お互いの身体《からだ》に凭り合って睡るのである。

その晩、仙太は一睡もしなかった。眠る段ではなかった。身体が苦しくて仕方がない。眠れぬから鼾は出なかった。

暁方《あけがた》から、不安な、うすい眠りに誘われたが、さすがにその位では、寝息程度であった。睡っているようでも、神経が尖《とが》っていた。

朝になると、例の牢役人から、また衿首を握られる。片手は帯にかかっていた。

「やい、昨夜来た新入り。これ、うぬが物は娑婆じゃあ名が何という。帯というか、褌《ふんどし》というか。よく聴け。娑婆じゃ帯とも褌とも言おうが、御牢内じゃあ名が変わり、帯のことは長物、ふんどしのことは細物というぞ。それをいけ粗末に振り回し、同座の相囚人が首でも縊《くく》ると、うぬが下手人に出にゃあならねえ。うぬが窮命仰せつかったお奉行様から出牢証文の来る迄《まで》は、肌身離さず、きっと守っていろ」

しかし仙太の場合は、奉行の出牢証文が来るのはさして遠くなかった。舟の都合がつくまでの期間である。二十日か、三十日か。その間だけでの牢内ぐらしである。この期間さえ、何とか乗り切ればよい。

鼾を出すまい、出してはならぬ、仙太は、その一心で二晩を過ごした。

幸いなことに、横になれないから、熟睡が出来なかった。坐ったまま、膝を抱えて同囚と身体を凭《もた》せ合う。うとうとと、浅い睡りばかりであった。

しかし、少しでも深い眠りに誘い込まれかけると、自分で、はッとして眼がさめた。鼾が思わず出たのではないかと、恐る恐るぐるりを見回した。誰も気づいたようには見えない。みんな意地汚なく睡りこけている。手足をのびのびと伸ばさなくとも、坐ったままで熟睡が出来るらしい。こういう場所では、どんな体位をしていようと、睡りの本能の方が貪欲《どんよく》なのだ。高い鼾こそ無かったが、百人ばかりの寝息が、何か気味悪い底力をもった音になって、狭い牢内に充満していた。

仙太はふと十二枚の畳の上にいる名主の方を見た。名主は山のようなその高さの上で、畳一ぱい、大の字になって仰向いて倒れている。いかにも傍若無人に気持よさそうな寝かたであった。そのほか一番役でも、二番役でも、角の隠居でも、穴の隠居でも、畳一枚を貰っている役付は、それぞれ思うままの自由な格好で寝ていた。それから、時々、さも気楽そうに寝返りを打っていた。

「もう暫《しばら》くの辛抱だ」

と仙太は己れに言いきかせた。

「島送りになれば、あのように気楽に勝手放題横になって寝られるのだ」

ところが、新しい囚人は毎日つづいた。牢内は詰まって来るばかりである。尤《もっと》も、新入りとなると、いきなり畳の上に坐《すわ》らせられるのではなかった。土間の上に膝を揃《そろ》えて、先ず、最初の夜を明かした。すると、例の牢役人は、こんなことを言ってきかせるのだ。

「やい、うぬが、ゆうべ、ちょっくり夜を明かしたところは、無宿の大牢の落間だあ。あすこへ、へえっても十日や二十日、五十日、百日で上る処じゃねえが、御牢内は先年より格式があがって、下座の牢人、五器口前のお牢人さん、あれも娑婆じゃ神妙らしい若者だって、畳の端をお願い成され、今朝、又、お角役様にお願い申して畳の端に出してやる。畳の端へ出りゃあ、うぬが掛かりは、本番、助番という役人の下知に従い、はいはいといって働かにゃならねえ。それも娑婆の気質《かたぎ》を出して、向こう通りの同座の囚人《もの》を相手取り、喧嘩口論がましいことでもすると、御牢内の格式の仕置きを申しつけるぞ」

あとから新入りが続くから、五日もすると仙太も新入りの末座からよほど進んだ。

すると、その夕方、かなり元気のよい若い男が入牢してきた。

その男は二十三四だったが、牢役人のキメ板をうけると、馴染《なじ》みの女に情人が出来たので、その現場に暴れ込んで両人に手疵《てきず》を負わせたのだと威勢よく申し立てた。

「ここは初めてか、元来たか？」

牢役人にきかれて、

「へえ、三度目でござんす」

と彼はどんぐり眼を動かして答えた。

三度目くらいの度胸を、その若者は態度に持っていた。物腰がいかにも牢馴れていた。

「おう、御牢内もめっぽう混むじゃねえか」

落間に膝を突いて坐った彼は、銭湯にでも入ったような調子で、あたりの者に話しかけた。が、誰も返事をしない。はじめから気負ったその様子が、先輩の同囚に嫌われていた。

夜は、宵の五つを過ぎると、牢内は眠りに入った。その男の眠り方が、また見事である。初めて此処《ここ》へ入ったものは胸が詰まって容易に睡れぬものだが、彼は何の屈託もなく、眼を閉じると隣りの囚人の肩に顔を預け、心地よさそうに熟睡した。

高く低く、嗚咽《おえつ》する声がすぐ聞こえてきた。その調子は次第に高まってきた。声は嗚咽ではなく、若者の鼾《いびき》だと分かった。

まず、周囲の者が眼を醒《さ》ました。彼らは忌々《いまいま》しい顔つきをして若者の顔を睨《にら》んだが、もとよりそれで唸《うな》り声が低くなる筈《はず》はない。

仙太は、その男に腹が立った。いや、自分と同じ奴《やつ》が現われたという安心と同時に、何の遠慮もなく高鼾を掻く彼に憎悪《ぞうお》を覚えた。

それから、次に襲ったのは、このままでは無事には済むまいという好奇心である。

四

その若者が四五人の同囚の手によって息の根を絶たれたのを仙太が見たのは、三晩目である。

それまで、「煩《うる》せえ野郎だ」とか、「この野郎、ちっとは静かにしていろ」とか、散々毒づかれていたが、若者は小突かれても、鼻を摑まれても、その時だけはちょっと休んでいるが、忽《たちま》ち、鼾は息を吹き返すのであった。而《しか》も休んだ間の立遅れを取り返すように、前より一層高くなった。それが余計、横着げにみえた。

「えい、眠れやしねえ」

みんな苛々《いらいら》していた。

「この野郎の鼾で毎晩起こされたんじゃ、こっちの身体が持たねえ。気違えになりそうだ」

「いっそ、鼾をしねえように、やっちまうか」

「やれ、やれ」

ひそひそと声が交わされて相談がまとまった。唯一《ゆいいつ》の愉《たの》しみである睡眠を奪われた囚人どもは、狂暴になっていた。

見たのは、真夜中の九ツ頃である。六人が共謀だ。一人が若者を抱いて、こっそり後ろに仆《たお》した。若者はまだ、気持よさそうにふてぶてしい睡《ねむ》りをつづけている。ゆっくり後ろへ身体を倒されたことによって、さらに快適な眠りに入ったようだ。一人が半紙を何枚も重ねて、仰向いている若者の鼻の上を掩うた。半紙は水に濡《ぬ》らしてある。しっとりと水を吸った紙は、彼の鼻口に密着した。

不意に鼾《や》が止んだ。すかさず、一人が馬のりとなって、その紙の上から、強い力の入った手で圧えた。若者は手足を動かそうとしたようだった。が、四五人の力が重石のようにその手足を抑えている。

濡れた半紙の上から押えた手の圧力は、いよいよ加わった。鼻も口も塞《ふさ》がれて、若者は声一つ立て得ない。顔が苦痛に歪《ゆが》み、真っ赤になった。手足を必死に動かそうとして苦しんでいる。押えている方も懸命だ。赫《あか》かった彼の顔色は、やがて紫色に変わった。その手足が運動の意志を止め、痙攣《けいれん》を起こしたのは、すぐその後であった。それでも馬乗りになった男も、手足を押えた男たちも、暫らくは力を抜こうとはしなかった。

すべてが声一つ無いうちに演じられた。積上げた畳の上に寝ている牢名主も、膝を抱えて寝息を立てている多勢の囚人たちも知らない間の出来事だ。

仙太は息を詰めて見ていた。

すると、その六人は、死体を落間の隅に片づけ、そこが一人ぶん減ったので、いかにも寛《くつろ》いだように坐って、ゆっくりと安心して眠りにかかった。鼾は、もう無かった。

仙太は慄《ふる》え上がった。


伊豆七島への遠島は、秋は九月の中旬を過ぎることがない。南北町奉行、寺社奉行、勘定奉行などで裁断した囚人は一手に集められて、御舟手奉行の手に渡される。

仙太が望み通りに、御舟手当番所のある霊岸島から囚人舟に乗り込んだのは、九月の初めだった。江戸の町には、冷んやりした風が吹いていた。

澄み渡った青い空にかかった鰯《いわし》雲を舟の上から見たとき、仙太は初めて生命が助かったと太い息を吐いた。

もうこれから何の遠慮もなく、鼾をかいて寝られるのだ。恐ろしいことは何も無かった。島の小屋で手足を思う存分伸ばして寝られるのである。鼾が煩さいからといって殺されることはないのだ。己れの睡りに神経を尖らす必要は、もう絶対にない。

有難い、有難いと仙太は心の中で手を合わした。よくまあ、今日まで牢屋に無事に居られたものだ。あの殺された若者のことを思うと、鳥肌が立った。若者の死体は、例によって病死の届出で、別に煩さい詮議もなく、あくる朝、乞食《こじき》の手によってアンカに載せられて、どこかに運び出されてしまった。猫か犬の死骸《しがい》よりも簡単だった。

もう五日も永く居れば、仙太自身も彼と同じ運命になるかも知れなかった。どのように睡眠を抑えていても、人間の努力には限りがある。そのうち、欲も得も無く、睡り込んで了《しま》うのだ。その前後不覚の眠りの中に、勝手な鼾が死を誘って来るに違いない。してみると、遠島にしてくれた奉行は命の恩人のようなものである。

仙太を乗せた舟は霊岸島を出ると、品川沖で一旦《いったん》、風待ちした。具合よく東風が吹いたので、帆を張った。

するとと乗船している囚人一同は、遠ざかって行く陸地の方に向かって、声を出して泣きはじめた。

「江戸も、これで見納めぞい」

と喚《わめ》いている。江戸を離れるのが、そんなに悲しいか。仙太には実感が来なかった。むしろ死の虎口を脱れた思いだ。この気持は誰にも分かるまい。

舟は相州浦賀へ一旦到着した。ここで流人一同の人別改めがある。

「三宅島追放、上州無宿、仙太は居るか？」

役人は帳面を見て呼んだ。ここでは管轄《かんかつ》が伊豆の韮山《にらやま》代官と変わるのだ。

「へえい。これに居りまする」

仙太は声を張り上げて答えた。たしかに島送りの組の中に居るぞと念を押したような返事の仕方だった。役人は不思議そうな目付をして仙太を見たが、すぐに帳面に眼を戻して次の人名の点呼に移った。

舟は再び出帆した。今度こそ本土とお別れだ。相模、伊豆の山々が先《ま》ず海の下に沈んだ。左手に見えていた房州の遠い山々が次に消えた。最後に、いつまでも見えていた富士が視界から没してしまった。

流人一同は再び泪《なみだ》を流して泣き出した。艫《とも》に立っている護送の舟手役人は見ぬ振りをしてあらぬ方を眺めている。

みんな蒼《あお》い顔をして悄気《しょげ》ている中で、仙太だけはひどく血色がよかった。

五

それから一年が過ぎた。

仙太は島で真面目《まじめ》に働いた。流人は島に上陸した時、ならべてある草履をはく。草履の裏には人の名前が書いてある。それが監督をうける名主の名である。仙太の名主は田中四郎兵衛といった。

仙太は百姓仕事をやらせられた。身体は大きい。膂力《りょりょく》はある。力仕事なら誰にも負けない。それに怠けずに、よく働く。名主は仙太を信用した。

仙太にとっては、現在が、牢内での生活からみると、極楽のようなものであった。手足は存分に伸ばせる。気儘《きまま》な寝返りは出来る。鼾はかき放題である。誰に遠慮もない、のびのびとした自由があった。

流人は伊豆七島は百姓家に預けられたが、三宅島に限り小屋をあてがわれた。棟割長屋のようになっている。隣りで、仙太の鼾が高いと笑う者はあるが、苦情を言う者は無かった。

仙太はいきいきと働いた。それが苦にならない。

同じ流人の仲間は、一日でも早く島から帰りたい者ばかりであった。海岸から江戸の空を眺めて泣いている。仙太は一度もそんな気持になったことがない。

名主の四郎兵衛は、大そう仙太に目をかけてくれた。

「仙太、不自由な島に居ては、江戸が恋しくなんねえか?」

名主が訊《き》くが、仙太は、

「いえ、ちッたあ恋しい時もありますが、これで馴れて了えば島も満更じゃ無えようでごぜえます」

と答えた。少しも恋しくないといえば嘘《うそ》になる。が、江戸の牢でなくてよかった。まったく、助かったと思っている。

「仙太」

ある日、名主がにたにた笑って言った。

「お前、女房持たねえか？」

「女房？」

仙太はびっくりした。

「そんなものが持てますか？」

「表向きは御法度だ。水汲《く》み女に好きな奴が居れば一緒になれ。わしは眼を瞑《つぶ》っている」

「別に好きな者も居ねえが――」

「そんなら、わしが見付けてやる」

仙太は考えて、

「女房を貰《もら》うのはいいが、あっしゃ人一倍の鼾かきでね、女が一晩でおどろいて逃《に》げ出すかも知れませんぜ」

名主は笑い出した。

「馬鹿《ばか》野郎、お姫さまじゃあるめえし、鼾くらいで愕《おどろ》くような神経の弱え女はこの島には居ねえ」

流人でも成績のよい者は、島の水汲み女と同棲《どうせい》することが黙認されていた。

その女は、おみよ、といった。浅黒い皮膚をしていて、笑うと皓《しろ》い歯が眼立つ。眼が、くりくりして可愛《かわい》かった。

仙太は初めて一緒に寝た晩、

「おれ、鼾かきだからな。煩さかったら耳の穴に綿でも詰めて向こうをむいてくれ。それでもイヤだったら、このまま逃げてくれてもいいぜ」

と言い聞かせた。愛想を尽かして、離れるなら離れろ、と度胸をきめて、遠慮会釈《えしやく》もなく、ぐっすりと睡った。さぞ、大鼾をかいたことであろう。

朝、眼が醒めてみると、おみよは逃げもせず、ちゃんと居た。どうだ、うるさくなかったか、と問うと、少し笑って、首を横に振った。

女というものは、亭主が大鼾でも、少しも気にかからず安眠出来るものだ、ということを仙太は日が経《た》つにつれて悟って行った。

平和な日が、こうして半年あまり続いた。仙太にとっては、そうみえた。が、彼は知らないが、実際は、裏では穏やかでない計画が進んでいた。

「仙太、ちょっと、こっちへ顔をかしてくれ」

或《あ》る日、呼びに来たのは流人の信州無宿の安と、武州小金井の伍兵衛である。二人は賭場《とば》の間違いで人を害めてここへ来ていた。

「何だ」

「何でもいいから、其処《そこ》まで来てくれ」

島には洞穴がいくつもある。その一つに二人は仙太を伴った。

「へえ、連れて来やした」

安が洞穴の奥に向かって言うと、おう、と返事して、小肥りの男が顔を出した。眼が大きく、顔に筋を引いたような刀疵がある。四十格好の年輩だが、鼻が太く、唇の厚い、いかにも精力的な感じの男だった。

仙太はその男の顔を見ると、自分から先にお辞儀をした。その男は、蟹《かに》の仁蔵といって、江戸に帰れば五百人の乾児《こぶん》をもった親分だという触れ込みであった。彼は人を斬《き》った罪で永年追放を喰い、もう五年もここにいる。島の流人の間には、何となく強持《こわもて》のした存在として怖れられていた。

「仙太、まあ、こっちへ入れ」

仁蔵はやさしく言った。

洞窟《どうくつ》の中は暗い。その暗黒の中で、四五人の者が、蠟燭《ろうそく》も立てずに、詰め合ってい
た。顔は見えぬが、容易でない相談がはじまっていることは仙太にも分かった。
「仙太、お前に話すのが少《ち》っと遅れたが、まあ勘弁してくれ」
仁蔵は暗がりの中から、おだやかな声を出して、あくまで下手に出た。
「ここで皆んなと相談しているが、こんなケチな島にいつまでも閉じこめられていて
も仕様が無え。お前だって、そうだろう、いい若え者が何年も潮風に曝《さら》されて色を黒
くしても始まらねえやな。塩っ辛え女っ子の肌を舐《な》めて辛抱出来るおめえでもあるめ
えしよ。そこでよ、俺らここに居る皆ンなと談合して、一思いに島抜けを決めたんだ、
どうでえ、おめえもよかったら、入れてやるぜ」
嫌とは言わせないものが仁蔵のおだやかな口調の中にあった。暗いから顔は見えな
いが、其処にいる五六人の呼吸は殺気立って、仙太の身体《からだ》に逼《せま》っていた。
「返事の無えところを見ると考えているんだな。考えるなあ尤《もっと》もだが、何も危ぶむこ
とは無え。手順はちゃんと出来てるんだ。名主の四郎兵衛の所に公儀から預かった鉄
砲が三梃《ちょう》、蔵の中にしまってある。みんなで竹槍《やり》を振るって名主をおどかし、蔵の鉄
砲を取り出そうという寸法よ。次は、その鉄砲で漁師を脅かして舟を二艘《そう》下ろさせ、
伊豆へ向かって白帆を立てさせる算段だ。どうでえ、うめえ策略だろう。孔明の智恵《ちえ》

でも、こうはゆかねえぜ。失敗《しくじり》は無えと俺は踏んでいる。いま決心しねえと、おめえの損だぜ。一力の大星じゃねえが、こうしておいらが皆からやいのやいのと急き立てられてるところよ」

誰かが、仙太、入ってくれ、と口を添えた。

仙太は島抜けする意志は少しも無かった。住んで了えば、この島暮らしも悪くはない。間もなく赦免となって大手を振って帰れるのだ。何も獄門首を賭《か》けることはなかった。

それに、おみよとも別れ難い気持になっていた。おみよはひたむきに仙太に尽くしている。熱情的な女で、火のような吐息と粘い肌を、毎夜、仙太にぶっつけてきていた。仙太が江戸に帰る日が来たら死ぬとまで言っている。その短い寿命を知って、一生の血を一度にたぎらせているようにみえた。

それから名主の四郎兵衛にも恩義があった。彼をも裏切りたくない。

が、流人同士の仁義というか、密着感が、瞬時に、それらの理屈や感情を押し除けてしまった。或《あるい》いは仁蔵の持っている、のっぴき言わせぬ魔術と、その暗がりの雰囲気の昂奮が、仙太に、心の奥とは、うらはらな返事をさせた。

「そうか、そいつあ有難え」

返事を聞いて仁蔵の声は、闇《やみ》の中でも明るかった。

「おめえは力が強いからよ。何かと頼むぜ。それじゃ、みんな。これで頭数は揃《そろ》った。下手な忠臣蔵じゃねえから、一々血判は取らねえ。男同士だ、お互いの心の中で手をしめてくんな」

六

仙太は、ほかの流人たちと逃げ惑った。

計画は失敗はないと蟹の仁蔵は断言したが、実行にかかってみると、散々な敗北だった。

まず、名主の四郎兵衛を竹槍で脅かし、鉄砲三梃を取り出したまではよかった。しかし別な場所に鉄砲が二十梃も隠されていたことまでは気が付かなかった。

島抜けの一味が漁師を脅迫しているとき、四郎兵衛は鐘を鳴らして人数を召集した。島役人やほかの名主たちも、それぞれ屈強な部下を連れて馳《は》せ集まった。二十梃の鉄砲が各人の手に渡った。

島抜けの人数は十六人だった。半刻もたたぬうちに、そのうちの十三人が包囲されて射殺されたり、海にとび込んで溺《おぼ》れたりした。実に他愛《たわい》なく計画は潰《つぶ》れてしまった。

仙太は、夜に紛れて山の方へ遁げた。蟹の仁蔵と信州無宿の安とが同行だった。肥った仁蔵は息を切らして喘《あえ》いでいた。

草の茂みに腰を隠して、下の方を見ると、闇の中に無数の篝火《かがりび》が散って見えた。

「これじゃ逃げられっこはねえ」

安が、気落ちしたような声を出した。

「何を言やがる。今からそんな弱音を吐いてどうする?」

「だって親分、どっから逃げるんだ。蟻《あり》の這《は》い出る隙《すき》も無えようだぜ」

「何とか出るのだ。おめえ、鉄砲を離すんじゃねえぞ」

「へえ」

「それさえ、ありゃ、まだ漁師の脅かしは利《き》く。舟を出させて伊豆へ渡るんだ。てめえ、死にたくなかったら、ちっとは、性根を据えて、しっかりしろ」

「親分」

仙太は小さく呼んだ。

「今晩は此処で野宿かえ?」

「そうだ、今、動いちゃ危ねえ、もう少し、様子を見るんだ」

蟹の仁蔵は、ここでもまだ指図をする貫禄を失っていなかった。三人は、じっとそこにうずくまった。

「夜が明けたら山狩りするかも知れねえ。それまでは此処《ここ》は安心だ。睡るなら、今の間に睡って置け」

仁蔵は低い声でそう言った。なるほど麓《ふもと》の篝火は、少しもこっちへ上がって来なかった。

仙太はこういう事態になったことに後悔したが、もう追い付かなかった。おみよの顔も遠くへ、けし飛んだ。今は生きてこの島を出ることだけが執念になっていた。昼間の疲れで睡気が出てきた。仙太の意識がぼやけて来たとき、急に強い力が彼の身体《からだ》を揺すった。

「おい、仙太、仙太」

仙太は、はッとして眼を開けた。仁蔵の手が、ぐっと肩を摑《つか》んでいた。

「てめえ、大そうな鼾《いびき》かきだな。その鼾じゃすぐ分かって了うぜ。もっとおとなしくならねえか」

仙太は不意に叩《たた》かれたような衝撃をうけた。

鼾。

これだ。またしてもこいつが苦しめに来た!

「へえ」

と言ったが、身体が冷えてゆくのを覚えた。また鼾を立てぬ苦行なのだ。

「ちっとでも声を出しちゃならねえ。どこにあいつらが来ているか分からねえからの」

仁蔵はたしなめた。

それからどれくらい時間が流れたか。頭を草の上に載せていた仁蔵と安は、いつの間にか寝込んでしまった。軽い寝息が微風のように心地よさそうだった。

畜生、と仙太は舌打ちした。どうして俺にはこういう寝息が出ぬのか。なぜ、俺の意志に逆らって鼾が勝手に喚《わめ》くのであろう。

星が動かずに空に貼《は》りついていた。篝火は麓に小さく居据わっていた。仙太の瞼《まぶた》が痺《しび》れてきた。

急に顔の感覚がひどい痛みをうけて、眼を醒《さ》ました。仁蔵の声が憎々しそうに耳もとでした。

「やい、鼾をたてるなといっているのが分からねえか。てめえの鼾じゃ、おいらが此処にいることをまるで一町四方に知らせるようなものだ。てめえ、俺を獄門台の道連れにするつもりか」

安は横で黙っていたが、敵意のこもった眼を光らせていることは、仙太に分かった。

——それから四晩、三人は逃げ回った。二晩は山の洞窟に寝た。次の二晩は百姓家の物置小屋の屋根に潜んだ。

四晩とも、仙太は一睡も出来なかった。睡りの淵《ふち》に引きずり込まれかけると、横面が痺れるほど仁蔵からたたかれた。

「野郎、また鼾をしやがる。てめえは島を出るまで睡るんじゃねえ。また、追手が捜しに来るのが分からねえか」

仁蔵も必死だった。仙太を睨《にら》む眼は殺気立っていた。仁蔵も安も、こうなると恐怖は追手の追跡よりも、先ず仙太の鼾であった。

仙太は江戸の牢内の時と違い、屋根裏だと身体を楽々と転がすことが出来るので、かえって始末が悪かった。瞼を開けようとどんなに努力しても、筋肉の感覚が麻痺《まひ》して、血管の血が止まったように気が遠くなるのであった。

すると忽《たちま》ち顔を殴打された。

「野郎、また、始めやがった」

仙太は、ふらふらとなった。こうなると責苦は、どんな拷問《ごうもん》よりも酷烈だった。眼を醒《さ》ましていても、夢を見ているように幻覚と幻聴があった。おみよの笑う声と、鼻をすり上げて歔く秘密な愉《たの》しい時の声とが入れ替わって聞こえたりした。

「野郎、しっかりしろ」

今は、安までが殴ってきた。

睡い。ねむい。ねむくて仕方がなかった。大鼾を立てて、睡ったら、どんなに爽快であろう。追手など、どうでもよかった。もう、どうにでもなれと思った。

夢とも、うつつともなく、さ迷った意識に、仁蔵と安との話し声が、空洞の中から聞こえているようだった。

「こっちの身が危ねえ、殺して了《しま》うか」

などと言っている。

仙太は今にも己れの鼻口の上に濡《ぬ》れた半紙が掩《おお》ってくるような幻をみた。殺されて堪《たま》るかと思った。味方から殺される不合理が、勃然と、とぼけた意識の中にも、怒りとなってこみ上がってきた。

彼はふらふらと立ち上がった。まだ膂力《りょりょく》が残っていた。納屋《なや》の大きな棒を握ったままでは覚えていた。

それを無意識に振り上げた。二人の男が何か言いながら動いていたが、他愛なく、倒れるのがうつろな影のように見えた。

仙太は棍棒《こんぼう》を投げると、大の字に転がった。ねむい。ねむい。やっと睡れる！
解放された高い鼾が、そのあとに起こった。

陰謀将軍

一

永禄八年五月、三好《みよし》、松永の徒が、石清水八幡宮《いわしみずはちまんぐう》に詣《もう》でると披露して、人数を催し、二条の第《てい》を囲んで足利《あしかが》十三代将軍義輝《よしてる》を殺した。

義輝に二人の弟がいる。二人とも僧籍で、次弟が南都一乗院の門主《もんす》で覚慶、末弟が北山鹿苑寺《ろくおんじ》にいて周暠《しゅうこう》といったが、三好、松永党はこの周暠も欺《あざむ》いて殺した。

下克上の時代でも、もっとも顕著な事件である。義輝は松永久秀《ひさひで》や三好三人衆の手に遷《かえ》った幕府の実権を回復しようとして、かえって家来筋の彼らに殺されたのである。

覚慶も無事ではない。徒党は南都に押しよせてきて、一乗院を包囲して、覚慶を幽閉した。彼はこのとき二十九歳であった。

覚慶も、いずれは兄や弟と同じ死の運命がくると覚悟していた。それに力をつけて脱出を勧めたのは、細川藤孝《ふじたか》という男である。藤孝は義輝の近侍で、義輝の前名の諱《いみな》をもらっているほどの信用をうけていた。

「逃げろといっても、こんなに取り巻かれては逃げようがないではないか。どうするのだ？」

覚慶が問うと、藤孝は才知ありげな眼をあげて、小声で言った。

「それは考えております。私の言うとおりになってください」

ほどなく覚慶が急病になったと警固の兵に知らされた。ついで医師をよんでくれと請求した。守兵は承知した。

呼ばれた医師は米田宗賢といった。藤孝は宗賢に子細を含めた。

「覚慶殿は霍乱《かくらん》にかかられた」

宗賢から守兵の侍大将にそのことが報ぜられた。霍乱ははなはだしい吐瀉《としゃ》と下痢をともなう。医師は今宵は看侍のために宿直《とのい》すると言った。

しかし宗賢の手当がよかったのであろう。ほどなく覚慶の病気はおさまったと知らせてきた。守兵の頭《かしら》は、それは祝着《しゅうちゃく》である、と気のなさそうに答えた。彼らにとっては、覚慶の病気が快くなろうが悪かろうがどっちでもよい。いずれは殺される身体《からだ》だと思っている。それよりも病が癒《い》えた祝いだと寺が出した振舞酒のほうにずっと気を惹《ひ》かれた。

守兵は酒を飲みはじめた。充分に酔えるように、たっぷりと出してある。彼らは高い声を出して騒いでいたが、一刻もたったころには、たいていは寺の縁先や地面の上に転んで寝息を立てていた。

覚慶と細川藤孝とは、その隙《すき》に一乗院を脱け出た。五月の鬱陶《うっとう》しい夜である。月はなかったが春日山の黒い森を目ざして逃げた。密生した森林の中に深く隠れて、夜明けを待った。ここに隠れていれば、追手が捜しても容易には見つからない。

「覚慶どの。お身は、もはや、一乗院の僧侶《そうりょ》ではない。義輝殿のあとをうけて将軍とならるるお方じゃ。その心構えをしてください」

何の木か知らないが、強い匂《にお》いが闇の中から流れてくる。覚慶は嗅《か》ぎながら、藤孝の言葉を聞いた。この男は、彼より四つ年上である。しかしいつも分別くさいことを言うので、一まわりより上も多い気が覚慶にはしていた。今もそうである。死地から手引きして逃がしてくれたかと思うと、次の進路をちゃんとつくってくれている。

「わしが将軍になれるのか？」

遠い話を聞くような気がした。

「なれますとも。あなた以外に誰がなれますか。弱い心を持ってはなりませぬ」

藤孝は言った。暗くて顔は見えないが、その口吻《くちぶり》から察すると、理論的な顔をしているに違いない。覚慶は、藤孝の決定的なものの言い方には軽い反感が起こったけれど、ふしぎに現実への密着感は湧《わ》いてきた。

するとと今まで朝晩誦していた経文の世界がずっと遠くへ押し退いてしまった。これまでずいぶん無駄骨を折ってきたような気がした。本当に生きる場に傍道からやっと出てきたような心になった。

白い朝が、森の梢《こずえ》の光から這《は》いおりてくるまで、覚慶は一睡もできなかった。心が昂《たか》ぶってどうしても寝つかれなかった。

藤孝は鼾《いびき》をかいて木の根を枕《まくら》に寝ていたが、眼をあけると、むっくり起き上がった。

覚慶の方を向いて、

「もう、お眼覚めですか？」

ときいた。覚慶は眠れなかったと言えば体裁が悪いので、うん、たった今だ、と答えた。しかし藤孝は万事承知のうえで、そんな意地の悪い質問をしたように思えた。

覚慶は、

「これからどこへ行くのだ？」

ときいた。藤孝はかまわずに口を漱《すす》ぎに小川の方へ歩きながら、

「江州《ごうしゅう》の和田伊賀守《いがのかみ》のところです。道が悪くて遠いですぞ」

と背中で返事した。

二

春日山を越え、嶮岨《けんそ》な道を江州にのがれて、中郡矢島に着いた。ここには和田伊賀守惟政《これまさ》がいる。藤孝は覚慶を連れて、彼に頼った。

惟政は覚慶に好意を寄せた。領内の正林寺を旅館としておらせたが、彼は地方の一豪族にすぎない。頼りにはならなかった。

「和田では仕方がない。もっと力のある奴《やっ》はいないか?」

覚慶の眼には、惟政の顔が、いかにもうそ寒く見える。

「私も、それを思っていました。じつは観音寺城の六角左京太夫に話をつけておきました。六角ならたのむにたりましょう」

藤孝は、覚慶を連れて、同国蒲生《がもう》郡観音寺城に来た。

六角義賢《よしかた》はたいそう愛嬌《あいきょう》がよかった。五十をとうに越し、鬢髪《びんぱつ》は白く光っていた。皺《しわ》の深い顔に柔和な眼を細めて、声もやさしい。

「ご運が開かれるまでここにおられるがよい。ここにおられると聞いたら、おいおいと公方《くぼう》家に心を寄せたる者が集まりましょう。ついては僧形《そうぎょう》のままでは仕方がない。還俗《げんぞく》されて、お名前も改められたがよろしかろう」

親切な忠告である。第一に藤孝が深くうなずいた。覚慶を廃《や》めて、義秋《よしあき》という名を選んだのは彼である。日ごろから和歌など詠《よ》んでいる男だから、覚慶は素直に従って、義秋と名乗った。

なるほど義賢が言うとおりに、義秋が観音寺城にいることがわかると、離散した足利家の家臣どもがおいおい集まってきた。いったい、彼らは義輝の葬儀の時には、三好や松永に遠慮して参列もしなかったくらいだが、いくら気がねをしても登用されるわけではなし、義秋が観音寺城にいて何かやりそうだと聞くと、ぞろぞろと集まってきた。藤孝は、

「この辺で、諸国の強豪に、檄《げき》をとばして、三好、松永の非を鳴らし、大義名分を明らかにして、奸党《かんとう》を討つため協力を求めたほうがよろしかろう」

とすすめた。それには上杉謙信や今川義元《よしもと》、北条氏康《ほうじょううじやす》などに使いを出すことにした。義秋はしだいに自分が今までの己れではなくなり、第一義的な人物に形成されてゆくような気がした。

しかるに肝心の六角義賢は上面だけははなはだ調子がよいが、実際に誠意がないことがわかった。それればかりではない、子の義弼《よしすけ》はどうやら三好党と通じていることも知れた。

「どうもようすがおかしいと思ったが、これは油断ができぬ」

油断ができぬどころではなかった。三好党は利をくらわせて義弼に義秋を討たせようと企《たくら》んでいる。

「えらいことになった。藤孝、これからどうする？」

藤孝は頭を傾《かし》げて考えていたが、

「大膳大夫殿《だいぜんのだいぶ》はあなたのご縁辺ですから、若狭《わかさ》に行くより仕方がありますまい」

と答えた。

「義統《よしむね》か」

と言って義秋は気のすすまぬ顔をした。武田《たけだ》大膳大夫義統は若州小浜城主で、義輝の妹を娶《めと》っていた。義秋はこの義弟をあまり好きでない。いつも己れを大きく吹聴《ふいちょう》してまわる癖があった。そのくせ領地は狭小で、とても頼みにできるとは思えなかった。しかし危急の場合、贅沢《ぜいたく》は言っておられなかった。どこでもよい、寄辺があれば幸いとしなければならぬ。

義秋主従は観音寺城を密《ひそ》かに脱け出て、琵琶湖《びわこ》畔から舟を雇った。永禄十年八月十五日の夜である。月だけが湖上に冴《さ》えて、四辺の山は薄墨に沈んでいる。櫓《ろ》の水を裂く音が耳にはいるだけである。

「落魄江湖暗結愁。孤舟一夜思悠悠――」

義秋は舟の中でそんな詩の文句を考えていた。

小浜に来てみると、思ったとおり武田義統はいい顔をしなかった。口先では相変らず何とか言うが、厄介な者が飛びこんできたという迷惑な表情は露骨であった。

「藤孝、もうどこかないか?」

一乗院を脱け出てすでに三年の歳月がたっていた。どこに行っても腰を落ちつける所がない。三年間は、ただの漂泊の生活である。義秋は頰が尖《とが》り、眼窩《がんか》が落ちくぼんでいた。

「たった一つだけあります」

藤孝は相変わらず分別くさそうな顔をして言った。この男はどんな時でも、必ずこの顔つきを忘れない。痩《や》せこけた顔は日にやけ、猿のように動くなっても、執拗《しつよう》に気取ったようすを身から放さなかった。

藤孝の言うところでは、越前の朝倉義景こそ格好の人物だというのである。彼の説明によると、朝倉家は代々越前の守護職になって以来、お供衆、お相伴衆に列せられ、白い傘袋や虎《とら》の皮の鞍覆を許され、塗輿《ぬりこし》も許されている家柄で、ことに当主義景は前将軍義輝の一字をたまわったほどに足利家には恩寵《おんちょう》をこうむっている。その殊遇を忘れるはずがない。とくに江北一帯にかけて勢威をもっているから、まことに頼りになるであろう。と言うのであった。

雪の降るその年の暮、義秋は、さらに雪の多い越前へ北陸路を辿《たど》った。

三

朝倉義景《よしかげ》は義秋を疎略《そりやく》に扱わなかった。彼は義秋に向かって、義輝の死を悔み、松永、三好の不逞《ふてい》を罵った。

「ここにはいつまでもご逗留《とうりゅう》なさるがよい」

とも言ってくれた。太った彼は厚い唇を動かして大儀そうな口のききかたをする。親切だが、緩慢な気性と見えた。

義秋は寄寓《きぐう》の生活には飽いていた。義景の言い方は気に染まない。当てがはずれた感じがした。自分を押し立てて京にはいり、失業の回復をはかると言ってくれるかと思うと、そんなことは言わない。食客ならいつまでもいてくれてよいと言うのである。

この間に、京では、従弟にあたる阿波公方《あわくぼう》と呼ばれる義栄《よしひで》が将軍に任ぜられたという噂《うわさ》を聞いた。義栄は松永久秀に押し立てられたのである。

ふしぎなことに、それを聞くと、義秋は勃然《ぼつぜん》と怒りが湧いた。他人が己れを押しのけて将軍を嗣《つ》いだことが、はなはだ不合理に思えてならなかった。血統ならこちらが正しいという自尊心がその不合理を怒った。義栄づれが、という軽蔑《けいべつ》と嫉妬《しっと》もある。仇敵《きゅうてき》の松永と組んでいることへの正義派めいた憤恚《ふんい》もある。が、実際、義栄が将軍になった事実によって、義秋の心に将軍の座にすわる己れの姿が、さらに現実感へ密着したのである。

義秋は義昭と改めた。この名のほうがいっそう好《よ》い。彼は三十を二つ越した。そろそろ焦燥《しょうそう》が出てきた。

義昭は、再三、義景に催促した。早く京に兵を出してくれというのだ。自分が将軍につけば、義景だってよくなるはずである。

義景は、ぐずぐず言って、はっきりしたようすを示さなかった。いつもの緩いものの言い方と大儀そうな動作である。彼の細い眼の奥には冴《さ》えた光がなかった。

「とてものことに義景では、ものにならぬな。あれでは仕方がない」

義昭は藤孝に苛立《いらだ》たしげに言った。

「そうですな。義景はあんがいでしたな」

藤孝は相槌《あいづち》を打った。それから彼は耳よりなことを言った。

「義景は早く見きりをつけたほうがよいでしょう。その代わり、今度こそ有望な人物を見つけました。これは義景などとは格段の違いです」

珍しく藤孝のほうが興奮していた。

「誰だ、それは？」

「織田上総介信長《おだかずさのすけのぶなが》という男です。今川を倒し、美濃の斎藤を滅ぼして、今、えらい勢いです。実力では第一かもしれません。この男にわたりをつけるのです」

「うまくゆくか？」

義昭の心には、早くも信長という名前だけ聞いた男の輪郭を想像していた。失望を繰りかえしながらも、いつも求めている彼には、新しいものは何か希望にみえる。

「私が使いに行きましょう」

と藤孝はどこまでも積極的だった。めずらしい情熱である。が、彼も義昭に従いて苦労をしてきた。この辺で、彼自身も浮かぶ手がかりをつけなければならない。熱心なのは自分のためであろう。

六月の炎天の下を藤孝は岐阜に出発して行った。七月はじめには、ふたたび陽灼《や》けした顔で戻ってきた。顔いっぱいに喜色をただよわせている。

「たいした人物です」

と藤孝はほめた。信長のことである。会って話したら、すぐに乗ってきたという。

公方家をそのような境遇に置くのはもったいないと言った。もとより天下の筋目は阿波御所よりも義昭こそ然《しか》るべしと語った。早々にご帰洛《きらく》なさるがよい。信長、尫弱《おうじゃく》の士なりとはいえども一命を捨てて忠功をつかまつろう、と言ったという。

「本当か」

と義昭は眼を輝かした。流浪三年余、まだそのようにたのもしげな言葉を聞いたことがない。

「信長とは、どういう男か。会ってみての印象はどうであったか?」

その夜は寝もせずに義昭は藤孝と語った。藤孝もよく話した。すべて信長がすばらしかったという話である。感動をなまに表わしている。この男には滅多にない。始終とり澄まして、どこか冷笑しながら人を観察している性質だった。それがいつもの気取りを捨てて信長のことを青年のように語るのであった。

四

その信長に義昭が初めて会ったのは、永禄十一年七月二十七日だった。美濃国西庄の立正寺であった。

信長が義昭の迎えとして、和田伊賀守、不破《ふわ》河内守《かわちのかみ》、村井民部など百数十人を越前に寄越したときには義昭は天上に駆けのぼる心地がした。今まで、こんな扱いを受けたことがない。三年間の漂泊は、いつも他人の門を寂しくたたき、迷惑がられて寄食してきた。卑屈にもなってきていた。だからこの大形《おおぎょう》な迎えは夢を見るようだった。今になって義景が放すまいとして不機嫌になっていたが、かまってはいられなかった。しかしその感激がもっと胸に来たのは、西庄で信長を見たときである。噂では粗野な男と聞いていたが、そうではなかった。礼儀正しく義昭を上座に据えて、己れははるかに退った。

「この信長がいる以上、ご心配はいりません。このうえは、片時《へんじ》も早くご入洛なさいませ。不肖信長は君を警固し奉《たてまつ》って京都に旗を入れるでござりましょう」

額が広くて眼が切れ長だった。高尚な顔立ちで、今まで会ったどの武将よりも立派で誠実に見えた。丁重なのは言葉だけではない。太刀、鎧《よろい》、武具、馬、いろいろなものを進上してくれた。いずれも眼も覚めるような品ばかりである。末席に積んだ鳥目千貫をそのままくれた。貧乏を察しての行き届いたやり方であった。むろん、義昭側の一同にはたいそうな馳走《ちそう》を饗《きょう》した。

義昭はうれし涙が出た。咽喉の奥から嗚咽《おえつ》が出かかっていた。が、この感激のすぐ後からは、己れの権力の姿を想像していた。

なるほど信長はすばらしかった。九月七日には岐阜を出立し、十二日には抵抗する六角義賢、義弼の父子を箕作城《みのつくりじよう》に攻めた。十三日には六角父子が逃亡したので、観音寺城にはいったという知らせが立正寺にいる義昭のところに来た。同時に、すぐにご入洛をご用意ください、と勧めてきた。

二十一日に義昭は濃州西庄を迎えの使者と出立した。二十二日桑実寺着、二十三日守山に着くと、信長自身が出迎えていた。

慇懃《いんぎん》な男である。礼は臣下のそれをとっている。今までの戦況を非常に丁寧に報告した。別に得意な顔つきでもなく謙遜《けんそん》したものの言い方であった。額が広いのが、知謀にたけた頭脳の持主のように思えた。

こんなに日数がたたぬのに、大国を平らげたのは前代未聞である、と義昭は信長をほめた。信長は低頭して、ひとえに君のご威光である、と答えた。どこまで奥床しい男かわからなかった。

「ご入洛は一日でも早くお急ぎください」

と信長はむやみに京にはいるのを急がせて先に出発した。それで二十七日には琵琶湖を渡った。供人を乗せた舟は十数艘で、花やかにざわめき騒いで湖水を進んだ。

去年の八月十五日には彼は観音寺城を脱がれて孤舟に乗り、月明の湖上をよぎった。

わずか一年余でたいそうな違いである。義昭は人間の運を考えた。

彼は三井寺浄光院に着いた。信長は極楽院にいたが、義昭が着陣したというので挨《あい》拶《さつ》に来た。あくまでも作法を崩さない。

「あれを見てください」

と信長は三井寺の山上から杖《つえ》でさした。大津、馬場、松本、山科、醍醐、伏見、宇治の辺まで森や林の間に陣を張って軍勢が充満しているのが眺められた。このとき初めて信長の尖った顴骨《かんこつ》の頬に謎《なぞ》のような表情が動いた。それが義昭に対する示威であることは、ずっと後になって気づいた。

二十八日には信長はもう京にはいって東福寺に宿営した。京童の人気もなかなかよいということを義昭は聞いた。信長を恐れて隣国へ逃げていた住民が安心して洛中につづいて戻っているという話も伝わった。義昭には信長がしだいに大きな人間に映っていた。

信長は京にはいる三好党を追撃した。その勝報と一緒に、将軍職についていた従弟の義栄が腫物《はれもの》を病んで病死した噂が聞こえてきた。

将軍が死んだ。信長の勝ち軍《いくさ》ももとよりだが、義昭にはこの噂がいちばんうれしかった。仕合わせな運はいよいよ大股《また》で歩いてこちらに来ているのである。今度こそだ。

今度こそ確実におれが上がる順だ。

　そのことはあんがいに早く実現した。実に呆気《あっけ》ないくらいだった。十月十八日には、もう彼は征夷大将軍であった。どういう働きをしたわけではない。自然にそうなったのである。義昭は疑問を起こさなかった。こうなってみると、それが当たり前のような気がした。理由ははっきりしている。自分が前将軍義輝《よしてる》の弟だからである。今まで足利《あしかが》家が十数代もそのしきたりをつづけてきた。何の不思議があろう。当然の話だ。おれ以外に誰がなれるか。

　義昭は禁色《きんじき》の人となって、天子に謁《えつ》するため、紫宸殿《ししんでん》南面の階《きざはし》をゆるやかに昇った。

五

　義昭は、信長を副将軍か準管領にしてやろうと言ったが、信長はどうしても受けなかった。従五位下弾正忠で結構だと言う。やはり、謙虚な男であると義昭は好感をもった。それでせめて感謝状を書いた。

「今度《このたび》国々兇徒等、日を経ず、時を移さずして退治せしむるの条、武勇天下第一なり。当家再興の大忠これに過ぐべからず——」

　そういう文句であった。宛名《あてな》を「父、織田弾正殿」とした。父と書いたのは、できるだけ信長を喜ばせようとしたのである。年齢はたった三つしか違わない。しかし、当家再興の大忠という文句は、あくまでも信長を臣下と見ての横柄《おうへい》なものの言い方であった。

信長は十月末には京を去って岐阜に帰った。するとそれを狙《ねら》って、年明けた正月早々に三好《みよし》の残党が斎藤竜興《さいとうたつおき》などと一緒になって、義昭の宿所である本圀寺を襲撃してきた。

その時も信長は、急を聞いて、折りからの大雪にかかわらず、岐阜から三日かかるところを二日で京にのぼってきた。相変わらず行動が速い。

信長は義昭の居館を堅固に新しくこしらえてくれた。二条御所の焼跡をさらに広げて、堀をめぐらし、二丈五尺の石垣を築いてめぐらせた。信長式の派手な工事で、美濃、江州、伊勢、三河、畿内《きない》、若狭など十四カ国の衆をこれに従事させた。庭石一つを運ぶにも錦をもって包み、花を飾って、笛、太鼓、鼓《つづみ》で囃《はや》したてて大綱で牽《ひ》かせた。信長自身が虎《とら》の皮のむかばきをはいて工事の下知をする働きぶりであった。四月には見事な館が落成した。

義昭は信長の好意を己れに対する忠義ととって満足した。それだけの地位に自分が在《あ》ることを意識していた。つまり信長の奉仕を当然と心得てよい地位であった。

信長は京を辞してふたたび岐阜に帰った。義昭はこれを粟田口《あわたぐち》まで見送った。その長い長い行列は初夏の陽に鎧や長刀を光らせながら動いて行った。白い埃《ほこり》を立てて行列の後尾が逢坂山の方へようやく消えて行った瞬間、義昭は不意に気落ちを感じた。妙な虚《むな》しさに襲われた。

信長がこれほど大きく見えたことはなかった。力が充満していた。その行列が見えなくなった後でも、その幻影の巨大さが義昭を圧倒した。義昭は身体の中から充実感が喪《うしな》われてゆくのを感じた。気づいて見ると己れには何もないのだ。征夷《せいい》大将軍という名前だけが残っていた。一人の兵を持っているわけではない。掌《てのひら》を握っても、虚しいのである。

なるほど信長は義昭に慇懃《いんぎん》を尽くした。物腰も丁重である。壮麗な館も造営してくれた。義昭をここまで押しあげたのは彼である。しかし、信長は無償でそれをしたのではなかった。

信長は半年前の信長ではなくなっていた。もはや、濃尾の一領主ではない。誰が見ても天下の信長であった。その急激な成長はどこから来たか。義昭のお陰ではないか。足利将軍の当主を擁して入洛したという聞こえが、信長を第一人者の格に許容させたのである。信長をここまで仕立てたのは、じつは、義昭ひとりなのである。

義昭は何か欺《だま》されたような気がした。自分の頭や肩にべっとりと足型がついたように思った。踏み台にして土足をかけて登ったのは信長である。その信長がぐんぐん勢力を伸ばして巨大な軍隊を握り、鋼鉄のような密度をもってきたのにくらべ、義昭の身体《からだ》は空気のように空疎《くうそ》だった。信長から重苦しく受ける重力であった。

それから一年の間は、義昭は鬱陶《うっとう》しい信長からの圧迫感を意識した。信長は相変わらず忙しかった。兵を但馬に出したり、伊勢に働いたりした。義昭は、時に、信長が負ければいいと思ったりした。が、信長はあいにくどこまでもうまくやっていた。

気にすることはない、おれは将軍だと義昭は萎《な》えそうな心に勇気を出して気負った。が、ふっとした寂寥《せきりょう》は紛れようがない。

義昭は好きな家来にはどしどし知行をふやしてやった。諸国の目ぼしい領主には、内書をしきりと送った。将軍の名で、信長に相談せずに、勝手にやれるのが爽快でならなかった。内書は相手を歓ばすように書いた。少しでも他の者をこちらに牽《ひ》きつけることが、信長に対する密《ひそ》かな仕返しのようで愉《たの》しみである。

すると信長は伊勢からの帰りだと言って戦況報告のために入洛してきた。表面の理由はそうだった。

信長は不機嫌だった。癇癖の強い男と聞いていたが、なるほど額には静脈が太く浮いていた。

細い眼尻《めじり》が吊《つ》っている。

「将軍家は鷹揚《おうよう》でいてください。信長に万事をお任せくださったうえは、そのとおりになさらないと困ります」

きんきんした声だった。一年前の丁重な言葉づかいとはまるで違う。諸国に内書を出したことがわかって怒っているのである。その意味を暗に言っているのだ。

信長が悪相をつくって退出してゆくのを、近侍が恐ろしげに見送った。

六

そのことがあってから、三月とたたぬ元亀《げんき》元年正月に、信長は岐阜から朝山日乗と明智光秀《あけちみつひで》とを使いに寄越して、自分の要求を文書にして約定を迫ってきた。

義昭はその押しつけ条件を見た。

「諸国へ御内書仰セ出サル子細コレアラバ、信長ニ仰セ聞ケラレ、書状ヲ添ェ申スベキ事」

という条《くだり》が一番に眼にはいった。それから「御下知ノ儀、皆モッテ御棄破」とか「天下ノ儀、何様ニモ信長ニ任シ置カルル上ハ、上意ニ及バズ、分別次第、成敗ヲ成スベキ事」などという文字が眼の先にちらついた。

義昭は眼の前が乱れた。身体が熱くなってきた。何ということだ。これでは将軍としての彼の手足を縛るというのである。信長の許可がなければ内書を出すな、今までの命令はいっさいやり直せ、信長に任したうえは万事は自由に成敗させろ、という要求である。

義昭は平静を装いながら、その文書の下に花押《かおう》を書いた。心と面とはうらはらである。胸の中は沸《たぎ》り立ったが、顔はおだやかに怒りを隠した。

光秀と日乗が文書を受け取って、調べるようにしてあらためた。そのしぐさがどこか信長の威をまねたようすがあった。義昭は結局はその傲慢《ごうまん》な力に崩れた。その屈辱をはねかえすことができなかった。拒絶したらどんなに小気味よいかわからない。できないのだ。それは弱者がいつも覚えるあの理不尽な被圧迫感であった。

しかし、使者が岐阜に復命したころには、義昭は信長に対して憤恚《ふんい》に燃えあがった。今に見ておれ、約定などは反古《ほご》にしてくれるわ、と叫んでいた。

義昭は、自分が信長に初めから利用されてきたことをはっきり覚った。信長はここまで来るために、彼に慇懃をつくして来たのだ。企《たくら》んでかかった仕事なのである。それを彼の忠義などと思って、いい気になっていた愚かしさを悔んだ。信長の傍若無人の倨傲《きょごう》さが、もう我慢できなかった。

信長は、いよいよ大きくなるであろう。今や破竹の勢いにある彼は、どこまで伸びるかわからない。領国はますます広がり、兵力はさらに増強される。彼の細い眼の奥には、何をもくろんで光っているか知れたものではなかった。

ここで信長を抑えねばならぬ。今、おさえねば、彼がおれの地位を狙って追い落とすことになる。信長の存在が巨大になればなるほど、おれの転落が迫ってくる。義昭は唇の色を白くした。

防御はどうするか。室町将軍などといっても、こうなると何もなかった。いつぞや信長の行列を粟田口に見送ったとき襲った空虚さが、もっと切実に、冷酷な実証を目の前に見せて心に食いいった。

義昭が信長の敵と結ぶことを考えついたのは、この理由からであった。前に各地の有力者に義昭が内書を送ったときには、信長はずいぶん憤《いきどお》った。あれは信長の弱点だからである。よし、それなら、もっと信長の敵を煽《あお》ってやれと思った。他人の力で信長を抑えるのだ。いや、もっとうまくゆくと信長を袋叩《ふくろだた》きにすることができる。

足利将軍という名はまだ捨てたものではない。地方の領主たちには魅力がある。内書を受け取ると随喜した。元亀元年の春には、武田信玄は京著一万匹をおれに寄進してきたではないか。彼らは信長《のぶなが》がのしてきたことを不快に思っている。これだ、これだと義昭は横手を拍《う》った。彼らを信長に嚙《か》みあわせるのだ。兵力のない将軍は、初めて愉快な微笑を頰にのぼせた。

義昭の陰湿な工作はすすんだ。使いを行かせて、懇《ねんご》ろな内書を信玄に出した。上杉謙信にも出した。北条氏康《ほうじょううじやす》にも出した。朝倉にも、毛利にも出した。甲、越、相、西国、北陸を味方にすれば、自然と信長を包囲する格好となる。

効果は予期以上にあった。いずれも内書を受け、上意かたじけないと返事してきた。なかでも信玄が熱心だった。信長の暴慢は許すべきではない。すみやかに上洛して信長を逐《お》い、上意を休めるであろう、と信玄は伝えてきた。

信玄ならやれる。信長がどんな顔をするか。毛利輝元からは、「弥向御深重可相談候」と起請文まで送ってよこした。ますますよい。

義昭は晴々とした。

七

それから二年、信長は多忙であった。そして相変わらず運は信長についていた。義昭は少し焦慮した。

するとと元亀四年の正月に、信長は義昭に対して詰問状をつきつけた。いわゆる諫書《かんしょ》だ。

「諸国へ御内書を遣わされ、馬其外御所望の件、外聞如何に候間、御遠慮を加えらる尤に存じ候――」

と書きだして、内書を出したことを咎《とが》めている。恩賞の不公平、信長懇意の者疎外《そがい》、信長の意見不採用、金銀の蓄え、そのほか細々としたことを咎めだてている。十七個条もあるから、そろえたものだ。諫言というが、要するに居丈高になってどなってきたのである。

きたな、と義昭は思った。身体が燃えるくらいにほてってきた。こうまで踏みにじられてなるか。

義昭は我慢を踏み切って、信長にたいして、はっきり手切れを宣言した。巨《おお》きなものをついに敵にまわしたという興奮で、五体のふるえが止まらなかった。

しかし、義昭は、計算なしにそれをしたのではなかった。武田信玄がいよいよ大軍を率いて甲斐《かい》を発し、上洛の途についたと知らせてきたからだ。

「信玄が来さえすれば、こっちのものだ」

信玄は信長を打ちのめしてくれるだろう。信長が信玄をどのようにこわがっていたか、義昭は知っている。信玄と聞いただけでも、色を変えたものだ。弟分の家康が信玄にちょっかいを出しても、信長はただ信玄の怒りがこちらに向かわぬよう、音物《いんもつ》を通じて懸命になだめてきたものである。

信玄が西上してくれれば、信長が転落するのはわかりきっている。その確信をさらに疑いなくしたのは、信玄が途上の三方ケ原で、家康の軍を他愛《たわい》もなく踏みつぶしたと聞いたことだった。じつにおかしいくらいに三河勢が弾け飛んだ。

義昭は腹を押えて笑った。

それに信長は、越前の朝倉、江北の浅井とも戦っている最中だった。そのうち、義昭がたびたび文書を遣《や》って煽っている中国の毛利もやってくるに違いない。信長は四方から袋叩きである。義昭の眼には、勝利の幻影がかなりな確実さで見えていた。だから思いきって信長に、絶縁を宣告したのである。

まさかと思っていたらしい信長が、あわてて義昭のところに使いをよこした。

「あなたのお望みどおり、何でもききます。誓紙も書きます。人質も出しましょう」と言う。使いに来たのは朝山日乗だ。前回に傲慢な誓紙を持ってきたときとは、まるで態度が変わっていた。ひたすら腰を低くし、這《は》いつくばっている。これが信長の現在の追いこまれた姿なのだ。

日乗は醜怪な顔をしている。背が低く、ずんぐりしている。風采《ふうさい》のはなはだあがらないこの男は、だが、満身、知恵にかたまっていた。弁舌が流れるようにうまい。今も、彼は義昭に向かって、その機知にあふれた話し方で、信長の言うことを聞いたほうがおためである、という主旨の説伏をはじめた。

野盗め、と義昭は、この坊主《ぼうず》の素姓のことを肚《はら》の中でののしった。その口先にはのらぬぞ。くどくどと言うことを冷笑して聞いてやったうえ、横を向いて唾《つば》を吐いた。坊主は何か捨てぜりふを言ってほうほうの体《てい》で帰って行った。

信長が神経質に顔面をひきつらせて怒っている有様が眼に見えるようだった。面白い。怒るがよい。

はたして、信長は岐阜を立って、兵を率いて上ってきた。義昭は少しあわてた。信玄が西上するので信長は動けないと思っていたのである。

「間違いないか？」

とその報告に疑いをもって確かめたくらいである。しかし、その実証は、信長が四月のはじめに入洛して、諸所を焼き立てた煙が、二条御所の上を蔽《おお》ったことで見せつけられた。真っ黒い煙は、義昭を狼狽《ろうばい》と絶望の渦に巻きこんだ。

「信玄はどうしたか？」

義昭は、こういう事態になるまで、何度となくこの質問が口から迸り出た。が、甲軍の旗印が見えたという報告は、ついになかった。どこで食い違ったのであろう。義昭には、こんな現実になったことが、不思議でならなかった。何とも不都合である。計算の手落ちではない。それ以外の、わからぬ、不合理だった。

信長の使いで津田という男が来て、慰め顔に何やら言った。あなたの罪ではなく、あなたを誤らせた老臣どもの過怠《かたい》であると言った。主人の信長はそれを知っているから、両家の元通りの和睦《わぼく》を望んでいると述べた。言葉は飾っているが、要するに、屈伏をすすめにきたのであった。

「信長は、おれを殺すとは言わなかったか？」

義昭はきいた。

「なかなかもちまして、君に対してそのようなことができましょうか」

と津田は首を激しく振って答えた。

君――なるほど、おれは将軍であった。おれを殺せば、信長は大義名分を失う。彼がののしった三好《みよし》や松永と同類になる。信長はそれを恐れているのだ。信長は、すでに昔の尾張一国の信長ではなかった。彼は何よりも名分を名物の茶入れのように大切にしなければならなかった。なるほど、おれをよう殺せまい。だが、このままにはすまさぬぞ、今にみろ、義昭は腹で悪態をつきながら、信長の言うことを聞いた。やがて信玄が京に旗を立てるまでの辛抱だ。

ところが、まもなく、その信玄の死去が伝わってきた。

義昭は、わが耳を疑った。信玄はすでに去年の暮に、信州の田舎で病死したというのである。

信長が岐阜から悠々と京に来たわけだった。信玄が生きていたら、彼は釘《くぎ》づけのはずなのである。不合理の原因は、信玄の急死であった。胸算用は、ここで狂ったのだ。

義昭が、何か眼に見えぬ敵を感じたのは、このときからであった。信長などよりは、もっと恐ろしい、抵抗できぬ、絶望的な敵であった。どのようにもがいても、所詮《しょせん》はうすら笑って、壁のように前面に立ちふさがる運命的な何かである。それは生涯のどの辺かに狡《ずる》くひそんでいて、その気配で、いつも人間にふと前途の不安を予感させる黒い物であった。

八

毛利と、石山本願寺と、謙信と、武田《たけだ》勝頼《かつより》とが義昭の図引きした線であった。この線は几帳面《きちようめん》に信長を囲んでいた。

「よし、やろう」

義昭は、信長が岐阜に引きあげたあと、再挙した。前回から三カ月とたっていなかった。

ところが信長は、このことを予期していたとみえて、佐和山に移って百梃櫓という途方もない大きな船をつくって待っていた。信長は義昭謀反《むほん》の注進を聞くと、瞬時の猶予《ゆうよ》もなく、この舟に兵をのせて湖水を渡った。おりから猛風であったが、彼は難なく坂本についた。京には翌日はいった。

義昭は二条を退いて、宇治の真木島にたてこもった。七月半ばで宇治川は大雨のあとで満水している。信長の軍は、川上、川下から押し渡ってきた。

眼を遣ると、先頭に、義昭が二条に残した日野輝資とか藤原永相などという侍臣が案内役をつとめている。何ということだ。側近の家臣まで彼を裏切っている。

もっとも、彼にとってはそう意外ではなかった。細川藤孝《ふじたか》などは、とうに信長についてしまっていた。もともと、そんな利口さのある男だった。きどったもの知りだが、己れの利益にもさとい。利用価値ばかりを考えている男である。理屈も上手だが、人の顔色をみて身を考えるのもうまい。義昭を奈良の一乗院から連れだして、あちこちを連れてまわったのは、実は自分が義昭を利用して芽を出したい魂胆だったのだ。そんな奴《やつ》だから、途中で信長に乗り替えたのも不思議ではない。どうもはじめから虫の好かぬ奴だった。

義昭がそんなことを考えていると、みるみるうちに織田勢は、真木島を囲んでしまった。おれもこれで最後かな、と義昭は思った。しかしまだ実感は来なかった。どこかにまだ残された部分があるような気がぼんやりした。

舟に乗って、信長から使者が来た。

「降伏なさいますか？」

と使者はきいた。

「仕方がない」

義昭は唾を地に吐いた。

「お命は助け参らせる、との上意です」

使者は精一杯の憐愍《れんびん》をもったいぶった表情に上せて言った。

「殺すとは言わなかったか？」

「いえ、お助けして、河内にお遷《かえ》りくださいとのことです」

義昭は、このとき信長が自分を殺したくてならぬ衝動で苛々《いらいら》していることを知った。

しかし彼にはできないのである。おれを八つ裂きにしたくても殺せぬ。それをすれば、信長《のぶなが》の声望が墜ちるのだ。名分が彼を縛っていた。

ざま見ろ、と思った。当たり前だ。殺されてなるものか。もっと、もっと信長を苛《いじ》めるために生きてやるのだ。苛め抜いてやるのだ。兵は一人も持たない。が、おれには〝陰謀〟がある。これがおれの武器だ。陰湿に、じめじめと信長を苦しめてやる。あらゆる策動をして痛めつけてやるのだ——義昭の心は粘液のようなものに満ちていた。

ひとりの武将が一隊を連れて義昭のところに来た。背の小さい、くろい顔の男だった。

「羽柴《はしば》藤吉郎と申します。主人の命令で、あなたさまを河内までお供いたします」

はきはきしたものの言い方でそう言った。少しも気色ばんだところがなく、遊山でも一緒に誘うような、のんびりした調子があった。義昭はその輿《こし》に乗った。

宇治から、河内国若江まで、そのふしぎな男に警固されて旅して行った。彼は途中でもいろいろと親切に気をつかってくれた。風采はちっともあがらなかったが、くりくりとした丸い瞳には妙な愛嬌があった。彼は義昭にたいしては口辺に微笑を見せたが、前後の警固の兵卒を見るときには、ときどき、眼を光らせた。

義昭は若江城にはいったが、ここはしばらくで、河内から紀州へ流れていった。しかし彼の心は西国の毛利にある。毛利に行きたいのだが、毛利では義昭の来ることを迷惑がるようすがあった。それは前年に、安国寺恵瓊《えけい》などを使いにして、義昭に、

「なにしろ織田家とは表面仲違いというわけではありませんから、あなたが今、毛利の方に来られては、ちょっと厄介なことになります」

と言わせて、釘をさされていたからである。紀州には仕方なしに行った。ここでは熊野の僧徒や雑賀《さいか》衆を煽動《せんどう》することを忘れなかった。雑賀は一向宗で、大坂本願寺と気脈を通じている。信長は彼らの仏敵である。義昭はあらゆる機会を信長苛めの謀略に向けた。

本願寺には絶えず彼は言ってやった。信長は必ず大坂を攻めるだろう。そのときは恐れずに戦うがよい。西からは毛利が必ず助勢にくる。北からは謙信、東からは武田勝頼が信長の背後を襲うだろう。

毛利にも同じことをくどいほど申し送った。信長は必ず毛利家を安泰にせぬだろう。彼の野心は、中国、四国にある。早く謙信、勝頼と結んで、信長を挟撃するがよい。義昭にとっては、毛利が愚図々々しているのが歯がゆくてならなかった。が、その機会は来た。いや、彼が強引に見つけたと言ったほうが適当である。信長が尼子の残党

を庇護《ひご》したことである。むろん、尼子は毛利の敵だ。

義昭は紀州宮崎から舟を出させて、西にまわり、淡路の瀬戸から内海にはいって、毛利領の備後《びんご》鞆《とも》ノ津《つ》に着いた。従ってきたものは、真木島玄蕃頭ほか数人の供人にすぎなかった。

「信長が毛利家にたいして逆意のあることは、尼子の一条によっても、分明である。もはや、斟酌《しんしゃく》にはおよぶまい。よってわれらはこの地まで罷り参ったから、何分の力を恃《たの》みたい」

毛利一族の吉川元春《きっかわもとはる》、小早川隆景《こばやかわたかかげ》にあて鞆《とも》から出した、彼の居直った頼み状である。

九

毛利も当惑を感じたが、仕方がない。しばらく鞆に義昭を客遇することにした。

毛利にとっては、義昭は爆弾をかかえているようなものだった。彼の言うごとく信長は毛利に対して友好的ではない。さりとて露骨に侵略をすすめてくるというほどでもない。元就《もとなり》以来の家風として、毛利は無理せぬことにしている。信長にたいしてもこちらから仕掛けるという意志はなかった。できるなら、信長とは不即不離な関係で行きたかった。義昭のような、信長にたいして怨恨《えんこん》の塊りのような、策動好きな公方《くぼう》を抱えていることは、真綿のなかに火を包んで懐《ふとこ》ろに入れているようなものだった。

しかし、毛利輝元たちの曖昧《あいまい》な態度は、まもなく許されなくなった。義昭が到着して、ふた月もたたぬうちに、信長が石山本願寺を攻撃してきたからである。本願寺からはしきりと救援を求めてくる。

大坂が陥《おち》れば、信長は、摂津、播磨、備前の平野を疾風のように侵して、毛利領に迫るであろう。毛利は否《いや》でも応でも、対信長戦に踏み切らねばならなかった。

義昭はそれを聞いた時、「やったな」と眼を細めて、手を鳴らした。だんだん思うようにことが運んでゆく。今に信長を弱らせてやるのだ。大いに愉《たの》しみである。

毛利の水軍は大坂に向かって動きはじめた。伊予、能島、来島の船手は上方勢の比ではない。立ち向かった織田方の九鬼の水軍はさんざんに敗北した。兵糧は本願寺に見事にはいった。

そのうち紀州雑賀の徒が信長に反抗して、本願寺を救援した。面白い。着々と打った石が生きてくるのである。義昭はうれしそうに両手をこすった。信長が苦しむのがたのしい。そのうち、信長の水軍の敗報が伝わって、近畿や摂津、播磨一帯の豪族がひそかに本願寺に通ずるようになった。信長はいよいよ苦境に立った。ますます面白い。

義昭は内書をしきりと出して、謙信と勝頼の上洛を催促した。これさえできれば、信長の息の根は止まるのである。

が、謙信は容易に出てこなかった。じつは来られない事情があった。彼は年来、北国の一向宗一揆《いっき》と戦っているので、身体《からだ》が縛られているのである。これは信長が陰から一揆の糸をひいて、謙信を牽制《けんせい》しているのであった。

「それなら北国一向宗徒を謙信と和解させよう」

その工作を義昭は試みた。一向宗の本尊は本願寺である。本願寺から言わせれば宗徒は承知する。この工作は成功した。頑強な宗徒もついに謙信と妥協した。

謙信は解放された。彼は自由になった。彼は小早川隆景《たかかげ》に、

「この秋、大軍を率いて入洛の所存である」

と手紙で壮快な挨拶《あいさつ》をした。

義昭はまた手を拍った。謙信が来る。謙信が来る。――

しかし謙信は容易に来なかった。義昭はじりじりしてきた。信長は紀州の雑賀征伐に出かけた。絶好の隙《すき》である。義昭は矢のような出兵の催促をした。飛んで行って、謙信の手を引っぱってきたいくらいであった。謙信、本願寺、毛利、間違いなく信長はうちのめされるのだ。これに遠く勝頼と北条氏政とが加わる。

けれども、謙信は容易に腰を上げなかった。彼の眼は、信長よりも関東の北条が気にかかるらしかった。義昭にすれば、まことに、じれったい話である。謙信が能登まで出兵してきて、そのまま越後に帰ったときなどは、義昭は夜が眠られぬくらいに口惜《くや》しがった。

しかるに謙信は天正六年正月、大規模な軍勢を催した。その風聞を耳にしたとき、義昭は、今度こそ間違いなく謙信が来るものと信じて、手と足とを舞わした。謙信が、その報知を追うように、もう一つの通知が届いた。出兵を目の前に控えて、謙信が急死したというのであった。

義昭は足から力が萎《な》えた。立っていることができぬ。涙を流して、すわって考えてみたが、あらぬことばかりが頭に浮かんでくる。はっきりわからぬが、何かこの世が、肝心なところでまが抜けている、ということであった。

が、まだ負けぬぞ。負けてはならないのだ。

義昭は、ただただ、毛利一族の肩を両手かけてゆさぶった。その顔は、信長退治の妄執につかれて、妖怪じみていた。

佐渡流《る》人《にん》行

一

寺社奉行吟味《ぎんみ》取調役であった横内利右衛門が、このたび、佐渡支配組頭を命ぜられた。幕府が重視している佐渡金山《かなやま》奉行の補佐役であった。

この組頭の下に十人の広間役というのがある。金山方、町方、在方、吟味方に分けた役人のことだが、このうち、二人は江戸で任命して赴任させることになっていた。

横内利右衛門は、今度の転役について、かねて己れの気に入りである下役の黒塚《くろづか》喜介《すけ》を、その広間役にして、佐渡に連れていくことにした。

「わしも初めてのところだでの、島流しのようで、とんと心細い。どうじゃ、一緒に行ってくれい、おぬしの面倒は、最後まで見るつもりじゃ」

横内は、そう言って黒塚喜介に内命を伝えた。

「かたじけないお言葉でございます。横内さまとなら、たとえ蝦夷《えぞ》の果てでもお供いたしとうぞんじます」

喜介は、浅黒い顔にいつもの才知な眼を輝かして、手を突きながら答えた。それはまんざら、世辞ではない。横内は有力な老中筋のひきがあって、佐渡在勤を二三年も務めたら、江戸に呼び戻されて、優勢な地位につく見通しがあった。この人について いれば損はない、最後まで面倒をみてやる、というのはさきざきの出世を請けあって くれたようなものだと喜介はよろこんだのであった。

「そう言ってくれてありがたい。出発は二十日先ごろとなろう。充分に、支度をしておくように」

横内の機嫌はよかった。酒を言いつけて、佐渡の話など雑談をはじめた。

「金山には江戸より送った水替人足が千人近くもいるそうな。なにせ、入墨者や無宿者ばかりでの。油断のならぬ山犬のような人間どもの寄せ集めじゃ。おぬしには、この金山方の取締りをやってもらう。気骨は折れようが、まあやってくれ、人足どものこと、聞いておろう?」

「水替えはなかなかの荒仕事と聞いております。人足どもは、この世の地獄とやら申して怖気《おぞけ》をふるっておるそうにござります」

「それじゃ。難儀な仕事ゆえ逃亡する不埒《ふらち》な奴《やつ》もある。もともと怠け者の寄り集まりじゃ。仕事を嫌う過怠者があれば、ぴしぴしやってくれ。水替えを怠ければ坑内に湧水が多く、大切な金を掘ることができぬ。何事もお上のためじゃ」

横内はこんな話をしていて、ふと思いついたように、

「そうじゃ、近々、佐渡の地役人どもが江戸にのぼってくる。ついては百人ばかり無宿者をかり集め、地役人に宰領させて佐渡にくだすつもりじゃ」

と語った。

横内の言うように、佐渡送りの水替人足は必ずしも犯罪者にかぎらなかった。前科のある者、無宿者なら、たとえ無罪でも捕えて佐渡に送った。金山は、地下を掘れば掘るほど水が湧きだし、これを地上に汲《く》みだす人足の手は絶えず不足がちであった。あまりの重労働に人足の疾病《しっぺい》や死亡率が高く、その補充のためでもあった。

黒塚喜介は横内の話を聞いているうちに、彼の頭の中を不意に走ったものがあった。そのため彼は瞬時に顔つきが変わったくらいであった。話の途中で、重大な想念が閃《ひらめ》いた時に人がよくする凝固とした表情であった。そうした時、相手の話も耳から遠のいた。

横内は、目ざとく喜介のその表情を見つけた。彼は、喜介の眉根《まゆね》に寄せた皺《しわ》から、彼なりの解釈をしたようだった。

「喜介。心配はいらぬ」

横内は言った。

「お内儀は連れていってよいことになっているぞ。必ず連れていけよ」

「は」

喜介は、われに返ったような返事をした。横内の言葉が、はじめて正気に耳にはいった。横内がそう言うのは、喜介の妻のくみを上役の彼が仲人《なこうど》したからである。しかし、彼が今の瞬間、急に一つの思念にとらわれていたのは、ある別なことであった。横内利右衛門の役宅を出て、歩きだしてからでも、喜介の頭には、その想念が離れなかった。いや、ひとりになってよけいに考えごとに熱心となった。

彼の気むずかしげな顔は、何かを迷い惑っているのではなく、一つのことに凝っているひどく陶酔的な思案顔であった。

それは分別が決まって、のびのびと眉を開くまで、長いことつづいた。

二

「拙者は、今度、佐渡にお役で行くことになったでな。江戸とも当分お別れだ。あんたにもお世話になったな」

杯をさしながら黒塚喜介は心やすく言った。八丁堀に近い小料理屋の二階で、小女が行灯《あんどん》に灯を入れていったばかりである。相手は蒼《あお》い顔をした与力だったが、寺社つきの喜介が自分の仕事の都合で、何かと心づけをやって利用してきた男だった。

「これは、どうも」

与力は卑屈に頭を下げた。内証に貰《もら》っている心づけが相当なものだったので、喜介には自然とこういう態度に出ていた。別れと聞いて、彼は丁寧に今までの礼を述べた。

「ところで、世話のなり放しで申しわけないが、まあ餞別《せんべつ》だと思ってあんたに最後の無理を一つ聞いてもらいたいことがある」

喜介は持ちだした。それが今の今まで彼が思案を練りあげた結果のものだった。

「そりゃ、もう、黒塚さんのことだから」

「ありがたい」

礼を言ってから、喜介は、さあ、と言って相手の杯に酒を何度もみたした。世間話を二つ三つ言うだけの時間をあけて、彼はそれを言いだした。

「ときに、弥十《やじゅう》が赦免になって牢《ろう》から出てくるってなあ?」

さりげない調子だった。

「弥十? ああ、聞きました。あれから一年半でしたかな」

与力は指を繰ってみて、

「いや、二年になっている。早いものですな。たったこの間、送ったと思ったが、今度娑婆《しゃば》へ出てきますかな」

「来るだろう。そういう話だ」

「私はすっかり忘れていた。あなたはよく憶《おぼ》えておられましたな」

「まあな」

喜介は薄く笑った。どこか苦い顔だった。

「いや、あの時は」

と与力は喜介の顔色を見て、少しあわてて、

「遠島ぐらいにはもっていくつもりでしたが、うまく行かなくて、ぞんがい軽いことになりました。すまないと思っています」

「いや、そりゃ、もう、すんだ話だ。それよりも、なあ」

「はあ」

「今度、佐渡の水替人足に江戸から百人ばかり無宿者を送ることになっている。どうだろう、弥十が牢から出たら、あんたの手でつかまえて、佐渡送りの人数の中に入れてほしいが」

「牢から帰ったばかりを？」

与力は、眼を張って、喜介の顔を見た。

「出牢早々でも、かまうことはない。立派な前科者だ、佐渡送りにしても、どこからも文句の出る尻《しり》はないはずだ」

喜介の言葉は急に威圧的なものが籠《こも》った。

「そりゃ、ま、そうですが」

与力は弱い顔になった。

「そうだろう。前科者なら、ご府内に置いても物騒な人間だ。そういう人間を水替人足にして、佐渡に追いやるのが公儀のご主旨だ。おかしくはない。そうだろう、あんた?」

「わかりました」

威嚇《いかく》的に近い強引さが、顔にも言葉にもあった。それに与力は屈伏した。

当たりまえだという顔で、喜介は降参した与力に杯を出した。

「おたがい、気が弱くては勤まらぬ身分ですな」

平気で言って、不意に与力の手を握ってひきよせたかと思うとその袂《たもと》に重いものを落とした。

「や。これは、かえって、どうも」

「お世話になったな。さあ三味線《しゃみせん》をよんで、あんたの咽喉を納めに聞かせてもらいますかな」

喜介が、横内の話を聞いている途中からとつぜんに思いあたって、長いこと思案した手順の一つがこれで成就《じょうじゅ》したのである。その安心が彼の眼にあらわれて、言葉つきも鷹揚《おうよう》さをとり返した。

座が騒いで、やがて酔って、いよいよ蒼くなった与力が、何か思いだしたように、首を振りながら喜介の方へ向いた。

「黒塚さま、こ、こりゃ他所《よそ》から聞いた話ですが、弥十は、もと、御家人だったそうですなあ？」

「そうか。知らんな」

女に杯をやりながら、喜介は、じろりと眼尻で与力を見た。

「ははは。こっちは商売ですからな。なんとなくわかります。なんでも、黒塚さまの奥方のご実家には以前によく出入りしていたそうで」

酔った声は、はじけるような喜介の笑いに消された。

「酔ったぞ。太鼓はないか。女ども、太鼓を打ってはでに騒げ」

その割れるような騒ぎがはじまると、すぐに黒塚喜介の姿は見えなくなっていた。

「弥十を牢送りにして、今度はすぐ佐渡送りにする。わからぬ」

首をゆすりながら、与力がぶつぶつ呟《つぶや》いた。

三

二年前、この与力を使って、弥十を伝馬町《てんまちよう》の牢に送ったのは、黒塚喜介である。賭博《とばく》という微罪にひっかけて捕え、余罪をつくりあげて、弥十を牢送りに持っていったのは与力の努力であったが、それを陰で指図したのは喜介であった。

それは、決して軽い刑罰ではない。しかし喜介の弥十に対する憎悪《ぞうお》を天秤《てんびん》にすると、まだその刑が重いとは言えなかった。

弥十への憎しみは、いつごろから始まったか。考えてみると、それは喜介がくみを妻にして、半年たらずからであった。つまり、今から三年前なのである。

喜介は、たった一度、弥十を見たことがある。上役の横内の世話でくみと夫婦になって、はじめて妻の実家に行った。四谷に住む百五十石の小普請《こぶしん》組の妻の実父は、頑固で一徹なところがあった。長い不遇の生活が、その気むずかしい性質に磨きをかけていた。その父親と喜介が話しているときに、偶然に来合わせていた弥十と会ったのである。

その時の弥十は、まだ弥十郎といった百三十俵の御家人の次男であった。目鼻立ちのはっきりした、色の白い、上背のある青年だった。くみの父親は、これは出入りしている知りあいの者だと彼を喜介に紹介《ひきあわ》せた。

その場では、初めから弥十郎はひどく落ちつきを失っていた。彼は喜介とくみが並んですわっている方をろくに見もしないで、あるいは見ることを懼《おそ》れるようにしていたが、用事を言いたててすぐに帰っていった。

「あいつ、今日はあわてているぞ」

くみの父親の笑い声は、今でも喜介の耳に残っている。が、もっと強烈に今でも憶えているのは、その時、喜介がふと見た妻の横顔であった。

くみはうつむいていた。結いあげた髪の鬢《びん》のあたりが微風に慄《ふる》えていた。が、座敷の中に風はない。慄えているのは、彼女が何か激動を必死に耐えているためだとわかった。顔を伏せているためよく見えぬが、唇を破れるように嚙《か》んでいるに違いなかった。喜介のその時の一瞥《いちべつ》は、彼をいきなり暗黒に突き落としたのであった。その瞬時の情景は、蒼白く喜介の頭に灼《や》きついて、妻の横顔に当たった光線の陰影まではっきり憶えている。

その夜、喜介は妻を責めた。

「なんでもない方です」

くみはそれだけ言って、涙を流した。仰向いたきれいな顔に涙が筋をひいて、うすい耳朶《みみたぶ》に雫《しずく》が匍《は》った。嫉妬《しっと》が喜介を狂わせ、それまで美しい妻に自制していた行動を奔放にした。しかし何をされても、くみは石のようであった。

「おまえは、おれのところに来る女ではなかった」

言い方はいろいろあった。おまえは、あの男が好きだったのだろう。あの男も、おまえが好きなのだ。なぜ、おれの所にきたのだ。そうだろう、それに違いない。おまえはおれをだましたのだ……。

こういう言葉はくみの身体《からだ》に、たえず激しい打擲《ちょうちゃく》と愛撫《あいぶ》とを伴った。たった一度きりしか見ない弥十郎の顔が、喜介には、十年も見つづけた男のように確かな印象が残って、それがくみの顔に重なるのである。するとその幻影に身体が憤怒に燃えあがって、彼は狂った。

くみは相変わらず石のように反応を示さなかった。どんなことをされても、面のように表情を動かさなかったが、眼だけは、下から夫を冷たく見ていた。ときどきは、憎しみと軽蔑《けいべつ》の色を露骨に出して見すえるときもあるが、ときにはわけのわからない涙を流した。

その涙が、決して夫のために流したものでないことを知っていたから、喜介はさらに己れを失う始末になった。

弥十郎が家を出て、市井《しせい》の無頼の仲間にはいっているという話を喜介が聞いたのは、彼をくみの実家で見てからさほどたっていなかった。たわけた奴、出入りはさせぬ、とその話を聞かせたくみの父は真っ赫《か》になっていた。

喜介はそれを聞いたとき、己れの想像が寸分も違っていなかったことを知った。弥十郎がはっきりそうした転落の行動に出たことに、喜介は言いようのない憎悪を覚えた。ふしぎなことに、嫉妬がよけいに燃えたった。自分の見えぬところで、弥十郎とくみの心が、いよいよ、しっかりと寄りあってきたようにみえたのである。

喜介の苛立《いらだ》たしい夫婦生活が、それからしばらくたったころ、弥十郎が今では、御家人崩れのあだ名まである何がしの弥十という無頼仲間のいい顔になっていることを知った。

喜介が、くみにそのことを知らせた晩、くみは畳の上に突っぷして歔《な》きはじめた。その波打っている肩を見ていると、喜介の心にまた炎のようなものが衝《つ》きあがった。

喜介が、はっきり弥十に対して己れの手で死ぬほど苦しめてやろうと決心したのは、この時からである。それは妻の身体を打擲しているときと同じ快感であった。

四

寺社奉行の役人であった喜介は、町方の与力を一人金で誘って手に入れた。ころを見計らって弥十のことを依頼すると、彼は容易に引きうけてくれた。弥十を二年の入牢にしたのは、この与力の尽力である。

「おい、弥十は牢にはいったそうだぜ」

喜介は、晩酌をしながらくみに言って聞かせた。その時、くみは蒼い顔になって棒のように硬直した。その激しい火のような視線を頬にうけながら、喜介は、わざと含み笑いをしながら杯をあけた。ざま見ろ、と心で鬨《とき》の声をあげた。相手は大牢の格子《こうし》の中だった。どうにもなるまいとひとりで嘲笑《あざわら》った。

今度は、くみは泣きはしなかった。それだけしんの強い女になったのだと喜介は心が堅くなった。

表面の変化はなかった。しかしくみの実体は喜介の手さぐりから消えて、無かった。身体はあるにはあった。が、心はなかった。その身体も以前よりはもっと石だった。

「弥十め。どうしているかな。かわいそうにの」

喜介はときどきくみに当てつけて呟いた。その時は、くみの顔が黝《くろ》く見えて、眼が光るように思えた。喜介は、それを愉《たの》しむ。弥十への憎悪が、くみへの愉しみに変わる。猫のように陰気な愉しみである。

この女はもう夫の前で泣く姿を見せなかった。必ず、ひとりで見えぬ所で泣いているに違いない。どういう思いでひとりで泣いているのか、喜介にはわかりすぎるほどわかった。しかし前ほどには憤怒がつきあがってこなかった。相手は牢にいる。この安心感が嫉妬をしばらく和らげていた。

一年が過ぎ、さらに半年が過ぎると、喜介は、弥十が近く赦免になって出牢することを、その関係の者から聞いた。弥十のことは絶えず気にかけて、手をまわしていたのである。喜介はまた少しずつ焦燥《しようそう》が増してくるようになった。彼の蒼白い炎は、ふたたびちろちろと燃えだした。喜介は、己れが弥十とくみの間に初めから大きく割りこんでいたことを知っていた。くみを娶《めと》ったのは、上役の横内の世話であったが、くみがその縁談を拒みえなかったのは、父親の意志があったのかもしれない。一徹者の父親を恐れて育ったような女だった。が、喜介の意志ではないが、結果的には、彼がくみと弥十の仲を割いて邪魔にはいったことになった。それに気づいて、喜介は卑屈よりも意地悪く出てやれと居直った。もとよりくみが好きなのだ。この女を今さら他人に渡したくなかった。しかし素直にはなれなかった。一度、心を他の男に移したこの女を虐《いじ》めてみたい。その白い膚と同じに、彼女の心に存分に爪《つめ》を立ててやりたいのである。喜介の陰湿な憤怒は、そういう形のあらわれであった。弥十がもう牢から出てくる。喜介が苛立ちはじめた時に、急に佐渡奉行所への転役の内命があったのだ。横内利右衛門が、その時、金山の水替人足の話をした。喜介にとっては、その話が何か天の声に聞こえた。弥十を、それに結びつけて処置の思案に耽《ふけ》りだしたのは、その瞬間からであった。

思案は長いことかかったが、まとまった。弥十を佐渡に送ろう。佐渡送りになれば、二度と江戸には帰れぬのである。水替人足は坑内ではこの世とは思えぬ地獄に苦しむ。弥十の苦しみを、喜介は役人として、上から見おろしてやろうと考えついた。いや、たんに見物だけでは飽きたらぬ。もっと苛《いじ》めてやれ。苛めるほど愉しいのである。喜介の思案はその工夫に凝ったのだった。

喜介は頭のいい男だと皆から思われている。そのため上役の横内利右衛門が信用して彼を佐渡の役人にして連れていこうとしているのだ。くみを女房に世話してくれたのも彼だ。前途は明るい。佐渡の在勤はせいぜい二三年であろう。その間に、弥十を心いくまで弄《なぶ》ったら、島の生活もあんがいつまらなくはない。

「これだ」

と喜介は心で叫んだ。工夫はできた。面白そうな計画である。両手をこすりあわせたいくらいである。

喜介が、かねて手なずけている与力を呼んで、牢から出てくるはずの弥十を、佐渡送りの人足組の中に追いこむようにさせたのは、その企《たくら》みを実行に移す第一の処置であった。いや、第二の手段にも、それからすぐにかかった。

横内が言ったように、まもなく佐渡から地役人が出張してきた。彼らは金山から掘りだした金銀を宰領して、はるばる江戸に護送してきたのであった。これは大役であるので、江戸に無事に着いたら、慰労のための休暇があった。

彼らは、このたび、佐渡支配頭の更迭《こうてつ》を聞かされて知っている。のみならず金山方広間役として黒塚喜介が赴任することも心得ていた。むろん、喜介を訪れて挨拶《あいさつ》することも忘れなかった。

喜介は、その地役人のなかからめぼしいのを一人握った。占部《うらべ》三十郎といって眼の鋭い野心のありそうな男である。

「江戸に出て役につく気はないか？」

水をむけてみると、はたして飛びついてきた。喜介は、自分は横内さまの信頼があるから、おぬしのことをどのようにでも取りなすことができる、と自信ありげに言った。

このひとことに、三十郎は、ころりと参った。喜介のためなら、水火の働きをする、とうれし涙をこぼした。

「手前も一生佐渡の地役人で暮らすよりも、生まれがいには、一度は江戸表のお役につきとうござりまする」

と三十郎は心底を述べた。なかなか野望をもった男である。こういう役人を手に入れるには、出世の餌で釣るのがいちばんよい。

「よい。まかせてくれ」

喜介はたのもしげに、うなずいて見せた。これからは、この男がおれの言うままになるだろうと、遠くを見るような眼つきをして、ほくそえんだ。

五

江戸から水替人足が送られていくしだいを書く。

「佐渡年代記」によると、江戸無宿者が佐渡送りになるのは、一回が五六十人ぐらいであった。彼らはいずれも目籠《めかご》に入れられて、役人に護送され、上州から三国峠を越えて越後にはいり、湯沢、五日市、長岡を通って出雲崎《いずもざき》に着く。

その間の警備は厳戒をきわめた。それは途中で島送りの同類が待ち伏せて奪回するのに備えたためでもあろう。本来の護送の役人、人足のほか、泊まり泊まりでは村役人が総出で、助郷《すけごう》を出して警戒の雑務に当たった。寺泊では千百数十人の人足を出したことがいわれている。

出雲崎は、佐渡に渡る要港で、二十艘《そう》ばかりの舟がかりができた。ここで風待ちをする。小木《おぎ》までの海上は十八里というが、南からの潮流が北上して流れも早く、波が高い。長途、唐丸籠でここまで揺られてきた流人は、へとへとになって、病人などは舟中で死ぬものがある。途中、病気にかかれば土地の医者に診せる掟《おきて》になっているが、少々のことではかまってくれない、食事も握り飯、香の物、湯茶以外にはやらないことになっている。

ようやく渡海して、小木に着く。これより西海岸を行って河原田村に着く。それから峠道にかかるのだが、峠の頂きに来ると、前面に荒海が林の間に碧《あお》く見えはじめるのである。ここで目籠は地におろして休息させるが、役人は、この峠をおりたら、金銀山のある相川であることを流人一同に申し聞かすのであった。江戸を出てから泊まり重ねた旅も、いよいよこれで終わりだというので、役人は水替人足としての心得を申し渡すのである。

「其方共儀金銀山水替に御遣ひ被成《なされ》るに付、先達而被遣候《さきだってつかはされ》もの共同様——」という書出しの内容は、だいたい次のようなものであった。

金山では定めた小屋場に寝起きして、一昼夜交替で内にはいって水替労働をすること、敷内《しきうち》（注）では、古参のうち働きのよいものを、差配人、小屋頭、下世話煎《いり》などの役につけてあるから諸事差配人の指図をうけて、精出して働くこと。

もし働きに過怠が見えたときは厳科に処すこと。敷内出入りの時は番所で改めを請《こ》い、小屋場の出入りは敷口に通う以外は、たとえ近所でも外出は一切禁止であるから必ず慎んで守ること。

万一、心得違いを起こして、脱走などしたときは、ほかに悪事がなくとも必ず死罪となるからよく心得ておくこと。飯米、塩、味噌《みそ》、薪《まき》、野菜代、小遣銭、着類などはお上よりくだされるからありがたくぞんずべきこと。

右申し渡したとおり、敷内の働き方に怠慢なく、これまでの心底を改めて精出すうえは、おいおい江戸表に申しあげて平人《ひらびと》にし、放免にするから、父母妻子のある者はふたたび面会もできるであろう。よってご仁恵を冥加《みょうが》至極《ごく》とかたじけなく思って、一カ年でも早くここから帰りたいなら、申し渡しの趣意を忘れずに万事格別に働き方に出精せよ。

これを読みおわると、流人一同は、今さら、遠い他国の地底に働くわが身を思い、どのような悪党でも涙を流すのであった。

それからいよいよ金山に到着する。唐丸籠からはじめて出され、手錠を解かれて自由に背伸びできる身体になる。が、その身体はすぐに小屋場に入れられて、小屋頭の光った眼に監督されるのである。小屋は敷内に通うように近いところにあるが、相川の町からは隔った山の谷間に散在している。一つの小屋に三百人ぐらい収容し、それが四つ五つ建っている。小屋の周囲には石垣を築き、柵《さく》を構えて、人足どもの脱出を防いでいた。

江戸から送られてきた者は、初めて到着した当座こそ、三四日の休息をくれるが、それからいよいよ水替作業に坑内に送られるのである。

「慶長見聞集」によると、佐渡島はただ金銀を以てつきたてた山で、一箱十二貫目入れ合わせた金銀百箱を五十駄の舟につんで、毎年、五艘十艘と佐渡から越後へ着岸した、とあるが、いちばんの盛時は元和《げんな》、寛永ごろで、一年の出高は七八千貫あったという。しかし、それを頂点としてしだいに鉱脈が衰弱してきて、出高が少なくなってきた。

それで、はじめは地表を狸掘《たぬきぼ》りのようにして濫掘《らんくつ》していたものをしだいに技術がすすんで、地下深く掘り下げていくようになった。すると今度は地下水が湧《わ》いて、このため掘鑿《くっさく》がむずかしくなった。湧水のためにせっかくの間歩《まぶ》（注）も放棄しなければならなかった。佐渡金山の歴史は湧水との闘いである。

坑内の排水はすべて人力であった。竜樋《りゅうひ》のようなものを使ったことがあるらしいが、たいした能率ではなかった。坑内では、湧水を人足どもが汲み桶《おけ》に汲《く》んで、受け船という四角い水桶に移す。それを一段高いところに梯子《はしご》をかけて、水桶で汲みあげ、別な受け船にまた移しかえる。順次にそういう方法を繰りかえして坑外に排水するのである。

水替人足は、鉱石を掘ったあとの空洞に、一本の丸太や丸太を削った梯子をさし渡して、その上に立ちながら車引きや手繰りで水を汲みあげる。ちょっとでも手放すと湧水が溜《た》まるから、一昼夜詰めきって、食事の交替のほかは休みのない労働である。だから「此の水替人足といふは、無期限に使役せられ、その苦役の状はあたかも生きながら地獄に陥りたるがごとし。その使役業体惨酷にして、真に地獄の呵責もかくならんやと思はせたり」（清陰筆記）という有様であった。

注 ○敷《しき》は鋪《しき》とも書いて、坑内の掘鑿区間のこと。東西二丈程度に区切って、その頭の名をつけた。たとえば清吉敷というように。

○間歩というのは金銀坑のことで、たいてい発見者の山師の名をつけた。たとえば、甚五間歩とか称した。

六

暗い。

弥十は懸命に水を掻《か》いだしていた。汲んでも汲んでも、この湧水は地獄から来るように尽きない。桶は鉄の輪のはまった頑丈なものだが、水を汲むとひどく重い。疲れた、という言葉は、ここでは無かった。少しでも手を休めると、どこからか鞭《むち》がとんできた。

「野郎」

とどなって、腰を蹴《け》られた。そのまま水溜まりの中に顔をまっとうに突っこんで倒される。もがくところを、棒で背中が腫《は》れあがるまで叩《たた》かれるのだ。棒を握っているのは役人ではなかった。同じ人足だが、古顔で敷内の差配人という役目をもらっているやはり流人なのである。

が、彼らはたいてい流人の側にはついていなかった。ひらの人足や新参の者をひどく扱うことで、見回りや見張りの役人に気に入られていた。

彼らの光った眼をうけて、寸時も休めなかった。肩の筋肉が麻痺《まひ》して、腕の感覚がなくなっても、鉄箍《てつたが》の桶は放されない。水をかいては水槽に流しこむ、機械のような動作は止められなかった。

「ひでえもんだ」

隣の人足が、低い声で呟《つぶや》いた。

「おら、江戸のご牢内のほうが恋しい。ここからみりゃあ、まるで極楽だったぜ」

背中にいっぱい児雷也の彫りものを背負った若者だった。歪《ゆが》んだ顔一面にふきだした汗が、釣り台の薄い灯に浮いていた。灯はこの敷内の諸所に、岩の裂け目にさしこんで暗く光っている。魚油なので、胸を悪くするような悪臭が籠《こも》っている。この臭いを嗅《か》ぎながら、この敷では二三十人の水替えが黒い影になってうごめいていた。

水の音のほかには、穿子《ほりこ》(坑夫)が岩を割っている音が絶えずひびいた。

「おう、昨日、一人、仏になったぜ」

そんな話はすぐ伝わった。一緒に送られてきた人間のことである。ここへ来て、もう六十日経《た》った。その間に死人が七人出た。道中で身体《からだ》が弱っているところへ、いきなりこの重労働だからひとたまりもなかった。

今にこっちの番だ、と誰もが思った。いつ帰されるか皆目見当がつかなかった。古顔の人足にきいてみると、もう五年ここにいる、という返事の者が珍しくなかった。神妙に働けば帰してくれると確かに役人の話だったが、と言うと、おれもはじめはおめえと同じことを考えていたぜ、と古参は答えて新参を落胆させた。眠ることと餌をもらう以外はなんのたのしみもない永久に絶望の世界であることが、着いて三日もたったらわかった。

わからぬことといえば、これくらい理不尽なことはなかった。弥十が牢を出て、友だちのところに一晩寝たら、蒼白い顔をした与力が、ぬっと眼の前に現われてきた。二年前に、彼を牢に送った同じ男である。

「弥十、気の毒だが、来てもらうぜ」

たったそれだけの言葉で引っぱられた。なんのことかわからず、その場に居合わせた友だちと顔を見合わせたものだ。

それから有無を言わせず、佐渡送りの組に入れられてしまった。抗弁すると、

「おめえのような前科のある悪党は、ご府内には置いてはならねえお達しだ。まあ、諦《あきら》めるんだな」

と鼻でわらって相手にしてくれない。

諦めろ、悪くあがくんじゃねえ、観念しな、と寄ってたかって役人どもは言った。

言葉の責め道具である。その折檻《せっかん》に神経がすり減って本心の抵抗を失ってしまう。どうでもなれ、と自棄《やけ》になるのだ。やっぱり、いい度胸だと役人はほめてくれる。〃送ってしまう〃まで役人は魔術を心得ている。

「おれが、いったい、何をしたというのだ?」

ここにはいって、みんなははじめて喚《わめ》くのだ。こんな地獄の扱いをうけるわけはない。なるほど、前科はある。入墨はある。無籍者だ。しかしその時、悪い事を別にしていたわけではない。こんな地の底に押しこめられて働かされるわけはない。が、その喚きは声にはならない。今さら呼んでも叫んでも、どこにも届かない巨大な暗黒の底を匍《は》いずりまわっているのである。

「おい、逃げよう」

と、二三日前にこっそり弥十に相談をもちかけた者がいた。信州無宿の男で、一緒にこの金山《やま》に送りこまれた男だった。

「逃げる? さあ。万一しくじったら首は無えぜ」

弥十が気弱く言うと、男は、冷たい眼の色を見せて彼の側を離れていった。逃げられると思っているのか。しかし逃げることを考えている間が、ようやくの救いなのだ。そんなことでも考えて、淡い希望をもたなければ、生きる気力はない。そういえば、弥十の横で水をかいている児雷也の彫り物の無宿者も、桶で運んで水槽にうつしている坊主崩れの男も、丸木の上にのって綱を手繰りあげている四十をすぎた博打《ばくち》うちも、そのほか影のようにうごめいているみんなが、心の中では逃げられる日を考えているのかもしれなかった。

「交替だぞう」

と差配人が言う。やれやれと言いたいが、咽喉から声も出なかった。自分の身体ではなかった。頭は霞《かす》んで考える力を失っていた。丸太を削った下駄《げた》梯子をよじ登っていくのがやっとの精力である。

敷口を匍い出ると、急に夕暮れの空があった。色彩が眼に飛びこんでくる。鼻腔《びこう》も口もいっぱいに開いて、飢えた空気をかきこんだ。

小屋頭が人数を点検している。弥十が、ぼんやり立って昏れる空に見とれていると、誰やら傍に寄ってきた。

「おう、弥十はおまえか?」

身なりで山役人と知れた。頬骨の出た眉《まゆ》の太い顔である。光った眼で、無遠慮に顔をのぞきこんだ。

へえ、と弥十が返事すると、黙って自分の顔を遠ざけてその男は離れた。

「おめえのことを知っているお役人か？」

と横を歩いている坊主崩れが低声《こごえ》できいた。弥十は首を横に鈍く振った。彼には見当がつかなかった。

見当がつかないといえば、何もかもいっさいが見当がつかない。わかっているのは、何か辻褄《つじつま》の合わぬ、非常に不合理なことが、己れの思考に関係なく、回転していることであった。

七

黒塚喜介は着任した。それは地役人が弥十などの江戸水替人足（佐渡ではそう呼んだ）を宰領して渡島したあと、七十日遅れてからである。

喜介はくみを伴った。

くみは不服そうな顔もしなければ、うれしそうな顔もしない。何を考えているのか、亭主である喜介がわからぬくらいであった。江戸より三国越えで八十五里、海上十八里の旅も無感動についてきた。出雲崎で風待ち三日、荒波を渡って、うら寂しい佐渡にいよいよ上陸しても、さして心細い様子もしなかった。硬い表情は澄んで美しいのである。

弥十がこの島にいる、と言ってやったらどんな顔をするだろう。喜介は肚の中で小気味よい気持になって、意地悪な、しかし吸いこまれるような眼つきを妻の横顔にそっと当てた。小憎いほどととのった顔であった。

弥十のことは最後まで伏せておこうという決心は早くからついていた。この企《たくら》みは、ちょっと愉快であった。くみの眼と鼻の先で、弥十を苦しめるのだが、彼女が何も知らないということが二重のよろこびであった。

孤島とは思えぬような山脈《やまなみ》が近づいてきて、船は小木とやらいう港にはいった。船着場には、大勢の出迎えにまじって、占部三十郎の顔があった。彼は誰よりも早く、喜介の前に進んで挨拶《あいさつ》した。

喜介は用意された駕籠《かご》に乗った。くみは後の駕籠に人に扶《たす》けられて乗っている。出迎えの者の眼が、くみの顔に集まっていた。土地の連中の眼は単純に驚嘆を表わしていた。それに喜介は満足である。

三十郎が、耳もとに口を寄せてきて、

「黒塚さま。仰せつけの弥十と申す人足のことは、手抜かりなくいたしております」

と呟いた。彼の臭い息を我慢すれば、この言葉も満足であった。喜介はうなずいた。

駕籠は、途中で休息しながら進んだ。休むたびに地役人の接待は丁重である。空は晴れているのに、左手に見える海の沖には絶えず白い波頭が立っていた。

峠の道を上ったところで、駕籠はまた降りた。三十郎が傍に寄ってきて、

「黒塚さま」

と呼びかけた。

「あれをごらんなさいませ」

と道端の疎林《そりん》の中を指した。そこには丸太で一本の棚が組んであった。棚の上には、風に動く梢《こずえ》の影をうけながら、五つの生首が黝《くろず》んだ色で腐りかけていた。

「ううむ、仕置人か？」

喜介は駕籠の垂れをあけて見入った。

「さよう。いずれも島抜けを企てた水替人足どもでございます」

憶《おぼ》えておこう、と喜介は思った。すぐにどうという計画は浮かばないが、漠然と弥十の首を、その棚の上に晒《さら》す瞬間のことを考えて、ある安らぎを覚えた。

相川の町は、荒い海に向かって細長くひろがっていた。北の強い風を押えて屋根には石がならべてある。石屋根は段々の丘陵を後にせりあがっていたが、この傾斜を見おろして金山へ上る中腹には、広大な奉行屋敷と役宅がならんでいた。

喜介の役宅は、もう掃除が行き届いていたし、屋敷も江戸のものとくらべるとはる

かに広かった。庭に出ると、眼の下には古い寄木をならべたような町の屋根が沈んでいて、岬で区切られた海がその上に、江戸の沖では見られない色でひろがっていた。

「やれやれ、寂しいところだ」

喜介は心の中で舌打ちした。

しかし長いことではない。二三年の辛抱だ。おれは横内さまを握っている。あの仁はおれを見捨てはしない。必ず江戸に出世して帰れる。ここでは、せいぜい忠勤を励むことだ。

夜は座敷から暗い海に燃える漁火《いさりび》が見える。風に送られて、海辺から微《かす》かな人の声が聞こえたりした。

「どうだ、寂しくはないか？」

思わず、わが心を考えて、くみをふり返ると、行灯《あんどん》の光に顔の半分をほの明るく浮かせた妻は、相変わらず硬い表情をして、

「いいえ」

と乾いた声で返事をした——。

翌日から喜介は忙しい。それは金山方広間役としての仕事初めであったが、一通りの事務を見ると、占部三十郎に案内されて金山諸所の間歩を見まわった。

奉行所を出ると、そのまま爪先《つまさき》上がりの山道にかかった。一方は渓谷になって、川が底を流れている。この山峡が狭まるとはじめての間歩番所があった。番所の詰役は総出で喜介を迎えた。

「あれが」

と三十郎は行く手の方を指さした。

「青柳間歩でございます」

赤焼けたその山の天頂は鑿《のみ》を打ちこんで抉《えぐ》ったように割れていた。

八

この山岳一帯が金銀山であった。道は起伏した山の襞《ひだ》を這《は》って、縺《もつ》れた糸を置いたように作られている。山には一つ一つ名前があった。『割間歩』『中尾間歩』『青磐間歩』『魚越間歩』『雲鼓間歩』『甚五間歩』。それを三十郎は喜介に丁寧に教えて歩く。

それぞれの間歩には、横穴のような敷口がいくつもあった。杉の丸太で天井を四つ留めに組んだ坑口は人間の出入りがやっとできるくらいな狭さであった。敷口には番人がいて、喜介と三十郎を見て、あわてて頭を下げた。穿子、山留大工（支柱夫）、荷方（運搬夫）などが、敷口から釣り灯をさげて出入りしていた。みんな半裸の格好だが、穿子は臀《しり》に短い茣茣《ござ》を垂らしている。どれを見ても、どす黒い蒼い顔色をしていた。

「あれらは、まっとうな職人でございますが」

と三十郎は説明した。

「水替人足どもは、この敷口より地の下、百尺、二百尺のところで働いております」

「うむ」

喜介は、にわかに熱心な顔色になった。

「弥十はどこで働いているかな？」

この問いをうけて、三十郎の顔には、おもねるような薄い笑いが浮かんだ。

「梟《ふくろう》間歩でございます」

ここからは見えぬが、と三十郎は山の頂上が複雑に重なりあった方に指をあげた。

「梟間歩は、いちばん厄介なところでございます。湧水がもっとも多く、敷がせまく、岩石の落盤もたびたびございます」

喜介はじっと三十郎の顔を見た。

「はじめからそこだったのか？　いや、弥十のことだ」

「いえ、手前が近ごろその間歩に移しましたので」

三十郎は、顔から笑いを消さずに答えた。

喜介はそれには別に返事をしなかったが、心では、なるほど、こやつ、使えるな、と思った。が、山役人には惜しい機転の利《き》きようで、この男が少し薄気味悪くもあった。

「黒塚さま」

山道をくだりながら、後から従ってきた三十郎が、あたりに誰もいないのに、それが彼の習性であるのか、はばかるような低い声で呼びかけた。

「なんだな？」

「いつぞやのお話、まことでございましょうな？」

「話？」

「それ、手前が江戸へ転役になるお願いでございます」

三十郎の声には、女のような媚態《びたい》があった。

そのことか、と喜介は合点がいった。この男、なるほど心利いているだけに、出世欲も旺盛《おうせい》なのだ。前に江戸に出たときに、喜介自身がその餌《えさ》で釣ったのだから、もしかすると、その旺盛さは喜介が煽《あお》ったことになったのかもしれなかった。

「むろんだ。拙者は請けあったら忘れぬ男だ」

喜介は気軽に答えた。その言質《げんち》と、弥十のことをこれからもこの男に働かせる意志とが、黙ったまま、取引きになっていることを彼は感じた。

「ありがとうぞんじます」

三十郎は、感激したような声で、丁重に礼を述べた。

「なんだか夢のような気がいたします。手前も、このまま、この山の中で一生を終わるのかと思っておりましたが、江戸に転役が叶《かな》うとは天にものぼる心地でございます。あなたさまのおかげでございます。ありがとうございます。この御恩のためには、手前、犬馬の労を厭いませぬ」

三十郎の卑屈な言葉の中身には、取りすがる懸命なものがあった。この男は必死に浮かびあがろうとしているのだ。出世の機会を彼は摑《つか》んで、振り落とされまいとしている。

喜介は、この三十郎がわらえない。彼としても横内利右衛門という出世の蔓《つる》に縋《すが》っているではないか。

「わかっている。もうよい」

喜介は、身につまされて、少し邪険に言った。

恐れ入りました、と言って、三十郎はしばらく黙っていたが、やはり、それだけでは不安らしく、遠慮がちに礼を重ねて述べた。

喜介は、ふと、足をとめた。それは相当、道を降りたところだったが、向かい側の山腹にかなり大きな洞窟《どうくつ》を見つけた。洞窟といってもよいほど、その穴の入口は荒れ放題に雑草や木が茂っていた。

「あれは、なんだな？」

喜介が顎《あご》をしゃくると、三十郎はすぐに答えた。

「は、あれは古敷と申しまして、昔掘った古い敷口でございますが、金銀が出ませぬため、今は廃《すた》れております」

「うむ。奥は深くまで掘っているのかな？」

「さよう。ずんと奥が深うございます。それに十間ばかりはいりますと、急に地下に掘り下げた穴がございますので、知らぬ者がうっかりはいると危のうございます」

「その穴に落ちると、死ぬか？」

不用意にその質問が口から出た。

「はい。生命はありませぬ。何しろ、落ちたら最後、二三十尺ございますし、匍いあがる手がかりはなく、古敷のことゆえ、籠《こも》った砒霜《ひそう》の毒気に当てられて、飢え死にする前に、気絶して果てることは必定でございます」

「そうか。危ないな」

喜介は、軽くうなずいたが、眼はじっとその廃坑の穴に注がれていた。

九

横内利右衛門直利《ただとし》が、新任支配組頭として佐渡に着いたのは、喜介より十日遅れていた。むろん小木までの出迎えは喜介のときよりも盛大で、喜介自身も先頭で迎えた。

「おお、ご苦労であった。ご内儀も無事に着かれたかな？」

と横内は喜介をいたわり、愛想よく、自分が仲人したくみのことまで気にかけてくれた。

「かたじけのうぞんじます。つつがなく着きましてございます」

よかった、と言って、横内は鷹揚《おうよう》に微笑してあたりを眺めまわした。喜介は、それを見て、自分の横に低頭して控えている三十郎を紹介することを忘れなかった。

「横内さま。これは占部三十郎と申し、旧くから大間番所役を勤めておるものにございます」

それにも横内は、うなずき返した。四十を出たばかりの働きざかりで、でっぷり太って貫禄もあった。ご苦労、ご苦労、と出迎えの皆に言う鷹揚な愛嬌《あいきょう》もいたについていた。佐渡支配組頭という新しい役は、この人の出世の道順の一つで、いずれは江戸にかえって西丸御目付か番頭、ゆくゆくは勘定奉行になる器量人だとは、一般の噂《うわさ》である。

喜介が横内に縋りついている理由もそこにあった。この人についておれば己れの累《るい》進《しん》も間違いない。おれはこの人に目をかけられている。女房の仲人もしてくれた。普通の間柄ではない。第一の腹心を自分で志している。

それで、横内が着任して、五六日たってから、ひそかに喜介が呼ばれて、横内からこんな話があったときは、喜介は内心よろこんだのであった。

「当地はやはり田舎じゃな。江戸を出るときから覚悟はしていたが、これほどとは思わなんだ。何せ、金銀宰領や役人の交替、そのほかのことで江戸表とは頻繁に人の往来がある土地なので、もっと開けていると聞いたが、わしの思い違いであった」

という話のはじまりはなんのことかと惑って、喜介は、

「まことに――」

とあいまいな相槌《あいづち》を打って、あとの言葉を待った。

「いや、女中どものことじゃ」

と横内は、太った頸のくびれを襟からのぞかせて言った。

「土地の役人どもが、女中を置いてくれたのはよいがの、どうもがさつでいかぬ。鄙《ひな》びているのは野趣があって当座はよいがな、一カ月とは辛抱ができぬ。もっと行儀がほしい」

「ごもっともでございます」

喜介ははじめて納得した。横内は、このたびの赴任に妻を連れてきていなかった。もとから病身だし、夫婦仲もあまりよくないらしいという風聞も一部にあった。ひとりで赴任してきた横内には、しじゅう目のあたりに動いている女中どもが、がさつで無作法なら、なるほど、やりきれないであろう。

「それで、どうであろう。ご内儀のくみどのを、しばらく女中どもの行儀躾《しつけ》の指南として、わが屋敷に来てもらえぬかな？　むろん、昼間だけのことじゃ」

横内は、やさしい眼つきをして、喜介をのぞきこんだ。

「ふつつかもののくみに、仰せのことができましょうか？」

と喜介はいちおう言ったが、もとより言葉のうえの挨拶で、喜介は横内がそう言ってくれたことに満足だった。

「くみどのなら、わしが貴公にお世話したのだから、わしのほうがよく知っている。申し分がない。立派なものだ。では、承知してくれるか？」

「は。横内さまさえ、よろしければ」

「かたじけない。では、お頼み申すぞ。よろしくな。いつもわがままを言ってすまぬ」

横内は、にこにこ笑って、上々の機嫌であった。

喜介もよろこんだ。これでいっそう横内の信任を得るであろう。出世のうえに、上役との私的な接近がどのように強いかを、喜介は役人生活で知っていた。

くみをしばらく横内の屋敷に通わせよう。その間に、こっちは弥十のことにかかろう。そうだ、それがよい。

喜介は帰って、くみに横内の話を言ってきかせた。どんなに彼女が不機嫌でも、これだけは承知させねばならぬ。

くみは、しかし、瞳《ひとみ》を沈めて、かすかに夫の意に従うことを表示した。

「そうか。行ってくれるか。それはありがたい。わしのためになる。わしの出世になることだ。よくつとめてくれ」

喜介は、くみが承諾したことで、正直に有頂天であった。そのため彼は子細にくみの複雑な表情に気がつくことができなかった。

十

ぱらぱらと小石が水の上を撥《は》ねるように落ちた。

水を汲《く》んでいる弥十は、はっとした。彼だけではない。横にいる上総無宿《かずさむしゆく》の喜八も、川越無宿の音五郎も、そのほかの水替人足も、いっせいに水桶を動かす手を止めた。それだけの無気味さを、最初の小石の落下は意味していた。

皆が不安そうな顔を見合わせた。顔を見合わせるといっても、相手の表情までさだかにわかるわけではない。岩の罅《ひび》にさしこんだ吊《つ》りあかしの魚油の灯が手もとだけ明るくしている。敷は狭く、背伸びもできぬくらいである。

つづいて、大きな石が飛沫《ひまつ》をあげて落ちてきた。腹にこたえるような唸《うな》りが暗い敷の奥に聞こえたのは、弥十たちが桶を投げるのと同時だった。

「来た」

と誰かが喚《わめ》いた。その間にも、石が水に霰《あられ》のように降ってきた。留め木の折れる音が豆でも煎《い》っているように聞こえた。

みんな、競《せ》めあって逃げた。梯子《はしご》をどう登ったかわからない。大きな音響が後ろから追いかけてきた。叫んでいる者もある。念仏を唱えている者がある。手足が本能で動いていた。暗くなったのは、次々に灯が石の下に叩《たた》き落とされていったからであろう。夢中で手と足とを掻《か》いて、弥十は匍《は》った。虫が必死に這っているのと同じだった。梯子をまた登った。後から後から人間がその梯子を奪った。重なりすぎて、人間を抱かせたまま、梯子は空洞を滑って、下層へ転落した。悲鳴があがっている。その絶叫が岩石の落下の音にのまれた。

うすい明かりが前方に射してきた。

「助かった」

はじめて意識らしいものが働いた。弥十はそれへ匍いつづけた。敷口からは人影がばらばら近づいてきていた。手を誰かにつかまえられて引っぱられた。胴体が地をずるずる摺《す》った。

「二十一だ」

という声が聞こえた。二十一人めに敷口へ辿《たど》りついたのが自分だなと思った。

「二十二だ」

と同じ声がまたした。それを聞きながら、気が遠くなった。

弥十が気がついた最初は、ばかに蒼い空が見えたことだった。光があふれて眼があけられなかった。顔を横にすると、血だらけの人間がいくつも寝ていた。唸っていた。

すわっている人間もいた。立っている人間もいた。皆、身体《からだ》に塗ったように血をつけていた。

そのとき黒い人間が来た。二三人だった。彼らだけ元気に歩いていた。

「これだけか？　まだ坑内《なか》には何人残っているのだ？」

黒い人間は横柄《おうへい》にきいていた。黒い人間と思ったのは山役人だった。裸と違って、着物をちゃんと着ていた。ぼそぼそと何か誰かが言っていた。

「野郎、甘えるな！」

とつぜん、役人の棒が宙に動いて光った。

鈍い音が聞こえた。

「その言いぐさはなんだ。ふざけるな」

ひいひいと泣き声があがった。

「お上のなさることだ。手めえらの口を出す分じゃねえ。いい声だ。もっと歌え」

音が高くなると、悲鳴も高くなった。寝ていて眼をつむっていた者までが半身を起こしてその光景をのぞいた。

「野郎。生命《いのち》拾いをしたくせに御託をならべやがって。利いたふうなことをぬかすと承知しねえぞ。やい、やい。手めえら、仲間が敷内で死にかかっているのに、知らぬが仏か。不人情者め。動け。ええい、動け」

しかし彼らだけではどうにもならぬことをさすがに山役人も悟ったらしかった。ぼそぼそ言いあった二三人の黒い影は、奉行所に助勢を頼みにいくのか、山下に急に降りていった。

「なにを！　甘えるなと。てやがんでえ」

どなったのは、今、棒叩きにされて仰山な悲鳴をあげたばかりの男であった。甲州無宿の入墨者で、雲切小僧というあだ名を持つことを自慢していて伝吉といった。

「この間歩が初めから危ねえことはわかってらあ。大工せえ怖《おっか》ながって敷内《なか》にへえらねえのだ。穿子《ほりこ》だって遁《に》げ腰だあな。いつ落盤《しけ》をくうかわからねえと念仏唱えて穿ってるぜ。おれたちア、何も好きこのんでここに来たわけじゃねえ。生命まで捨てる義理はねえ。おう、みんな。下役人じゃわからねえ、こんな間歩はごめんだとお奉行に訴えようじゃねえか」

そうだ、そうだと皆がその声に囃《はや》したてる。おらあ女房子がある。無事な顔を見るまで生きていてえ、という者がいる。こんなところで死んでは、死んでも死にきれねえ、という者がいる。もうこの間歩にはいるのは、二度とごめんだという者がいる。

「ようし」

と立ちあがったのを見ると、背中の滝夜叉姫《たきやしやひめ》の皮が破れて血を出している川越無宿の音五郎であった。

「お奉行に訴えろ。それが無理なら、支配組頭さままで訴えよう。ここにいる者がみんなで頼むのだ。やい、弥十、どうだ」

弥十は、さっきから、なぜ、自分がほかの間歩からこの危険な梟《ふくろう》間歩にまわされたか、を考えているところだった。急な命令が出て、ここへ移されたのは、彼ひとりだった。理由は何もわからなかった。

ただ、そのことを命令したのが、いつか彼の顔をのぞいた眼の鋭い役人だったことだけである。

それに、わかっているのは、その役人がたいそう自分を憎んでいるらしいことだ。これもそう感じるだけで、なぜ彼から憎しみを受けねばならぬか理由は少しもわからなかった。

ひょっとすると、今の落盤も、そのことを予期して、自分を殺すために、この間歩に移したのではないか――という疑惑がふと浮かんだので、そのことを考えていた矢先、音五郎に呼びかけられたので、

「い、いいとも！」

と吃《ども》りながら返事した。

十一

「なに、強訴《ごうそ》する?」

三十郎の報告を聞いて、黒塚喜介《きすけ》は、思わず強い眼を彼に戻した。

「流人《るにん》どもがか」

「さよう。山犬どもが騒いでいるそうにござります」

三十郎の答えに、黒塚喜介はむずかしい顔つきをした。

「ご心配はいりませぬ。こういう時の掟《おきて》がございます。奴《やつ》らを敷内追いこみにいたさせます」

「どういうのだ、それは」

「されば、二十日、五十日と罪により日数を定めまして、その間、一歩も外へは上げず、敷内に押しこめまして水替えさせるのでございます。たいていの山犬もこれには困窮いたし、顔色は青菜のように変わり、水に溺《おぼ》れた鼠《ねずみ》のごとく相成ります。米は一日三合二勺《しゃく》に減らし、塩少々を与えるのみで、昼夜こき使いますから、とんと餓鬼《がき》同然、いかなる拷問《ごうもん》にも勝り、これほどの仕置きはございませぬ」

喜介の顔色が動いたのを見て、三十郎は口を寄せて臭い息を吐いた。

「黒塚さま、弥十は落盤で死んだ三十四人の中にははいっておりませぬぞ」

なに、と喜介は眼をむいた。

「奴めは運よくのがれております。しかし、強訴の組でございますから、むろん、敷内追いこみお折檻《せっかん》にいたします。はははは。今度は、身体《からだ》の弱い奴は、これまでの例からみて、相当死んでおりますからな」

うむ、と生返事をしたものの、喜介は三十郎が少し気味悪くなってきた。人の心を読みとることの速さ、先々と先まわりして手を打つことの抜け目なさ、それを冷酷に、興がってやっているようにみえる。

「うぬ、死ぬか」

喜介は、意味なく呟《つぶや》いた。

「死にますな」

三十郎の答えは快活にすぐ響いてきた。

「芋虫のごとく、青ぶくれして死にます。なに、獄門台に晒《さら》し首になるよりは成仏《じょうぶつ》できます」

眉《まゆ》も動かさずに言って、この座敷から見える外の景色へ眼を向けた。海は荒れていて左手に出ばった春日岬に白波が上がっていた。

「今日もしけておりますな」

と三十郎は海のことを言った。

「このような荒れでも、奴らは舟を出しますでな。油断がなりませぬ」

やはり流人の話だった。

「逃げたい一心でございますからな。いえ、遁げてもむだでございます。すぐ捕まります。いつぞやは水替人足五人が松ケ崎村と申す所より、漁船を奪い、真更川《まさらがわ》沖に漕《こ》ぎ出ましたが、地方役人どもが船で追いかけて捕えました。また、この内海を横ぎりまして沢崎村へ上がり、宿根木《しゅくねぎ》と申す岩穴に隠れている奴もございましたが、難なく捕えて死罪にいたしました。運よく舟を出しましても風の具合で能登に流れつき、そこで捕われて送りかえされた者もございます。所詮《しょせん》は無益な悪あがきでございます。逃げおおせるものではございませぬ。とどのつまりは、打ち首にされるだけでございますからな」

それから、ごめんと言って、腰から莨《たばこ》を抜きとり、黒ずんだ銀の煙管《きせる》を手にもって、鼻から煙を吐いた。

彼はあたりを見まわすようにしていたが、急に話題をまた変えた。

「それはそうと、いつぞやお迎えの時にお眼にかかった奥さまに、とんとご挨拶《あいさつ》いたしませぬが」

いや、それはよいのだ、と喜介は遮った。実は、横内さまのご所望で、お屋敷へ女中どもの行儀を躾《しつけ》に上がらせている、と答えると、

「横内さまに」

三十郎の眼が熱心なものになった。

「さようでございますか。とんと存じませなんだが。横内さまのお屋敷でございますか。お行儀をお教えとはもっともでございますな。何しろ土地の女どもは、島の磯育《いそ》ちばかりで――」

と言ったが、その瞳は言葉とは離れて、何か別なことを考えるような色になっていた。

三十郎が帰ったあと、喜介は縁に出て、ひとりで海を見ていた。今日は非番で身体が暇になっている。が、何か心に荒《すさ》むものが揺れていた。裏のほうで下僕の声がしたが、それも聞こえなくなった。

くみの姿はむろん無い。毎晩、かなり遅いのであった。横内利右衛門が、いつか喜介に礼を言った。女中どもの行儀がおかげでずんとよくなった、と満足気だった。いつまでもお内儀に世話かけてすまぬとも詫びた。

喜介にとっても、そのことはうれしい。横内の心証をよくすることは、先々の出世のためである。よくやってくれると、くみをほめてやりたいくらいである。が、なんとなくわびしい。くみのいないせいだと自分でもわかっていた。心の荒みはそのためであろうか。もう横内さまにお願いして、くみに暇をいただかせようか、とも思うことが多くなった。

それに、何かと気を使うのであろう、くみはひどく疲れて帰る。普通の夫婦のように、本心を打ちあけて言わぬ女だから、何を思っているかわからぬが、喜介には、いつまでも落ちつかぬ苛立《いらだ》ちである。するとと、喜介の胸には、くみをこのような性格にした弥十への嫉妬《しっと》が燃えてくるのだった。

「いっそ殺すか」

三十郎の話していった言葉を思いだし、自分で呟いてみて、その効果を考えはじめた。

十二

「今日で、二十日を過ぎました」

占部《うらべ》三十郎が喜介に報告した。

「敷内追いこみは、あいつらもやはり参っているようですな。とんと意気地がありませぬ。江戸で暴れた入墨者も、ここではぐうの音も出ませぬ。犬のように舌を出して息を吐いております。一度、敷内にはいってごらんなさいますか？」

喜介が、いずれそのうちに、と答えると、三十郎はぜひ見るがよい、と勧めた。

「そうそう、弥十ですが」

と彼は言った。

「あれは、見かけによりませぬな。あまり弱っていないのです。あんがいでした。以前はどんな素姓の男ですかな？　武術でも稽古《けいこ》して鍛えた身体のようですが」

「知らんな」

喜介は眼をわきに逸らした。三十郎はそれを探るような眼で見ていたが、

「なに、いずれそのうちに参ってきます。どんな男でも、ここでは例外がありませぬでな」

と唇の端でうすく笑った。

それから別れるときに、彼はまた口を寄せて低く言った。

「手前の妹が今度、横内さまのお屋敷に奉公に上がりました。十日前からですが、奥

様には種々とお世話さまになっていることとぞんじます。よろしく仰せくださいますよう」

それだけ言って一礼すると、右肩を上げた背中を見せて離れていった。

喜介は息をのんだ。三十郎の油断のなさが彼の五体を敲《たた》いた。空恐ろしいくらいである。

喜介の妻が横内の屋敷にいると聞くと、たちまち自分の妹を横内の奉公に出した。喜介を通りこして横内に取り入ることが近道だと考えたのかもしれない。どんな隙間《すきま》でもはいりこんで出世の蔓《つる》を摑《つか》もうとする三十郎の気迫のすさまじさには、喜介もたじろいだ。出世の執念にかたまった男である。

その夜、帰ったくみに喜介は言った。

「占部という男が妹を横内さまのお屋敷に出したそうな。おまえによろしくと申していたぞ」

ふだんなら、細く通った鼻筋を真横に見せて冷淡な顔のくみが、それを聞いて珍しく表情があった。

「その方、組の方でございますか?」

思いなしか瞳《ひとみ》がきらりと光った。

「うむ。わしの配下になっている。目はしの利《き》く奴だ。その妹だ」

そうですか、と返事があったが、それきりのことだった。また面のような顔にかえって、冷たく座を立っていった——。

そんなことがあって、十日も過ぎたころである。

喜介は蒲団《ふとん》の中で、うとうとしかけると、不意に戸を叩《たた》く者があった。中間が起きて何やら聞いていたが、直接に玄関から呼びたてたのは占部三十郎だった。

「黒塚さま、黒塚さま」

あわただしい声である。

「大事でございます。水替人足が遁走《とんそう》いたしました。すぐにお出あいくだされませ」

おお、と答え喜介は支度にかかった。くみはと見ると、まだ姿がない。今晩の帰宅はずいぶんと遅いな、と心で舌打ちした。その時、ふと喜介の心には、脱走した水替人足の中に、弥十がいるような気がした。

くみのいない不満が弥十への憎悪《ぞうお》に移ったのはこの一瞬であった。弥十がここで水替人足をしていようなどとはくみは夢にも知るまい。まして、彼をここで殺しても、くみにはわからぬことだ。えもしれぬ快感が血の中に逆流した。

「待たした」

と玄関を出ると、三十郎は身ごしらえして提灯《ちょうちん》を持って待っていた。ご苦労にぞんじます、と彼は挨拶して、

「遁《に》げたのは、敷内追いこみの連中でございます。番所役人の油断を狙《ねら》って出たようです。ただいま、高瀬村の方へ追っております」

「弥十は、その中におるであろうな？」

「まず、十中八九、加わっているとぞんじます」

山を越えると、暗い海がひろがってきた。海からは人の叫びが聞こえ、赤い火が四つ五つ浮いて動いていた。足もとは断崖《だんがい》で、黒い海は真下で音をたてていた。

銃声が海の上に起こった。

「ははあ、やりましたな。こちらから撃ったのです。火のある舟が追手で、流人どもの舟は暗くて見えませぬな」

三十郎は指でさしていた。が、指先は暗くてわからない。

「ほう、どうやら追いついたようですな。二つの舟で挟んでおります」

なるほど赤い火は二手にわかれて進んでいたが、しだいに接近するかたちに動いてくる。潮を含んだ風は、人の騒ぐ声をしきりと耳に運んできた。

また、銃声が暗い中から起こった。

「なかなか、やりますな」

三十郎はうれしがっていた。右手に持った提灯を高く突きだして、海の方に振った。いかにも愉《たの》しくてならぬという様子を示していた。

松明《たいまつ》の燃えている舟は、両方からいよいよ近づいた。罵っている声が強くなった。火はついに一点に合った。その隙間の、わずかに黒い部分を残しているのが、逃亡者の舟であろう。物を打ちあう音が聞こえた。

「捕えました」

三十郎が、勝ちほこったように言った。

喜介は、その舟に乗っている弥十が追手から取りおさえられている様子を想像していた。それはすぐに、いつか見た峠の上の仕置場に晒《さら》してあった腐った首につながった。

いつかあの台の上に弥十の首を据える時がある、と思った日が、あんがい近かったな、と考えていた。

その時、三十郎の提灯を目当てに捜してきたらしい、敷口番人が走りよった。

「占部さまですか？」

「そうだ。逃げた人間の名前はわかったか？」

「へえ」

番人は三十郎の傍に近づいて話していたが、海からの風が声を裂いた。

三十郎は聞きおわると、喜介の方に向かって、大きな声を出した。

「黒塚さま。弥十は逃げておりませぬ。敷内追いこみの期限が昨日で明けたので、水替小屋にいるそうです。逃げたのは、別の連中でした」

十三

黒塚喜介は、ひとりで水替小屋場に行った。谷のような場所に、日陰を選ったように建てられてある。ぐるりと石垣を囲んで、矢来が立っていた。夜目にも牢《ろう》という感じだった。

まだ起きていた番所の者に言いつけて、弥十を連れてくるように命じた。喜介はそこで待っていた。

今夜は、どうしても弥十を始末つけねばならぬ逼迫《ひっぱく》したものに、彼の気持は奔《はし》っていた。

思慮がなくなって、一途に何かに燃えさかっている本能的なものと同じだった。ぎりぎりのところに、今、来ていると感じた。自分でも今夜をのがしたら、二度とこんな感情になるかどうかわからぬくらい激しいものを覚えていた。この決心をつけさせたのは、逃亡者のなかに弥十がいないと聞いた時からだった。

山が迫って、星の薄い空は狭い部分に区切られていた。見えないところに、遅い月がのぼったらしく、空はあかるかった。

戸が開く音が遠くでして、やがて黒い影が二つこちらに歩いてきた。

「旦那《だんな》、連れてまいりました」

うむ、と答えて、その後ろの弥十の影を見つめた。番人には、この男に用事がある、と断わって、ついてこいと身振りした。

弥十は黙ってついてきた。喜介は山道を歩いた。行く先は、もう決まっていた。いつぞや三十郎から案内のときに見せてもらった古敷（廃坑）である。その奥に連れこみ、二度と生きては上がれぬという竪穴に相手を突き落とすのが、喜介の企《たくら》みであり、弥十を待っている運命であった。喜介は歩きながら、自分の身体に小さな慄《ふる》えが起こっているのを感じた。

弥十は、黙って従順についてきた。どのような危険が前途にあるのか少しも疑わぬようであった。

番人から、役人が用事があると言わせて名前を聞かせてなかった。夜では、顔もわかるまい。わかっても、弥十のほうが憶《おぼ》えているかどうか。こちらは忘れてはいないのだ、三年前、くみの父親の家で見た顔だ。いや、くみを憎悪《ぞうお》する時も、愛撫《あいぶ》するときも、この三年間、きまって喜介の眼に浮かんでくる顔だ。

月がのぼったらしく、山のかたちを影で描いた。向こうの高い山には明るい月光が当たり、二人のいる部分は暗い陰につぶれていた。

「弥十だな?」

見覚えの廃れた敷口の前まで歩いてきて、喜介は弥十にはじめて言った。

「へえ」

と弥十は応《こた》えた。

「おまえに話がある。この中にはいってくれ」

これにも、弥十は、ただ、

「へえ」

と答えただけだったが、初めて疑問を起こしたらしく、臆病《おくびょう》に退った。その言葉も動作も、御家人のせがれだったという名残りは少しもない。これに喜介は改めて腹が立った。くみへの嫉妬《しっと》と同じ腹立ちだった。ぐいと弥十の腕を摑んで、敷口の内に引っぱった。

天井も高く、大きな穴だが、湿気と土の臭いが陰気に鼻を襲った。が、喜介の足はそこで急にとまった。

この穴の奥に人の声がしたのである。それも最初の一声が女のそれだった。喜介には毎日聞いている忘れられぬ女の声であった。

喜介は弥十を抑えて、壁に身をつけた。得体のしれぬ恐怖と疑惑に、身体《からだ》が大きく震えだした。

「わしをこんなところに、ひきずりこんでどうするのだ？」

喜介の耳は、奥から聞こえるその声にまた動転した。それも、毎日、役所で聞いている権威のある声だった。支配頭の横内利右衛門のものにまぎれもなかった。

「あなたの最後の決心をお聞きしましょう。このうえ、もう耐えられません。ここで、きっぱりわたしも決まりをつけます」

くみの声だった。喜介が三年の間、知るかぎりでは、決して聞いたこともないくみの上ずった声だった。

「わしの気持は決まっていると何度申したらよいのか。いつまでも、おたがいにこんな関係をつづけているのはよいことではない。別れてくれ、他人になろう」

喜介は、あたりがにわかに真空のようになって、耳鳴りがしてきた。

「卑怯《ひきょう》です。あなたは、三年前、わたしをなぶっておきながら喜介に嫁がせました。それも奥さまには内密、私の父にも内密に取りつくろい、わたしが手に負えなくなりそうなので、喜介にくっつけました。自分で仲人《なこうど》したほどの恥知らずの人です。それですまず、こちらに渡ると、またわたしの身体が欲しくなって屋敷に呼びました。ひどい人です」

「わかった。もう、よい。何度も聞かせてもらった話だ」

「いえ、横内さま。あなたは、わたしの心を知りすぎるほどごぞんじなのです。わたしは、あなたの言うとおりになります。どんなことでも守ります。ね、捨てないでください。こんな口をきくのも、あなたから離れたくないからですのよ。ね、後生です」

それは、喜介が知っている冷たいくみとは別人ののぼせた声だった。

「もうよい。これが諦《あきら》めどきだ。わしもそなたとのことが役所にわかると何かと、まずい。そなたも、喜介に知れたら、どうするのだ?」

「今さら、何を言うのです。もう一度、お願いします。捨てないでください。ね、捨てないで。会うなとおっしゃれば、いつまでも辛抱します。ですから、捨てないで」

「もう、やめろ、きれいに諦めろ」

「横内さま」

「う、なんだ？」

「あなたは、やっぱり占部の妹に気を移しましたね？」

「何を言う」

「いえ、かくしても知っています。あなたの眼をしじゅう見ているのです。わたしをごまかせると思っているのですか。わたしにとっては、あなたは初めから夫と同じでした」

横内が鼻を鳴らしてわらう声が聞こえた。

「何を言うのだ。そなたには、わしより以前に、御家人とかのせがれがあったはずだ」

「あの人とは何もありませんでした。途中でわたしを奪ったのは、あなたです。あなたがわたしを女にしました」

「その男が好きだったと、昔、そなたから聞いたな」

「たあいない話をして、ごまかさないでください。今から考えれば、子供のようなことです。女は、はじめの男から離れられないものです。あなたの言うとおりに、死にたいような恥を忍んで喜介のところへ嫁いだのも、そのとき、あなたから怒られたくなかったからです」

「それなら、これきりだ。もう、そなたには無理を言うこともない」

「どうしても気持を変えてくださいませぬか」

「別れよう、な」

「どうしても？」

「な、何をするのだ、わしを押して」

　身体がぶつかって、足が乱れる音がした。

「もう一度、お願いします。す、捨てないと言って！」

「くどいな」

「横内さま。この古い穴は、わたしが山役人のある人から聞いて、前に確かめにきたことがあるのです。奥の竪穴《たてあな》に落ちると生きては戻れません。死にましょう」

「なに、あ、何をする！」

　女が必死に自分の身体を押しつけたらしかった。喜介の耳には、雷鳴よりも大きな音響だったが、棒のように動くことができなかった。この間ぎわまで、彼が飛びだすことを縛っていたものは、上役という権威に対する本能的な哀《かな》しい懼《おそ》れであった。身体は萎縮《いしゆく》していた。

「死にましょう」

最後のくみの声が男の喚《わめ》きを押えて、もっと奥の、ずっと下の方へ、音たてて消えた。おびただしい石や土が落ちる響きがすぐに起こった。しばらくは、その音が地の底に引きずるようにつづいた。

喜介はその場に、しゃがみこんで、いつまでも動けなかった。気がつくと、弥十はとうに逃げてしまって姿がなかった。喜介は顔を両手でおおって泣きだした。

月光は、いつのまにか、この廃坑の入口まで歩いてきているのだった。

甲府在番

此の内へ来《きた》る人あらば名を告げよ　字《あざな》しらせよ我がまくら神
——武田家百目録——

一

旗本小普請《こぶしん》組二百五十石伊谷求馬《もとめ》は、兄伊織の病死のあとをうけて家督をついだ翌月、甲府勤番《きんばん》を命ぜられた。生前の兄がその役だったのである。兄は身持が悪く、三年前に甲府勝手となった。

甲斐国府中城すなわち甲府城を守護する役を甲府勤番というが、高三千石役料千石の支配の下に二百人以上の勤番が旗本小普請組から選ばれて甲府に在住させられた。というと聞こえはよいが、じつは江戸で身持よろしからざる者を抜きだして左遷《させん》したのである。体裁のよい一種の流謫《るたく》である。これを甲府勝手という。

ひとたび、甲府在番となると、いつまた呼びかえされるやら見当がつかない。生きて江戸の土を見ずに果てた者が多いのだ。どのような旗本の暴れん坊でも、甲府勝手ときくと顔色変えてふるえたものである。

伊谷伊織は、いわゆる不行跡の廉《かど》によって甲府勝手となった。それから三年後に任地で死亡した。弟の求馬が無事に跡目を相続したのはよいが、兄の役まで引き継いでこのたび甲府勤番を命ぜられたのであった。

　ところがこれについて妙な噂《うわさ》が立った。求馬は自分からすすんで小普請組頭まで甲府在番への転出を申し出たというのである。

　家督相続はよいが、人が地獄のように恐れきらう甲府勤番を、何も己れから希望しなくても、と不思議に思う人がほとんどである。

「その話は本当か？」

　と、わざわざ本人にたずねる者がいた。それには求馬は真実とも否《いな》とも笑って答えない。否定しないところをみると、噂は本当であるかと、改めて二十二歳の求馬の顔を見まもった。眼鼻立ちのはっきりした彫りの深い顔で体格も人より立派である。こんな若者が江戸を捨てて、何も山に囲まれた甲府に志望して行かなくともと、世にも酔狂なやつがあるものだと言いたげな眼つきであった。

　しかし伊谷求馬は予定のとおりに出発した。彼は内藤新宿の大木戸で、見送りの友人とも江戸とも別れ、晩秋の陽のおだやかな甲州街道に影を落としながら歩いていった。去っていく彼の顔には微塵《みじん》も寂しい翳《かげ》りはない。

　高井戸、府中、駒木野を通って小仏《こぼとけ》をすぎた。ここから相模となり上野原に至って甲斐国になる。野田尻、猿橋、大月と歩きとおして笹子峠を越え、勝沼にくだる手前で、山に囲まれた甲府盆地が一望に見えた。

「ほう」

と、求馬はしばらく佇《たたず》んでその景色に見とれた。連山がゆるやかな弧線を描いて平野を抱いている。左の山塊の上には富士が思いもよらぬ大きな姿で半分載っていた。正面には、駒ケ岳、地蔵ケ岳が空に背伸びしている。底にまるく沈んだ盆地には甲府城の白い壁が、小さい点のつながりとなって陽に浮いていた。

が、伊谷求馬の眼は、南の連山の切れ目に吸われていた。切れ目の向こうには別な山々が淡い色を重ねている。山のつらなりは永遠につづいているように思われた。求馬の瞳《ひとみ》は遠くを見つめる茫乎《ぼうこ》とした表情である。鰯雲《いわしぐも》が山の上に立っていた。

江戸より三十六里、求馬はこれから己れが一生永住するかもしれぬ甲府にはいった。城は武田信玄の居館址のある要害山に相対して、平地の上に高い石垣を築いて建っていた。

求馬は組頭の所へまず挨拶《あいさつ》に行った。

組頭は四十年配の温厚な人である。彼は求馬の挨拶をうけたのち、手真似《まね》で、近く寄れと言った。

「兄伊織のことは、江戸では誰にも洩《も》らさなんだか？」

と、低い声で組頭はきいた。

「はい、決して口外はいたしておりませぬ。それにつきましても、だんだんのお心づくし、ありがとうぞんじました」

求馬は低頭した。

「伊織は行方が知れぬのだ」

と、組頭はやはり低い声でつづけた。

「最後の日に鰍沢《かじかざわ》で見かけたという者があるが消息はそれきりだ。五十日経《た》てば上《かみ》へ失踪《しっそう》を届けねばならぬ。家は断絶じゃ。そこでわしは御勤番支配さまに相談して内聞に計らってやった。伊織は憎めぬやつだったからな」

「かたじけのうぞんじます」

求馬は心から礼を言った。

「病死というていにして届けた。そのかわり、そのほうに替わりとして来てもらった。余人では面倒になる。そのほうも若いのにかわいそうじゃが、兄の災難と思って諦《あきら》めてくれ。家が潰《つぶ》れるよりましじゃ」

「ご仁慈、肝に銘じております」

「こちらの者には代官所に使いにやったが、そこで頓死《とんし》したと言いふらしてある。苦しい算段じゃ。しかし皆はうすうす気づいている者もあるようだが、そのほうは知らぬ顔をしておればよい」

このとき伊谷求馬の心には、もし兄が生きて帰ったらどうなることだろう、というとうぜんの疑問は湧《わ》いてこなかった。それは彼の意識の中にその根拠がひそんでいたからであった。兄の失踪後、もう百日以上経っているのである。

「だんだんのお情け、かたじけのうぞんじます」

求馬は丁重に感謝を述べた。

彼が退ろうとすると、温厚な組頭が呼びとめた。

「求馬。江戸には生涯かえれぬぞ」

彼はそれにもう一度低頭して、身を退らせ、その場を立った。

二

伊谷求馬は近在の老婢を置いて近習町《きんじゅうまち》に住んだ。三間しかない暗い家だが、二人では広い。この辺は築地で囲ったそんな屋敷が立ちならんでいた。どの家の庭木にも秋が深い。

この屋敷は兄のものであった。前から住んでいた老婢は、求馬に兄のくやみを言った。求馬は着いた日から家の内の兄の荷物を捜した。遺留品はわずかである。櫃《ひつ》の中の数枚の衣類、武具、書籍、独り者の兄はそれくらいしか持たなかった。

求馬は二日間かかって遺留品を探索した。衣類は縫い目をほどいた。書物は丹念に一枚一枚めくった。欄間や、長押《なげし》や、掛軸の裏まで見た。日記をつける男ではなく、書き残したらしいものは、どこからも出てこなかった。それはほぼ予定どおりである。

求馬は謹直に勤めた。それで知ったことだが、在番のどの武士も元気のない顔をしていた。希望というものを喪失した表情である。与えられた勤務を惰性でつづけているといった怠惰な空気が沼のように重く淀《よど》んでいた。

求馬は日を経るにしたがって多少の知己ができた。彼らはほとんど同じことを言った。

「みんな望みを失っているのだ。生きているのも仕方なしといった格好さ。江戸に帰れる当てがいつともわからんのだからな。これは無理もないよ。みんな江戸の面白い思いを骨の髄まで舐《な》めてきた連中ばかりだからな。こんな山だらけの田舎に島流し同然に閉じこめられて年齢をとるかと思えば、わが身がかわいそうになるのだ」

それから肩を落として息をついた。

「ああ江戸がもう一度見てえ。あのときは勝手に遊びまわって面白かったなあ」

誰もが江戸を恋しがっていた。ここと江戸とは四十里にもたらぬが、間を隔てて打ち重なる山脈《やまなみ》は、そのまま絶海の荒波にたとえられよう。睨《にら》まれてここに落ちてきたが最後、脱出は不可能なのだ。転出はある。しかしそれは領内の山深い代官所まわりであった。

求馬はよく城の櫓《やぐら》の上にあがって景色を見た。城は高かったから、まるで山に登ったように盆地を見おろした。富士山は東の方にいつも胸から上を出していた。陽が西にまわると、はっきりと彫ったような諧調で浮き出た。

が、求馬が眺めたのは富士山ではなかった。正面に見える盆地を囲んだ山脈の切れ目なのだ。櫓の上からも光って見えるが、盆地を流れる二筋の川が、その切れ目の下で合流し、山峡《やまかい》を這《は》ってすすんでいき、富士川と名がついている。兄の伊織の姿を最後に見たという鰍沢は、その合流点のあたりにあった。

山峡の間の空を塞いでさらに遠い山がある。それを辿《たど》れば身延に行ける。求馬の眼は、その山のあたりを低徊していた。それは彼が初めて甲府に着いた日、勝沼の山から見つめた眼と同じ眼つきであった。

ある日、そうした眺望をしていると、

「何を見ている？」

と、背中を叩《たた》く者があった。振りむくと陽にやけた顔に白い歯を出してわらっている男がある。それは見知っている顔だ。

「山を見ている」

求馬は普通の答えをした。相手は上村周蔵という名で屋敷も近所にある。どういうものか彼のほうから求馬に近づこうとしていた。この間も彼が求馬の屋敷に来て、碁を二番囲んで帰った。

「いい眺めだろう。江戸では見られぬ景色だ」

上村周蔵はそう言って横にならんだが、

「貴公の兄貴もよくあの辺を眺めていたよ」

と、顎《あご》で山の切れ目をしゃくった。求馬はその言葉に不意を衝《つ》かれた。彼は周蔵の横顔を思わず見ると、彼は眼を山の方へじっとつけたまま、それ以上何も言わなかった。

上村周蔵は少し他の者と変わっていた。周囲の者が例外なく絶望して見えるのに、彼だけは妙に活気らしいものを持っていた。顔も元気そうに陽にやけて表情が明るかった。歩き方もどこか力のようなものが充実し、動作は快活であった。みんな萎《しな》びて枯れているなかに、彼ひとりが青い草という感じであった。

求馬《もとめ》は彼のその様子に気づき、かすかな興味を起こしかけていた。それで、その晩も上村周蔵が碁を挑みにきたとき、むしろ進んで彼を座敷に上げたのである。

「貴公は今日お城で富士川の方の山を見ていたなあ」

と、周蔵は碁石を置きながら言った。求馬も石をつまんで、ああ、と軽い返事をした。が、返事の内容は軽くはなかった。

「おれもあの辺が好きなのだ。富士山も毎日面つきあわせていると、飽いて邪魔に見えるくらいだ」

言葉の意味は求馬には量りかねた。二人はそれから黙って石を置きつづけた。互先《たがいせん》でちょうどいい笊碁《ざるご》である。老婢が置いていった茶をすする音だけがときどき高く聞こえた。庭で虫が啼《な》いて、秋が忍びよっていた。

終わって石を碁笥《ごけ》に崩しながら、求馬は言った。

「どうも、みんな元気がないようだな。なるほど島流し同然だが、諦めて住めば結構いいところだ」

「そう言うのは貴公だけだ」

と、周蔵は笑った。

「なにしろ江戸恋しさは忘れられない。身を悲しんで腹を切った男もあるくらいだ。江戸から馴染《なじ》みの女がはるばる訪ねてきたので、武士を捨てて一緒に逃げたやつもある。これは出来のいいほうだ。みんなはそこまでは思いきれない。それで溜息《ためいき》ついて勤番についているしだいだ。四方が壁なのだ。望みは欠片《かけら》もない。まあ身から出た錆《さび》だといえば身も蓋《ふた》もないが、ひどい話だ。やけ酒のんで町人を苛めるよりほか、立った腹の持って行き場がない」

　求馬は、そう言う周蔵の顔を見た。

「貴公はどうだ？」

　この質問をうけて、上村周蔵はまた元気な笑い声を立てて、

「どう見える？」

　と反問した。求馬が、

「元気そうだ」

　と言うと、相手は眼尻《めじり》に皺《しわ》を寄せて答えた。

「そう見えるか。なに、ほかのものと同じことだ。ただ、おれには、ちっとばかり夢がある。死んだ貴公の兄貴と同じようにな」

三

秋がすぎた。

城から見ても山塊は朽葉色《くちばいろ》になり、遠い高い山に雪が見えた。いままで蒼《あお》かった富士山はもう真っ白くなった。陽は弱まった。

伊谷求馬が勤番になって四十数日が過ぎたある日、彼は組頭に三日の休暇を願い出た。身延に参詣《さんけい》したいと理由を言いそえた。

「身延？　貴公は法華《ほっけ》宗か？」

と、組頭はきいた。

「いいえ。この土地に来ましたからには、一度参詣してみたいだけです」

「よかろう」

と、組頭は許可した。

「江戸から来たばかりで気づまりであろう。見物などしてくるがよい」

求馬は帰りの足で上村周蔵の屋敷に立ちよった。明日から身延山に行くことを告げてみたかったのだが、婢《はしため》が出てきて、旦那《だんな》さまは病気で引籠《ひきこも》り中だと言った。そういえば昨日から彼の姿をお城で見かけなかった。求馬は大事にするようにとことづけて帰った。

あくる朝、求馬は簡単な身支度をして出発した。南へ歩くと盆地は狭まり、笛吹川と釜無川が一つの川に合流している。小さな屋根がかたまって見えたが、これが兄伊織の姿を見かけたという鰍沢であった。

山峡はいよいよ深くなる。富士川とはとうに別れた。岩間、鴨居、下田原の部落部落を通って羽高島から細い道を湯の川沿いに東にはいった。身延山とはまるで反対の方角であった。山は冬の相を見せはじめている。

山峡だから日暮れは早かった。蒼い色で沈みいく谷間に暗い屋根が三つ四つ見えた。それが眼にはいったとき、伊谷求馬の心に、ついに到着したという軽い興奮が湧いた。それが下部《しもべ》の湯宿と知ったからである。

八代《やつしろ》郡東河内《こうち》領下部の山湯は、古くから信玄の隠し湯の一つとして知られていた。金瘡《きんそう》外傷疥癬《かいせん》などの諸瘡によい。昔、武田軍の武将が合戦でうけた疵《きず》の治癒に入湯したのはそのゆえであろう。

が、来てみると湯宿は一軒しかなかった。この辺の風習で屋根に石が置いてある。だだっぴろい家で百姓家を大きくしたような宿である。内には牛でもいそうに広くて乱雑だった。

伊谷求馬は裏二階の座敷に案内された。天井が低くて黒いのは、暗い行灯《あんどん》のせいばかりではなかった。

求馬は百姓女とまったく変わりない宿の女房に二晩ほど逗留《とうりゅう》すると言って、

「静かだな。ほかに客があるか？」

ときいた。

「一組いらっしゃいます。今は百姓衆が忙しい時期なので湯治のお客さまも閑でございます」

と答えた。求馬はもう一つの質問を用意していたが、それは明日きこうと考えなおした。

彼は着がえると階下《した》に降りて、裏の湯に案内されていった。雨のような川音が急に近く聞こえた。すぐ裏が渓流になっているのだ。

湯はぬるかった。すぐには上がれそうもない。が、ぬるい湯にぼんやり浸っているのも愉《たの》しみであった。壁の隅に立てた裸蠟燭《ろうそく》が湯気に濡《ぬ》れて薄く光っていた。彼は兄の伊織もこうして湯に身体《からだ》を沈ませていたであろうと空想した。

かなり長くそうしていた。するとそこへ客がはいってきた。咳《しわぶき》の声から、かなりな老人と思えた。が、もう一人は女であった。暗い光の中では顔まではさだかにわからぬが、白い身体が眼に滲《にじ》んだ。見なれぬその白いものが求馬の眼をあわてさせた。

老人は湯にすぐにはいってきた。これまた光の具合で顔はよくわからない。向こうでも先客をはじめて認めたらしい。

「お晩で」

と、老人の声が挨拶《あいさつ》した。

「お晩です」

と、求馬は土地の言葉で返した。老人とならんで女の白い肩が沈んでいる。求馬は湯槽《ゆぶね》から上がった。老人と女の話している声があとに残った。声は湯気で濡れていた。

あくる日、遅く眼をさました。初冬らしい澄んだ陽が障子に明るく貼《は》りついている。障子をあけると山が意外の近さで迫っていた。季節よりずっと山が枯れている。岩の多い川が下を流れていた。

宿の女房が朝の遅い膳《ぜん》を運んできた。

「いい所だな」

と言うと、女房は山の中ですから、と答えた。それが求馬の質問を誘いだした。

「この辺に、熊輪という所があるか？」

「熊輪？」

女房は首を傾《かし》げた。求馬はその厚い唇を見つめた。

「そんな名前は聞いたことがありません」

「ないか？　よく考えてみてくれ」

「心当たりがありません。わたしはこの土地に三十年もいますが、十里うちのことはたいていわかっております」

「そうか」

話はそれきりになった。三十年も居ついている土地の者の返事である。求馬の顔は失望を表わした。

「旦那さまは甲府のお方でございますか？」

今度は女房がきいた。

「そうだ」

求馬は答えて、急に眼をあげた。

「この宿に甲府から武士が来なかったかな？　そうだ、半年ぐらい前になろう」

「お侍《さむらい》さまはここ一年ぐらい、どなたもいらっしゃいません。宿はわたしのほうだけですからお見えになればすぐわかります」

「そうだな」

求馬は箸を皿につけながら重く言った。手掛かりは二つとも切れた。その絶望が心に穴をひろげた。

ふと、外を見ると、川のふちを土地の身なりをした老人と女が歩いていた。昨夜、湯で会った二人に違いなかった。老人は痩《や》せて少し背が曲がりかけた格好である。その傍らに付きそうように居る女は、ここから見ても佳《よ》い姿勢であった。老人は六十ばかりとみえ骨張った容貌《ようぼう》なのに、女は面長な美しい顔をしていた。年齢《とし》はずいぶん開いているらしい。親子ではむろんなかった。求馬は昨夜の暗い湯で見た女の身体の白さを思いだした。他人《ひと》のことである。あれは誰だとはきけなかった。

このとき、また別な男が求馬の視界にはいった。これも土地者らしかった。彼は老人の方へ歩いていき、そこでしばらく立ち話をしていた。それがすむと挨拶して別れた。老人も女もていねいに腰をかがめて男を見送った。

求馬は道を歩いてくる男の顔を見て、

「あっ」

と驚き、とっさに障子の陰に身を退《ひ》いた。なぜそうしたかわからない。たがいに顔を合わせてはならぬ秘密めいた本能が働いたのだ。

姿は変わっているが、その男の顔は紛れもなく同輩の上村周蔵であった。

四

「見ていたのか」

と、上村周蔵は伊谷求馬の顔を見すえた。

「そうか。あの時、貴公も下部に行っていたのか」

四五日後に、求馬が上村周蔵を囲碁に誘いだして、石を崩した後に切りだした話に、彼がそう答えたのである。

「意外だった。はじめは人違いかと思った」

求馬が言うと、周蔵はそれには返事せずに、

「貴公はなぜ下部へ行ったのか?」

と反問してきた。眼が光っていた。

「保養だ。身延への途中に寄ったのだ」

と、求馬は答えた。すると、周蔵は言下に、

「嘘《うそ》だろう」

と言った。強い言い方だったので、求馬は相手の顔を見つめた。二人の眼が、しば

らく覗《のぞ》きあった状態で沈黙をつづけた。

それを先にはずしたのは周蔵のほうだった。彼は膝《ひざ》を求馬のほうに寄せてきた。このとき彼の眼は別な光を帯びていた。

「伊谷」

と、彼はあらたまった声で詰めよるようにして言った。低いが、重圧が感じられた。

「おたがいに肚《はら》を探るのはよそう。おれは貴公が下部に行ったわけを知っている」

「おれも貴公がおれに近づく理由を察している」

求馬は返した。

「貴公は、おれの兄貴がどうして失踪《しっそう》したか、うすうす事情を知っているはずだ。だから、おれから何かを探りだそうとしているのだ」

周蔵はうなずいた。

「それなら、なおさらだ。ここでおたがいの肚を割ろう」

「よかろう」

と、求馬は応じた。彼も膝をすすめた。老婢はとうに引っこんだ。求馬は声を低めた。

「上村。まずきこう。兄貴はどうして失踪したのだ？」

「貴公は、ほんとに知らないのか？」

「それはまったく知らない」

「貴公の兄貴、伊織は絵図面掛りだった」

と、上村周蔵は話しだした。

「この甲府は公儀の最後の拠点だ。江戸が万一敗れたときは、ここに籠って戦う。それでご領分一帯にわたって精密な絵図が必要だった。甲斐《かい》の周囲は山また山だが、どんな山奥でも足で歩いて調べねばならぬ。伊織は東河内領一帯を踏査した。あれは富士川沿いに駿河から攻めてこられる重要なところだ。伊織はそれをやっていた」

「勤番支配の命令だろうな？」

「むろんだ。組頭が直接に命じたことだ。伊織は、熱心にそれに従っていた。ところが、そうしているうちに、彼に邪心が湧いた」

「邪心？」

求馬は瞳《ひとみ》を強くした。

「邪心と言って悪ければ、出来心といってよい。伊織は八代郡下部村からさらに東の奥にはいっていった。山岳重畳たるところだ。そこに二里ばかりはいったところに根《ね》帯《おび》という部落がある。検地帳によると高二拾八石三斗七升七合、戸数拾八、口《こう》七拾三、うち男四拾八人、女二拾五人というからまったく山間の砂粒のような部落だ」

「その根帯という所がどうかしたのか?」

「うむ、その部落を東へ山を分けてすすむと駿河の富士郡に出る。つまり富士の山麓《さんろく》だ。麓という駿河領の部落には八里ある。口でこう言えば簡単だが、土地の者でも行ったことのない山の重なりと樹海の中だ。冬になると豺《やまいぬ》が出る。伊織は苦労してその辺を踏査していた」

「それから?」

「貴公はよく知るまいが、この甲斐国は、昔から金の出たところだ。そら、甲金というではないか。信玄のころに開発したのだ。東山梨郡の黒川山、南巨摩《みなみこま》郡の保山《ほうざん》と黒桂山、八代郡の金山嶺《とうげ》、北巨摩郡の鳳凰《ほうおう》山中の五座石《いし》などがそうだ。これらは今ではみんな廃鉱になっている。この金山嶺というのが、根帯の奥なのだ。そして信玄の時代にこの山を監視するために根帯に『山口衆』という役人を置いた。現在《いま》でもその子孫がそこにいる」

「なるほど。それで?」

「伊織はそこを踏査しているうちに、偶然金鉱をみつけたのだ。廃鉱とは別に、新しい間歩《まぶ》(金鉱)のあるのを嗅《か》ぎつけた」

「何？」

「いや、そうだと思うのだ。これはおれの推量だが、間違いはないはずだ。その根拠もあるが話すこともなかろう。それから、それを伊織は一人でこっそり捜して奪《と》ろうと企んだ」

「――――」

「伊織は甲府に七日めごとに一度は帰ってくる規則だが、また出かけていく。そのたびに新しい間歩を探索したのであろう。役目の踏査はそっちのけだ。彼のことだから見つけたかもしれないが、帰ってはこなかった。おそらく一人で山に迷いこみ食べ物が尽きて果てたものと思う」

話を聞いていると求馬《もとめ》には思いあたることがある。が、それは言わずに上村周蔵の話のつづきを黙って耳で待った。

「組頭に伊織の遭難を吹きこんだのはおれだ。もっとも金鉱のことはおくびにも出さぬ。山で餓《う》えて横死したに違いないと言ったのだ。組頭も五十日経《た》っても帰らぬところをみると、おおかたそうであろうと判断した。なにしろこれは他藩に知らさぬよう内密の仕事だったから公けにはできない。さりとて伊織の家を潰《つぶ》すのも気の毒だ。失踪にかかわらず貴公に家督をつがせたのは、そのためだ。伊織は死亡したものと決めたからだ」

そうだったかと求馬は合点した。それから、もう一つ。下部の湯宿で武士の姿を見かけなかった理由もわかった。兄はおそらく姿を変えて山を歩いていたに違いない。

すると――求馬はきっとした眼を上村周蔵に向けた。

「すると貴公は？」

「うむ。じつはおれもその内密の絵図面作りを命じられているのだ。伊織のあとを受けてな。この間はその仕事であの辺をうろついていたのを下部で貴公に見られたのだ」

「では」

と、求馬は質問した。

「貴公が話していたあの老人は何者だ？」

「ああ、あの老人か」

と、周蔵は言った。

「あれは、さっき話した『山口衆』の子孫だ。金山嶺が廃《すた》れ、武田家が滅亡しても、それ以来あの根帯の部落に代々が住みついている。さすがに子孫だけに、あの辺の長《おさ》だ。あの老人は弥平太と言ってな、いい親爺《おやじ》だ。おれの身分にうすうす気づいて何かと世話になっている。伊織も世話になったはずだ。あの辺を歩くには、どうしてもあの老人の便宜を得なければならぬ。若い妾《めかけ》をもっているがな。妾は甲府の遊女だったという話だ」

求馬は、湯で見た女のおぼろげな裸身を頭に浮かべた。

「これでおれの話は全部だ。今度は貴公の番だ」

「いいや、まだ聞かぬ。貴公がなぜおれに近づくか、はっきり聞かせてくれ」

上村周蔵は強い眼《きつ》のまま笑い声をあげた。

「さすがに貴公は頭が鋭い。おれは第二の伊織になるのだ」

「えっ。どう申した？」

「おれも金《きん》が欲しい。金を奪《と》ってそれを賄賂《わいろ》に江戸に帰りたいのだ。もう甲府在番はいやになった。死ぬほどいやだ。見ろ、勤番の連中の死んだような顔を！」

低いが、叫ぶように周蔵は言った。

「こんなところで朽ちるのはいやだ。江戸に帰りたい。そのため金が欲しい。万事は賄賂だからな。伊織はそれを志した。彼のことだから必ずそれを見つけたに違いないと思うのだ。おれは貴公が兄から何かを知らされていると睨《にら》んでいる。貴公は兄貴の消息を探れ、おれは金を捜しにいく。ただし、伊織のように死にはしない。どうだ、今度こそおれは全部を話したぞ」

五

静寂がいちだんと高く耳についた。それは二人の間に沈黙が落ちたからである。が、やがて声を出したのは求馬のほうであった。

「上村。よく話してくれた」

と、彼は言った。

「それでは、おれが言おう。貴公の言うとおり兄は何かを、おれに知らせてきた。確かに何かだ。おれはそれを半分解いたが、いま貴公の話を聞いて全部がわかった」

「なんだ、それは？」

周蔵が咽喉を動かして唾《つば》をのんだ。

「手紙だ。日付けからみると、兄が最後に甲府を出発する前だったらしい。こんな文句だ。自分は八代郡下部の山湯に行く。四十日を過ぎても消息がなかったら、死んだと思え」

「死んだと思え？」

「そう。そういう文句につづいてこう書いてあった。死体の有無にかかわらず、菩提《ぼだい》は下谷の熊輪寺でやってくれ、というのだ。おれは変な手紙だと思った。それから五十日をすぎて本当に兄貴の失踪を甲府勤番組頭から知らされた時は、まったく驚いた。それから手紙の文句を思いだして、下谷の熊輪寺に菩提を頼みにいったが、そんな寺はないのだ。方々にきいてまわったが、どこもそんな寺はないという返事だった。ある寺に親切な坊主《ぼうず》がいて、江戸じゅうの寺の名のついた帳面を繰ってくれたが、下谷はおろかご府内にそんな名の寺は一個寺もない。ない寺の名を兄がどうして書くか。しかもおれの家の菩提寺は代々、四谷の瑞光寺《ずいこうじ》と決まっている。ない寺の名を兄がなぜ指定したか。おれは二三日考えつづけたすえ、ははあ、これは兄がおれに内密に何かを知らせたかったのだな、と判じた。まったく判じ物のようだが、謎は熊輪寺の名にあると思った。つまり熊輪の二字だ。おれは、これを地名と判断した。下部の湯の近くの熊輪という所が兄の失踪と関係があると推量した」

「ううむ。なるほど」

周蔵の眼が異様に輝いた。

「おれは富士見三十八州の絵図を広げて見たが、甲斐国八代郡下部の地名は容易に見つけたが、熊輪の名はどこにもない。絵図は粗略だから載せていないのだと思いこんだ。これは出かけてはたして熊輪というところが下部の近くに在るかどうか捜さねばならぬと考えた。ところが思いがけなく、おれは家督相続とともに甲府勤番を命ぜられた。おれは喜んだ。これで兄の消息を捜すことができると思った。だからおれはみんなの嫌がる甲府勝手をむしろ喜んできたのだ。兄が判じ物のような手紙をくれた理由は貴公の説明でよくわかった。なるほど兄はそんな内密な仕事をしていたので、あからさまには手紙には書けなかったのだな」

「でかした。よく解いた、伊谷」

と、上村周蔵は肩を叩《たた》かんばかりに言った。

「それだ。間違いない。それで貴公はお城から下部の方角をよく眺めていたのか？」

「そうだ。下部と熊輪。これ二つが兄の最期《さいご》に関係している。おれは最期と言ったが、確かに兄は死んでいると思う。これは手紙の文句のとおりに受けとってよい。熊輪寺と寺の名にかくしたのもその意味の含みだ」

「うむ、うむ」

「おれは、日が経つのを待ちかねて休暇を組頭に頼み、身延に参詣《さんけい》すると言って、飛ぶ思いで下部に行った。ところが三十年も土地に居ついているという宿の女房にきいたが、熊輪という所はないと聞かされた。おれは、がっかりして甲府に戻ってきた。あのとき、貴公を下部で見かけなかったら、おれは落胆するだけで、手をあげていたに違いない。貴公をあの下部で見つけたことで、これは必ず貴公も何かを知っているな、と考えついて会いたくなったのだ」

「落胆するには早かったわけだな？」

「違うか？」

「違わぬ。そのとおりだ。謎《なぞ》は解けたろう？　いま、おれの話したことで」

「貴公も同じだな？」

「そうだ。その話でおれも解いた」

二人は、はじめて笑顔を見せあった。

「ところで」

と、周蔵はふたたびもとの表情に返った。

「この仕事には、どうしても助力者がいる」

「あの老人か？」

「そうだ。弥平太にきかねばあの辺の山の地理は皆目わからぬ。おれたちだけでは、どうにもならぬのだ。弥平太に頼もう。むろん、事情は匿《かく》しておく」

「よかろう」

と、求馬はうなずいた。

「それから、もう一つの難物は、貴公がどうしてまた休暇を貰《もら》うかだ。おれは、絵図面の仕事の名目があるから、わけはない。あまり先には延ばされぬ。あの辺は積雪が早い」

「早急に段どりをつける。怪しまれぬようにな」

そう言って求馬はその工夫を考えるような眼つきをした。

それから十日ばかり経った。底冷えがして雪がちらついている日、伊谷求馬は、馬場で攻め馬（調教）をしているときに、鐙《あぶみ》をはずして転落した。彼は容易に起きあがらなかった。

打撲傷はひどかったとみえ、医者が来ても、痛い、といって手をさわらせなかった。

彼は下部の湯に湯治に行くことを願い出た。

組頭は、人がよく、

「ゆっくりと行ってくるがよい」

と言って許した。

求馬は駕籠《かご》を雇い、鰍沢まで行ったが、そこから駕籠を帰して、歩いていった。途中で用意した百姓の着物にかえた。意外に元気な足どりであった。

前に来たことのある下部の湯宿につくと、先着の上村周蔵が待っていた。

「馬から落ちるとは、考えたものだな」

と、彼は笑い、髪のかたちを結いなおしてくれた。

六

根帯の部落は、下部から渓流に沿って東にはいる。山径は爪立《つまだ》つような急坂をのぼる。二里の距離が絶えずそうなのだ。途中から道は雪が積もっていた。

登るにつれて、低い山は沈み、高い山がせりあがってきた。道はうねうねと曲がっている。曲がるたびに、視界に白い山が容《かたち》を変えて圧してきた。

渓流は右手の断崖の下にかすかな水音を聞かせた。渓谷のすぐ向こうは巨大な白い山壁がそびえていた。道は人がひとり歩けるのがやっとで、それも桟道《さんどう》に変わった。渓谷をのぞくと吸いこまれそうな恐怖が起こる。

根帯の部落が見えたと上村周蔵に教えられたときは、正直に伊谷求馬は、ほっとした。顔に当たる風は冷たいが、背中は濡《ぬ》らしたように汗をかいていた。朝から宿を出たのに、時刻は午《ひる》をとうにまわっていた。

なるほど家は十戸あまりしかなかった。それも雪をかぶって穴のように黒い。背景には輝くような白い山がすぐ近くに立ちならんで、江戸で育った伊谷求馬には、この世の土地とは思われない凄涼《せいりょう》たる光景だった。

部落の中で、いちばん構えの大きいのが、弥平太と呼ぶ老人の家であった。

周蔵は、低い暗い入口をかがむようにして先にはいった。

——囲炉裏に火を燃して弥平太は二人を招じた。勢いよく弾ける榾《ほだ》の炎に映しだされた弥平太の半顔は、まさしく求馬が下部の湯宿で見たものである。尖《とが》った頬骨、落ちくぼんだ眼窩《がんか》の底に光っている眼、尖った鼻の下にひろがっている大きな口、頤《おとがい》のあたりの精力的な線は、痩《や》せ老いてはいるが、やはりただの百姓とは思われなかった。声は嗄れて渋い。たしかに「お晩です」と暗い湯の中で挨拶《あいさつ》された声である。が、むろん、老人は求馬の顔を見知ってはいなかった。

上村周蔵の話を聞くと、老人は、

「これは厄介だな。熊輪とは難儀な所を言ってこられた」

と、傍らの女の方を見た。

女は面長な顔で、美しく若い。弥平太の言葉にかすかに笑った。その表情の艶やかさが求馬の眼をひそかに惹《ひ》いた。求馬の頭は女のほの白い身体《からだ》の輪郭を憶《おぼ》え、その記憶をまさぐっていた。

「とても口だけでは、場所がどこだとは教えられない。よろしい、案内を一人つけてあげましょう。幸い、まだ雪はそう深くはない。もう二十日《はつか》も経《た》てばだめなところだった。これから先になると豺《やまいぬ》も出るでな」

これには上村周蔵も厚い礼を述べた。

「ご老人。助かります。どうか、そう願います」

「よろしゅうございます。まあ、今日は遅いから明日ということにしましょう。これ、おしん、酒でも持ってこんか」

求馬《もとめ》は老人の妾がおしんという名であることを知った。はい、と言って立ちあがった。立ち姿も踊りでも習った女のようにきれいであった。

「おしんさんは、いつもきれいですな」

周蔵が如才なく言った。

「いやいや」

老人はわざと渋い顔をした。しかしその下から喜んでいる表情が膨れあがっていた。

求馬の眼はそれをのがさなかった。

戻ったおしんが酌をした。手つきはその習慣に慣れてきた人間のものだった。

はじめに周蔵に注ぎ、それから求馬に、

「おひとつ。地酒でお口には合いませんが」

と言ってすすめた。

求馬は、私は飲めないのだ、と辞退すると、

「あら。珍しいお方」

と、眼を大形《おおぎょう》にみはった。張った眼の表情に特殊な媚《こ》びが出ていた。これも客の機嫌に慣れた女のものだ。唇から白い前歯がのぞいていた。

酒は強い味だった。求馬は二三杯で赤くなり、五六杯で苦しくなった。

「こいつは、てんで飲めないやつです」

と、周蔵が笑って老人に言った。彼は酒に強いのだ。

「それでは、少し横になってくださるか」

と、老人は言った。それから別間に案内するようにと、おしんに言いつけた。

失礼します、と求馬は立ちあがった。頭がふらふらした。おしんが傍に寄ってきて、大丈夫ですか、と言った。

別間には暗い行灯《あんどん》がはいっていた。木綿ながら夜具が二つのべてあった。求馬は欲もとくもなくその一つの上に転がった。

おしんはそこに立っていた。いつまでも立っている女だと、求馬はおぼろな、沈むような意識の中で思った。すると女は静かに動いてその座敷を出ていった。

元の部屋の方から、上村周蔵の唄《うた》う声が聞こえた。江戸でさんざん遊んだ自慢の咽喉である。それを聞きながら、求馬は眠りに落ちた。

どれくらい時刻《とき》が経ったかわからない。求馬はある力が自分の身体の上に動いているので眼をさました。身体は自由が抑えつけられていた。求馬の意識が、はっきりした。

「黙ってて」

耳のすぐ横で声が叱《しか》るようにささやいた。同時に女の呼吸《いき》が顔に熱くかかった。おしんだ、と求馬は直覚した。行灯の灯は消えていた。自由を縛っているのは女が首にまきつけた腕であった。

求馬は身を起こそうとした。これは女のもっと強い力が抱きついた。女は身体ごと求馬の胸に乗りかかってきた。

女は息をはずませた。

「お願い。動かないで」

と、乾いた、あえいだ声で言った。

求馬は暗い湯で見た白い輪郭をどこかで描いた。その幻影は実体に密着した。実体は彼の身体を圧してきた。非常な塊りで彼を撃ってきていた。塊りは膨れあがり、膨れあがりしては苦しいほど彼の上に波打った。

実体がそこにある。幻影ではなく、充実した物体がそこにあった。熱でもあるようにそれはあつかった。求馬は手を空に振ったが、物体を摑む誘惑は拒みきれなかった。彼は眼をつむった。敗北したことのよろこびが、嵐《あらし》のような迅《はや》さで充足した。

上村周蔵が唄う声はまだ聞こえていた。

七

朝は曇って、雪が少し降っていた。

「あいにくの天気になりました」

弥平太が、求馬と周蔵を戸外《そと》まで見送って空を見た。

「仙次。気をつけて案内しろ」

と、傍らに背負子《しょいこ》を負っている男に言った。彼は約束どおり案内人をつけてくれたのだ。背負子には乾飯《ほしいい》のはいった袋や、干したヤマメ、梅干、味噌《みそ》などの食糧、鍋《なべ》、土瓶、それにたくさんな蓆《むしろ》を巻いてのせていた。

「これは少々、大げさだな」

と、周蔵が見て笑うと、弥平太は首を振った。

「そうではありません。熊輪という所は難所で、慣れた者でも道に迷うと二日も帰ってこられないことがある。ことに雪があるので万一の用意はしておくものじゃ」

老人らしい親切であった。

おしんは姿を見せなかった。

「あれは加減を悪くしているので失礼しています」

と、弥平太は、言いわけをするように言った。

周蔵は、その斟酌《しんしゃく》には及ばないと言った。二人は仙次という案内人を先に立てて出発した。道は、その部落からさらに上りになるのである。道というよりも山を伝って行くにひとしい。

求馬は、おしんが顔を見せないので、助かったと思った。昨夜の記憶が生々しすぎる。背徳の記憶で、弥平太の顔も正面から見られなかった。後悔しても追いつくことではない。

求馬は自分の身体に女の体臭がまだ粘っているような思いであった。口、鼻、頰、頸《くび》、それぞれに女の息や唾が乾かずに滲《し》みこんでいる気がする。耳朶《みみたぶ》には、女の荒い呼吸がまだ揺れていた。

女の暴風が過ぎたあと、彼女は息を吐いてささやいた。

「うれしかったわ。死んでもいいくらいに」

それから身体を求馬の傍から離すと、そっと立ったが、もう一度枕《まくら》もとにかがんで、求馬の頰を吸い、耳を嚙《か》んで、逃げるように去った。求馬は空虚を感じ、深い眠りに落ちた。いつ周蔵が横の蒲団《ふとん》にはいったかわからなかった。――

「ずいぶん、奥深いところだな」

周蔵の声に、求馬は心をさました。断崖《だんがい》はなくなり、雪の山だらけの中にはいっていた。葉のない森林が密集していた。咽喉が乾く。雪をとって口に入れたが、積雪はまだ一尺ぐらいなものであった。

もはや道というものはない。山の中を引っぱられて彷徨《ほうこう》するだけであった。案内人は黙々と先に立って歩いていく。無口な男らしい。いかにも山男といった感じで、慣れた足どりであった。周蔵は、その男に請求して、ときどき、息を休めねばならなかった。

二里も三里も歩いたように感じられたが、実際はそれほどではなかった。道はいつか峡谷らしいところにはいっていた。どこをどう回ったのか、案内人なしには単独《ひとり》では戻れない。なるほど弥平太が口で教えただけではわからぬと言ったはずであった。

案内人は峡谷の奥をすすんだ。昔の河床でもあろうか、底のようなところをうねうねと曲がっていく。行くにしたがって両の崖は狭まり、挟むように迫ってきた。

背負子の山男は、先頭で立ちどまった。

「ここだ」

と、彼はふりむいた。髭《ひげ》だらけの無表情な男である。

「ここが熊輪というのか？」

周蔵が思わず声をつよめてきく。無口な案内人はそうだという返事の顔でうなずいた。

周蔵はあたりを確かめるようにして見回した。その眼には、山のどんな些細《ささい》な表情も見のがさないといった探るような強い光があった。

求馬は、ここが兄の知らせた墓所かと思った。山は雪をかぶっていたが、岩肌は剝《む》けたように斑《まだら》にくろずんで露出していた。鳥も啼《な》かず、夜のような沈黙がこの谷を支配していた。

周蔵は勢いづいたように、その辺を歩きまわった。彼は崖をのぼって、腰に下げた袋の中から金槌《かなづち》を出して岩の欠片《かけら》を砕いた。それをひどく真剣な眼つきで検《しら》べ、菓子でもなめるように口の中に入れて味わったりした。

同じ動作は、彼の忙《せわ》しげな活動の間じゅうつづいた。彼は雪をかきのけて、小石をしらべた。しばらく姿が見えないかと思うと、思いがけない谷の途中で遠い影を見せたりした。

求馬の眼も捜していた。周蔵の目的とは違う。兄の痕跡《こんせき》の捜索である。どこかの雪の下に兄の死体が横たわっているような気がした。江戸では遊びの限りを尽くし、親類じゅうの持てあまし者の男だったが、求馬にはいい兄であった。

案内人はもとの位置に呆然《ぼうぜん》と立って、二人の動作を無意味に見まもっている。するとと周蔵の叫ぶような声が、とつぜん聞こえた。求馬は走った。

周蔵は穴の中にいた。ちょっと見ると見分けのつかない崖の横腹に穿《ほ》られた穴だ。人ひとりがようやく屈《かが》みこんではいれるような、動物でもひそんでいそうな穴であった。

求馬がのぞきこむと、周蔵はその奥で岩をたたくような音をさせている。

「見つけたぞ」

と、周蔵は奥の方から叫んだ。

彼はやがて両手に一抱えするような石ころをかかえて出てきた。

「見ろ」

と、周蔵は、求馬に見せた。石は白い上に黒い幅が縞《しま》のように模様をつけていた。

「この黒い部分に金があるのだ。よく見ろ、金が砂粒のように小さく光っているから」

求馬はその石を一つとって、眼を近づけた。なるほど金らしいものが、黒いなかにちかちかと光っていた。

「上質のすじくさりだ」

と、周蔵は横から息をはずませて言った。鉱石で金の含有の少ない粗悪なものを薄《うす》鏈《ぐさり》、豊富な金のあるのを筋鏈《すじくさり》というのだと彼は説明した。

「すぐに弥平太のところに引きかえして椀掛けにして試してみよう」

彼は興奮で眼の色を変えていた。ほかのことはなにも眼にはいらぬようだった。用意してきた袋に石を大切そうに詰めた。

「そうだ、この場所をよく頭に覚えこんでおかねばならぬ」

彼は穴の方に眼を据えた。脳髄の中にまでも刻みつけるような、強烈な眼つきであった。

「さすがに信玄だなあ」

と、彼は感動して言った。

「こんなところにまだ鉱山《やま》を匿《かく》していた。すごいやつ。なあ、伊谷」

と、求馬の方を振りかえった。

「貴公の兄貴もこの場所を発見したのだ」

雪がさかんに降りだした。

八

兄の伊織がその同じ場所を発見しながら、横死を遂げた不運さを憐《あわ》れむ響きが、上村周蔵の言葉に含まれていた。

が、求馬はその言葉から、ふと不安を感じた。

彼は案内人のほうを見た。そこには姿がなかった。

「いない！」

と、求馬は言った。

周蔵のほうは落ちついていた。

「なに、そこらにいるだろう」

二人は捜した。しかし影も形も見えなかった。山が風を鳴らしているだけであった。

はじめて周蔵の顔に狼狽《ろうばい》の色が見えた。

「どこへ行ったのだ。たしか仙次といったな。呼んでみようか」

「むだだ」

と、求馬は言下に言った。

「なぜだ」

「逃げたのだ」

「逃げた？」

上村周蔵はまじまじと求馬の顔を見つめた。狼狽が不安に変わっていた。

「上村。おれは兄貴がなぜ死ぬことを予想してあんな手紙をくれたか、いま、わかった。兄貴は死の予感があったのだ。つまり、そういう危険を感じていたのだ」

「どういう意味だ？　はっきり言え」

「この匿し金山を他人から護《まも》る誰かがいるのだ。そいつが発見者を生かしておかないのだ」

「すると――」

周蔵の顔色が、見る見るうちに血の気をひいた。

「そうだよ。案内人がここまで誘《おび》きよせて逃げたのでも知れよう。ここで放りだされたら里に出られるかどうかわからん。おそらく山中を迷い歩くだけで、方向を失うだろう。次には餓死があるだけだ。みろ、敵は食糧を全部持ち去ったではないか」

「敵は、敵は弥平太か？」

周蔵はあえいだ。

「そうだ。あの老人だ。信玄時代の『山口衆』の血統をひいているあの弥平太だ。彼が信玄の匿し金山をまだ護っているのだ」

「信じられん。そんな大時代なことがあるものだろうか？」

「江戸の物差しではいかない」

求馬は答えた。

「甲斐は連綿として信玄公崇拝の土地だ。ましてこんな山奥ではないか。そのかみの山番が、今でも信玄を信仰して先祖の義務をうけついでいないとは、どうして言えよう。兄貴は漠然とその危険を察したが、金欲しさに冒険をしたのだ」

「はかったな、弥平太め！」

周蔵は血相を変えて足で雪を蹴《け》った。

「上村。ここで怒ってもはじまらん。われわれは脱出しなければならん。ぐずぐずすると生命を失うのだ。兄貴の二の舞いを踏むでないぞ」

「うむ、そうだ。むろんだ。里へ出る方向を捜そう。雪についたわれわれの足跡を辿《たど》れば簡単だ」

が、それは空しい。しきりと降る雪がそれを消していた。

周蔵は舌打ちして歩きだしたが、手には鉱石のはいった袋を握っていた。

「そんなものは捨ててしまえ」

と、求馬は言ったが、周蔵は放さなかった。

二人はもとの方へ大股《おおまた》で歩きだした。しばらくは谷間《たにあい》の底だから歩いても見覚えがあった。難儀なのは、そこを出て普通の山の中に変わってからであった。

「たしかに、この方向だった」

と、周蔵が言う。確信ありげであった。が、だんだんすすむにつれて、彼は自信を喪失しはじめた。見覚えがさらにない山だった。雪の降りかたはさらにひどくなった。

「いけない。反対だったかもしれない。もう一度、もとの場所へ引きかえそう」

今、つけた足跡は雪が消している。うろ覚えで元の場所を目指したが、行っても行っても出られなかった。行くにしたがって見知らぬ山が嘲《あざけ》るように現われるばかりだ。風に煽《あお》られる吹雪で息が詰まりそうだった。空は黒い雲が閉ざして、どっちが東か西か判断がつかない。

「どうしたらよい？」

周蔵の顔は惨《みじ》めであった。色は紫色になり、死に追いかけられる極度の不安がいっぱいにひろがっていた。

「仕方がない。とにかく、見当がつく所まで歩こう」

求馬は励ました。しかし絶望は周蔵より上だった。兄伊織の最期《さいご》の幻影がしきりと眼の前に浮かぶ。

やがて夜が急速に閉じおりてきた。二人は岩の陰にかたまった。今度は肌を凍らす寒気と戦わねばならなかった。

「眠るな。眠ったら凍死だぞ」

求馬は周蔵の身体《からだ》をたたいた。周蔵は気落ちして元気を失っていた。それから猛烈な空腹が襲ってきた。

今にして敵の計略がわかった。案内人の背負子《しょいこ》には身体に巻く厚い何枚もの蓆《むしろ》と、豊富な食糧があった。わざとそれを見せたのだ。刑罰はそれによって、いっそう酷烈なものとなる。

雪の山中の彷徨は、その夜が明けたとたんからはじまった。降雪はやんでいたが、空は相変わらず黒い。飢餓はすぐそこに迫った。疲労で足も自由に動かない。感覚も鈍くなってきた。

死ぬのか――と求馬はぼんやり考えた。もう、どっちでもいいような気がした。周蔵を見ると半眼を閉じて、よろめきながら歩いている。その腰には、鉱石を入れた袋がまだぶらさがっていた。こんな最後のときになっても、それを放さない周蔵の執着に呆れた。生の執念は、おれよりこの男のほうが一枚うわ手かもしれないと彼は思った。

とつぜん、銃声がした。

はっと眼がさめる思いだった。

その視界に、黒い人影が列をなして歩いてくるのがはいった。求馬は夢を見ているのではないかと眼を凝らした。

黒い人の姿は十人ばかりもつづいていた。それがしだいに近づくにつれて顔が見えた。

先頭は紛れもなく、老人の弥平太であった。

九

「だいぶ弱っているな」

老人は二人の前に立ちはだかって笑った。しかし、笑い声も顔も、今まで見なれたものではない。残忍な攻撃が、くぼんだ底に光っている眼にも、尖《とが》った頰骨にも露《あら》わに出ていた。善良だと思いこんだ老人の笑いは憎悪《ぞうお》のこもった嘲笑《ちょうしょう》だった。

弥平太の後ろには屈強の部落の者がかたまっていた。猟に使う銃を持っている者がいる。古い槍《やり》や刀を持っている者がいる。弥平太を自分たちの長《おさ》と心得て、その命令を待っている連中なのだ。

周蔵も求馬も、抵抗する力を失っていた。飢餓と疲労で意識も遠いくらいだ。老人は彼らをむだに彷徨《ほうこう》させたのではなかった。ここに二人を追いこむ計算がきっちりあったのだ。

「むだなことをしたものだ」

と、老人は薄ら笑いしながら二人に言ってきかせた。

「この山はわれわれが守護しているのだ。ご先祖は法性院《ほっしょういん》さま（信玄）の山口衆、すなわち、この鉱山《やま》の番衆じゃ。武田家滅亡後はこの地にとどまったが、たとえ世が移るとも、われらはあくまでも武田の遺臣として法性院さまにお仕え申している心だ。ご先祖の役目を引きつぎ、この匿し鉱山をお護りしている。誰にも渡さぬ。徳川家が奪いとろうとしても、断じて渡さぬ」

老人の声は大きくなった。

「慶長のころ、徳川方の金銀山奉行大久保長安なる男が山師をここに踏査に出したが、金山嶺《とうげ》は廃鉱じゃと言って帰りおった。なに、全部《みな》まで廃鉱なものか。ここだけはわれらで匿しおおせたのじゃ。今でも知らずにいる。これまでもここを探りにきたものはあっても、みんな無事に帰してはおらぬ。つい半年も前に来た男があったがの。同じ運命じゃ」

求馬は、はっとなった。老人はここで咽喉をくすぐって笑った。

「おぬしたちの目的もたいてい知れている。が、誰が来ようと、ここを知った者を帰さぬ掟《おきて》には変わりはない。ここにはどのように秘密に忍びこんでも、われらには知れるのだ。法性院さまが定められた武田家百目録の中の歌を知っているか。言ってきかせよう。よいか。――この内へ来る人あらば名を告げよ字《あざな》しらせよわがまくら神」

老人は嗄れた声で荘重にうたった。

「このお歌の意《こころ》が、われらの精神じゃ。誰もわれらの眼を盗んで、お山へはいりこむことはできぬ。はいってその場所を知ったが最後、帰すこともできぬ」

「殺せ」

と、周蔵が叫んだ。雪の上にすわっていた。

「ははは。催促しおる。よし、よし。そう急《せ》くでない。だが、殺しはせぬ」

「殺せ。殺せぬのか？」

「思いちがいするでない。殺す以上の制裁をしてやるのだ。そうだ、おぬしたちにその見本を見せてやろう。おい、この二人を、あの小屋まで連れていけ」

何か知らぬ無気味な恐怖が求馬の背中を奔《はし》った。

「殺せ」

と、周蔵は喚《わめ》いた。声は悲鳴に近い。

屈強の山男たちは二人を肩に抱きかかえた。周蔵はあばれたが、子供の抵抗にひとしい。

ふたたび弥平太を先頭に立てて一行は下りにかかった。昨日の二人にとっては、迷路の彷徨だったが、連中はわが庭を歩くような慣れきった足どりであった。時には上りもあるが、山はしだいに下りに向かっていた。

半刻ばかり経《た》つと、眼界がにわかに開いた。谷を隔てて、遠い山の重なりがある。山は昨日の雪でいよいよ白さに磨《みが》きをかけて、この世とも思えぬ神秘な光景だった。

ふと見ると、視野の下の方に黒くあつまった点が見える。それが根帯の部落なのだ。

が、一行は部落の方への道をくだらなかった。

傍の山腹の方へ這《は》うように行く。険岨《けんそ》な道だが、これは長い行程ではなかった。

雪の中に埋もれそうな小屋が見えた。炭焼小屋とも見えそうだった。その前まで来ると、弥平太の足はとまった。

「さあ、来たぞ」

弥平太は抱きかかえられている二人に告げた。

「おぬしたちの運命を見せてやる。自分のことだ。よく見ておくがよい」

老人は小屋の戸をあけろ、と命令した。一人の男、それは昨日の案内人なのだが、すすみ出て頑丈なつくりの戸に手をかけた。真っ暗な内部が口をあけた。

「さあ、見ろ」

背中を突かれたので、求馬と周蔵は戸口までよろけた。それから暗い内側を見つめた。

声が内から聞こえた。

「来たか。誰か来たか。もう食べものがないぞ。持ってきたか。食うものを持ってきたか？」

正常な人間とは思えぬ、低いが異常な声であった。

求馬は眼を凝らした。内部の暗さに眼はしだいに慣れてきた。そこに動いているものがはっきり正体を見せた。

髪と髭《ひげ》を長くした一人の男が、ぐるぐる歩きまわっている。が、彼の円心運動は決して伸びようとはしない。腰に太い縄が結ばれ、その先は傍の太い柱にくくりつけられてあった。動物でも飼っているような繋《つな》ぎ方であった。

男は痩《や》せこけている。ぼろぼろの着衣のはだけた胸からは肋《あばら》の骨が骸骨《がいこつ》のように出ていた。

が、それよりも醜怪なのは、その容貌《ようぼう》である。両の眼は、それこそ髑髏《どくろ》を見るように、眼窩《がんか》が真っ黒な穴になっていた。求馬と周蔵は、思わず息をひいた。その醜悪さは、正視ができない。

眼窩を穴にした男は、手を宙に這わせていた。掻《か》くような手つきだ。腰の綱が、彼を柱から直接に引っぱっている。括《くく》られた狂人の動作であった。

「食べものを持ってきたか。食うものをくれ」

おろおろした声は獣の呻《うめ》きである。

「こいつは」

と、老人は後ろから説明者のような口吻《くちぶり》で言った。

「熊輪という土地の名前まで探って、あの匿《かく》し金山を見つけた男だ。だから、こうして、眼をえぐってある。秘密な場所を見たこれが罰なのだ。いっぺんには殺さぬ。こうして飼っておいてだんだんに——」

その声の終わらぬうちに、求馬《もとめ》は、

「兄上！」

と、動物のような捕虜に向かって叫んだ。

十

推理小説的な話のすすめ方をすれば、叙述の部分はこれでやめたほうがよいのである。なぜかという疑問に解決はいちおうついたからだ。ただ、この後の部分は、最近甲府の旧家Ｓ氏が自家出版された『甲府勤番聞書《ききがき》』の中の一項の原文を出すことにする。これは、同家に伝わったもので、天保《てんぽう》ごろのものであると、Ｓ氏は解説しておられる。

「両人、方《まさ》に抉眼《けつがん》の酷刑に遭わんとす」といった原文の記述を、改めて書くと、その文意はこうである。

——伊谷求馬と上村周蔵の二人は弥平太の一味によって、伊織と同じように眼をえぐられることになった。その場所は定まっていたらしく、そこへ移された。それも夜だ。松明《たいまつ》一本の炬《あかり》の下で処刑するという宗教めいたものだったらしい。処刑はそれが儀式の形式であるほど残酷で厳粛なのである。

まさに実行にかかろうとする時に、一人の女が来た。それが弥平太の妾《めかけ》である。松明を奪いとると、とつぜん雪の中にほうって消した。両人《ふたり》を逃がしたいためであった。弥平太は怒って、女を詰問し、暗黒の中で女を打擲《ちようちやく》した。その仕方が残虐《ざんぎやく》だったので、女ははなはだしく悲鳴をあげた。その声は山中にこだました。

その声のためかどうか、たちまち豺《やまいぬ》の群をなして啼《な》くのが聞こえた。豺群はまさに彼らを襲撃しようとしていた。人々は恐惶《きようこう》して狼狽《ろうばい》した。彼らは一目散に逃げかえった。そのため伊谷求馬と上村周蔵の両名は、伊谷伊織を救って甲府に帰るを得た。

——だいたい、こういう記述で、「奇しき噂のままに書き誌し候」と末尾を結んでいる。なお、その後、注として「熊輪といえる金山のあと今は詳《つまびらか》ならず」としているから、この事件は天保よりずっと以前の出来事であったことがわかる。この稿は、すべて『甲府勤番聞書』に拠《よ》った。筆者は桑原某という人で、甲府在番衆の一人であったと思われる。

さて原文にはなぜ、弥平太の妾が伊谷求馬と上村周蔵の危難を救ったかという理由は書かれていない。しかし本文の前半には、彼女のことを、「すこぶる艶姿《えんし》あり、もと甲府の遊女なりという」とある一行と、老人の弥平太が妾を打擲する状《さま》が〝残虐〟だったという一句に手がかりを求めて解釈ができるのである。これも、ある推理と言えるであろう。老人の肉体上の欠乏による若い女の不均衡な乾きが、健康な求馬に半夜の挑みをしたという空想は、あながち離れた虚構にはなるまい。残虐の二字に老人の嫉妬さえ匂うのである。

財は、明治初年までは、甲府の山奥にはかなり多く棲息《せいそく》していたという。

甲府勤番はとにかく大変な役目であった。不行跡の小旗本に対する懲戒処分で、一種の貶流《へんる》である。江戸と甲府の間に横たわる山脈《やまなみ》が、そのまま孤島の荒波にも彼らには見えたに違いない。

一生、日陰者の彼らは、江戸に戻れぬ絶望で、荒涼とした気持で生活を送った。金を得て、それを賄賂《わいろ》に江戸へ転役の運動をしようとする執念はわかるのである。熊輪という場所は不詳とあるが、昔、信玄時代に金が出たと伝えられる金山嶺については、『甲斐国志』には「湯ノ奥村ヨリ駿州《すんしゆう》井ノ頭村へ至ル界《さかい》ニアリ。山谿険悪ノ地ナリ。行程三里余ナルベシ。嶺ヲ下ラバ麓ト云フ村家アリ」とある。

ともあれ、この『聞書』を読みおわると、ついに一物も得ずに、雪の山路を疲労困《こん》憊《ぱい》してとぼとぼ降りていく三人の勤番の姿が眼に浮かぶのである。

流人騒ぎ

一

武州小金井村無宿の忠五郎が、賭場《とば》の出入りで人を傷害し、伊豆の八丈島に島流しになったのは、享和《きようわ》二年四月のことであった。

忠五郎は二十日あまり、伝馬町の牢舎《ろうしや》に入れられていたが、いよいよ島送りとなる前日に牢屋見回り与力に呼び出された。

「忠五郎か。明日、八丈島に発船となる。島に着いたら、随分と神妙に勤めるがよいぞ」

与力は諭すように言った。

「有難う存じます」

忠五郎は頭を下げた。面《おも》やつれはしているが、まだ二十二歳の若さであった。

「神妙にして居れば、やがて御赦免の機会《おり》もある。早ければ、二年くらいで江戸の土を踏む者もある。その方はまだ若いから、それを愉しみにおとなしく勤めるがよい」

「有難う存じます」

忠五郎は二度つづけて頭を地に下げた。

この与力のほかに、もう一人の役人が帳面を持って立ち会っていた。牢屋敷物書役で、書記の役目をしている。このとき、忠五郎の前に立ったのは、小柳惣十郎という男だった。面長で眉《まゆ》が濃く、女に紛うような白い顔だった。彼も、まだ若かった。

「武州小金井村百姓、当時無宿、忠五郎、二十二歳。横川伊織様お掛り。間違いないな」

小柳惣十郎は、手にもった遠島在牢者溜り人別帳を読み、確かめるように言った。

「へえ。左様でございます」

惣十郎は、忠五郎を視《み》た。二十二歳というと己れと同年である。そのことで、ちょっと興味を惹《ひ》いたに過ぎない。これから先、何年かを孤島で送る同年者の流人の顔を眺めた。頬骨がやや高くて、眼が鋭い。罪状を見ると、この者は所々にて博奕《ばくえき》いたし、口論の果て、相手を刺し手疵《てきず》を負わせたとある。いかにもそのようなことをしそうな陰気な顔をしている。年齢よりは二つは老けて見えるようだ。惣十郎は、同じ齢でありながら、いつもは三つは若く見えて女たちに騒がれている自分の容貌《ようぼう》に改めて満足した。

惣十郎が、忠五郎をちらりと見た興味はそれだけである。相手のこれから先の苦労な生活など、心に塵《ちり》ほども泛《う》かばない。それは職業上で慣れ切っている。磔刑場《はりつけば》に送るため、牢屋から引き出した罪人の顔を直視しても、通行人を見るように何の感情も湧《わ》かないのだ。

「身寄りの者からは、届物は来て居らぬぞ」

惣十郎は、別な帳面を見て言った。

「へえ」

忠五郎は、うなだれるように頭をさげた。

遠島送りの者には、親戚《しんせき》や宿元などの縁者から届物が出来るようになっている。一人につき、米なら二十俵まで、麦は五俵まで、銭は二十貫まで、そのほか、雨傘、木履《ぼくり》、煙管《きせる》の類の差し入れを許した。米の届けの多いのは、島に行くと自活しなければならないので、そのためである。江戸からの島送りは、伊豆七島でも、寛政頃から新島、三宅島、八丈島の三つに限られるようになった。三島とも耕地が尠《すく》なく、食糧が少なかった。

しかし、届物が有るのは普通の罪人で、親類や身内に見放された無宿者には殆《ほとん》ど何も無かった。そんなことは役人も慣れているので、格別に同情を起こすということもない。

「届物が無いから、お上よりお手当て物を下される。有難く頂戴《ちょうだい》しろ」

惣十郎は言った。

「へい」

忠五郎が貰《もら》ったのは、金子《きんす》二分、赤椀《わん》、用紙半紙二帖《じょう》、それに船酔いの丸薬などである。これだけが当座の官給品で、島に上陸した以後の生活は保証しない。

「よし、それでは牢に戻るように。今晩はゆっくりと睡《ねむ》っておけ」

と与力は言った。忠五郎は最後のお辞儀をして遠島部屋に引き退った。牢屋敷物書役小柳惣十郎と、遠島者小金井無宿の忠五郎との短い接触は、ただ瞬時のこのときだけであった。

伊豆三島への遠島出帆は、春秋年二回と決まっていた。秋は九月中旬までで、これは波荒い海上の都合のためである。

忠五郎が青細引のかかった駕に乗せられて霊岸島に護送されたのは、四月二十日であった。外には初夏の強い陽射《ひざ》しがある。空には眩い光が膨らんでいた。

霊岸島には、御船手当番所があり、役人が流罪人《るざいにん》の人別改めをやった。ここで牢屋奉行石出帯刀《たてわき》の支配を離れ、伊豆韮山《にらやま》代官江川太郎左衛門の宰領となるのである。

忠五郎が乗った船には、十四五人の遠島人同囚がいた。いわゆる無宿者でない町方、在方の罪人もいたが、半数は無宿人であった。上州無宿の伝四郎、信州無宿の丑松、甲州無宿の藤五郎、下総無宿の軍蔵、千住村無宿の栄造、越後無宿の宇之助、相州無宿の源八、肥州無宿の佐吉それに変わったところでは女犯《にょぼん》で追放された下谷高源寺の役僧覚明が居た。

風一つ無いおだやかな日和《ひより》である。一行を乗せた流人船は、陽が高くなりかかった巳の刻には岸を離れた。

岸には、今日の出帆を聞いて、流人の身寄りの者が見送りにひしめいている。女房も、子供も、老人もいた。肉親の者は、再会を期し難い訣《わか》れに狂ったように泣いている。彼らは船が見えなくなるまで爪立《つまだ》ちして手を振った。腰縄をかけられた流人たちも舷《ふなべり》を摑《つか》んで泪《なみだ》を流し、眼を腫《は》らして嗚咽《おえつ》した。

見送り人の無い無宿人たちも、声を呑《の》んで茫乎《ぼうこ》としていた。念仏を誦《ず》しているのは、破戒僧の覚明だった。ただ、護送の三人の役人だけは、にやにや笑って見ていた。

「いやな図だな」

と忠五郎の耳に嗄れた呟《つぶや》きが聴こえた。横に居るのは、人足寄場を脱走して捕えられた下総無宿の軍蔵で、四十二歳の最年長者だった。

「こうなると、なまじっか身内の無えおれ達は気楽だな」

彼は忠五郎と眼が合ったので低い声で話しかけた。

忠五郎がうなずく前に、彼の前に坐《すわ》っている男が軍蔵の方に振り向いた。

「ふん、身内が無えと？」

尖々《とげとげ》しい眼をしたのは千住村無宿の栄造という男である。

「何を言やがる。てめえなんぞと一しょにされて堪《たま》るけえ。おらあ縄張りに二百人くれえの子分があるんだ。これからのこともあるから言っとくがな。あんまり安く踏んでくれると困るぜ」

栄造は頸《くび》を捻《ね》じ曲げて毒づいた。

二

船は品川沖に出て風待ちし、相州浦賀の沖に停まった。ここで番所の改めをもう一度うける。この船が停まっている間、ほかの漁船は一切近づくことが出来ない。「七十五尋《ひろ》触れかかり」といった。

浦賀番所の改めが済むと、船は南に向かって永い航海に就いた。

本土の伊豆、相模、駿河の山々が海の向こうに消える頃には、誰の胸にも死地に赴くような切迫感がこみ上げてきた。実際、生きて還れるかどうか、誰にも分からないのだ。

船中の者は、いずれも打ち萎《しお》れている。ぐったりとなっているのは、ただ船暈《ふなよ》いのみではない。見る限り、蒼《あお》い海原と、雲の流れのひろがりだけの視界が、彼らの胸中のすべてでもある。これから先の不安と絶望とが一同の上に襲いかかっていた。

二百人の子分があるという栄造だけは、はじめの二日は割合元気であった。彼はいかつい眼を殊更《ことさら》に光らせて、蒼い顔をしている一同を睨《ね》め回した。

「意気地のねえ野郎ばかりだな」

栄造は、あたりに聞こえよがしにそんなことを言った。実際、それまでの彼は強そうに見えた。

船は三日目から揺れ出した。空を黒い雲が川のように奔《はし》り始めると、ひどい風と強い雨とが襲来した。船子は、船内の浸水の水搔《か》き出しに懸命だった。恐ろしい海の唸《うな》りの中に、船は今にもばらばらに崩れそうだった。

「万一の場合があるから、今のうちに申しきかせる」

と役人の水手同心はよろけながら立ち上がって大きな声を出した。

「難破して、お前たちが何処《どこ》かに泳ぎついて助かっても、逃げるじゃないぞ。逃げたら、破牢と同じに獄門だ。神妙に上陸《あが》った所で待っていろ。その次の船で島に連れて行く。やい、よう聞け。お前たちはこの船が難破したら天の助けと思って喜んでいるかも知れねえが、お前たちの息のある間は、どうしても島に送り込まれるのだ。観念するがいい。不埒《ふらち》な心得違いを起こさねえうちに、今のうちに言い渡しておく」

声は風と波の音に時々消された。死んだような流人たちだが、その耳には声が腹の底まで徹った。彼らは、たとえ生命が助かっても、腰についた縄は、所詮《しょせん》、島に手繰《たぐ》られる運命を自覚せねばならなかった。

覚明は舟板にしがみついて経文を高らかに唱えていた。

「和尚《おしょう》」

と細い声で言ったのは、今まで親分の貫禄を見せていた栄造であった。彼は、苦悶《くもん》しながら腹這《ば》っていた。

「おめえ、まさか今のうちから葬えのお経を上げているんじゃあるめえな」

「なあに、海に抛り出されても、無事に命があるように祈っているのだ」

覚明は、経文をやめて答えた。

「こうみえても、わしの読経《どきょう》は娑婆《しゃば》では効験《あらたか》だと評判をとっていたからな」

「じょ、冗談じゃねえ」

と栄造はあわてたように言った。

「海に投げ出されて堪るけえ。おら、金槌《かなづち》で泳げねえのだ。頼むから船が沈まねえようにお祈りしてくれ。和尚、頼みます」

栄造は手を合わせた。彼は真っ蒼な顔に、脂汗《あぶらあせ》を掻いていた。それきり、手下二百人の親分は皆の前から男を下げた。

船は沈みもせず、暴風雨を切り抜けて三宅島に着いた。ここで長い期間、船待ちして八丈島に送られる。彼らが目的の島に到着したのは六月の半ばで、江戸を出てから六十日近くもかかっていた。

島に一同がぞろぞろと上がると、陽に灼けて黒い顔をした島人たちが、物見高に集まって、新しい流人たちを見物していた。

どういうものか、渚《なぎさ》の石浜には、新しい草履が無数にならべられてあった。

「やい、その草履を早く突っかけろ」

と役人が呶鳴《どな》った。

「突っかけたら、草履の裏を返して見るのだ。そこに名前が書いてある。それがてめえの身体《からだ》を預かる庄屋どのだ。分かったか。早くしろ」

流人たちは怯《おび》えたように草履を見ていたが、やがて一人が恐る恐る一足の上に足をのせると、誘われたように一同は草履をはいた。忠五郎が己れの足から草履をとって裏返すと、「源えもん」という字が読めた。

庄屋の源右衛門は六十ばかりの老人だったが、焼け杭のように背が高くて色が黒かった。この庄屋の下についたのは、忠五郎のほか、信州無宿の丑松、肥州無宿の佐吉、千住無宿の栄造、それに高源寺の覚明がいた。

何という名か知らないが、島の西北に富士山のような格好をした山が見える。海岸は黒い岩ばかりであった。行きずりに会う女は、長い髪を垂らし、頭に水桶《みずおけ》をのせて歩いていた。

三町も歩くと、先頭に立っていた庄屋の源右衛門は一同を振り向いた。

「おい、みんな聞け。あれがおれの支配している村だ」

庄屋が指さしたところを見ると、なるほど一かたまりの部落がある。どの家からも島人がとび出して一行を眺めていた。格別珍しいものを見ているという眼ではなく、厄介な奴が来たという顔つきをしていた。

「この村が、お前たちの住まいの土地だ。滅多にこの村から離れることは出来ねえ。勝手によその村に行くことは法度《はっと》だ。いいな。そうだ、この中に医者と大工は居ねえか」

居ないと分かると、源右衛門は忌々《いまいま》しそうに舌打ちした。

「みんな能無し野郎か。なるほど無宿者ばかりじゃ手職があるめえ。畑を打つことも、魚を獲《と》ることも知るめえ。だが、時には村の手伝いをして皆から可愛《かわい》がられるのだ。そうすりゃ、お飯《まんま》の一杯《いっぺい》や二杯は赤椀に恵んでもらえる。いいな。決して盗みや狼藉《ろうぜき》を働くでねえぞ。庄屋はいつでもお上から鉄砲の三十梃《ちょう》や五十梃は預かっているのだ。不届者はいつでも打ち殺していいことになっているのだ」

「もし、お庄屋さんえ」

と進み出たのは、栄造だった。

「それじゃ、あっし達は、お上から何も食べ物は頂けねえので？」

「当たり前なことを言やがる」

と老人の庄屋はあざ笑った。

「この島じゃ、村の者でさえ食い物に不足している。おめえたちを養う米が頂けたらこっちが欲しいくれえだ」

「それじゃ、どうして――」

「食う算段か、そいつは、おめえたちの古顔に訊《き》いてみろ。この先、西へ一町半ばかり行けば洞穴《ほらあな》や掘立小屋があらあ。飢え死から逃れた奴《やつ》ばかりが巣をつくっている筈《はず》だからな」

三

享和二年四月に八丈島に流された小金井村無宿の忠五郎は、それからまる七年間、島に留め置かれた。

島での生活は悲惨であった。

まず、住居は別に設備があるわけではなかった。島人の住む村はずれの空地に草でふいた掘立小屋を造るか、崖《がけ》の洞窟《どうくつ》にひそむかするよりほかに仕方がない。これは橋の下の乞食《こじき》よりも、まだ哀れであった。

「なあに、今に慣れてくるよ。おれもはじめこの島に来た時は、おめえと同じようにびっくりしたものだがな。こう見えても、おらあ江戸では贅沢《ぜいたく》した人間だぜ。小梅には寮までもっていたからな。柳橋のきれいどころを十日間も揚げて流連《いつづけ》したこともある男だ。その人間がよ、今じゃこうして穴住まいが結構気にならないのさ」

五年前に流されて来たという流人が、髭《ひげ》だらけの顔を笑わせて忠五郎に言ったものだった。

その男は、忠五郎が着くと、一年ばかりで赦免に遇って江戸に還って行った。その住居のあとを忠五郎が今では貰っている。彼もあとから島に来る流人に同じ台詞《せりふ》を言うようになった。

食べ物が無いのが一番の苦痛であった。

忠五郎は子供の時から百姓の経験があるから、畑仕事を手伝って、島人から飯や芋の報酬をもらっていた。それも向こうさまの思し召し次第である。気に入れば余計にくれるが、気に入らぬと空き腹をかかえねばならない。島は米が尠《すく》なく、主食は芋であった。

一ン日中、こき使われた上、

「ほらよ」

と二個か三個の芋を投げられても、

「有難うございます」

とお辞儀せねばならなかった。腹を立てたら、あとの手伝いを断わられるからだ。

着物は着たきりで、和布《わかめ》のようにぼろぼろになっていた。幸い、島は春から秋にかけてが長く、短い冬も暖かであった。見兼ねた島人が、一年に一度か二度は古着をくれた。

酒は無論、一滴もありつけなかった。

「おらあ、娑婆じゃ勿体《もったい》ねえようなうめえ酒を浴びるほど呑んだもんだ。今度、江戸に帰ったら、酒の風呂《ふろ》を湧《わ》かして溺《おぼ》れるほど暴れ呑みをしてやるんだ」

二百人の子分がいると威張っていた千住の栄造が、からからの唇を舌で舐《な》めて言ったものだった。が、その栄造も、島について三年目に患《わずら》いついて死んだ。

「大きな口を叩《たた》いていたが、可愛《かわ》い奴だったな」

と、流人墓に埋葬して読経《どきよう》してやった女犯僧の覚明が首を振って言った。

「可哀想《かわいそう》に、酒湯は愚か、湯灌《ゆかん》も出来ねえで土になりやがった」

流人が死んだ時は、皆が一しょに穴を掘って埋めた。目印は石ころを土の上に立てておくだけである。そういう石ころが無数にならんでいる。陽当たりの悪い山の陰であった。

手を合わせる一同の眼には泪《なみだ》が滲み出ている。今日は人の身、明日はわが身かも分からないのだ。

「江戸の土も踏まねえで、こんなところで死んで堪《たま》るけえ!」

彼らより三年古い流人が死んだとき、思わず狂ったように叫んだのは信州無宿の丑《うし》松《まつ》であった。丑松は、江戸に好いた女もいて、江戸にかえることを執念にしていた。

無論、それは丑松だけではなかった。この島を出る願望を、誰も片刻も忘れた者は無かった。夕どきになって、海が凪《な》ぎ、遠くに茫漠《ぼうばく》とした靄《もや》が立つと、誰もが溜《た》め息をついて江戸の方角を眺めた。赤紫の靄の中に、江戸の町なみや故郷の山が塗り籠《こ》められていた。

いつ、この島から出られるか。これだけに流人たちは生の希望も絶望も賭《か》けていた。赦免は、大体、将軍家の慶事や仏事を機会にして行なわれることが多い。しかし、江戸から海上で隔絶せられたこの島には、いかなる出来事も何一つ噂《うわさ》に聞こえて来ないのだ。赦免の迎え船は突如として現われるのである。前触れというものが無かった。流人たちは、毎日々々、飽くことなく海上を見詰めるのだった。数年も待たねばならぬ絶望感もある代わり、半刻後には幸運が訪れて来るかも分からぬ望みもある訳である。

然《しか》し、赦免の迎え船が来たときくらい、この世の幸福と絶望とを露骨に分けて見せるものはなかった。解放される者は、足が地につかぬくらい雀躍《こおど》りして喜ぶ。早いもので三年、永いものは六七年めに帰されるのだ。役人に名前を呼ばれて、呆然《ぼうぜん》とまだ信じられぬ面持で居る者もあった。

地獄に陥るのは、その名前に洩《も》れて残された連中だった。それも、島に来てから日の浅い者は、はじめから諦《あきら》めているから、まだ始末がいいが、どうにも諦め切れないのは、古い流人共だった。彼らは、もしや役人の読み落としではないかと、何度も頼んで自分の名前を捜させた。いよいよ無いと分かると、地を匍って泣き伏した。

船が出帆するときが、またこの世の修羅場であった。残された者は岩の上に伸び上がり、船を追って泣き喚《わめ》いた。しかし、彼らがどんなに喚こうが、船との距離は関りなく正確に遠退かって行った。船が、海の上の黒い一点となるまで、いや、それが全く視界から消え失せて了《しま》うまで、流人どもの叫喚は少しくも低くはならなかった。そのあと、五六日間は誰もが咽喉に食べ物が通らない。落胆のあまり病気で倒れる者も出た。

島抜けとも、舟抜けとも言う、島からの逃亡者は年に何回か必ずあった。しかし、それで成功した試しはあまり無い。海に逃げても、途中で追手の船で捕えられるか、荒波に顚覆《てんぷく》して溺死《できし》した。伊豆の海岸に辿《たど》りついたのは、よほど運の強い少数であった。

忠五郎は八年間、島で辛抱した。彼と一緒の船で島に来た流人は、各部落に配属されたが、その半数以上は赦免に遇って島を出た。死亡者があるから、残っているのは、彼を入れて僅《わず》かしかない。

「忠五郎よ。そうあせることはねえ。おめえの罪は軽い方だから、いまにお迎えの船がやって来らあな。あまり、くよくよするな。気に病んで死んでも詰まるめえ。気永に待っていろ」

と親切に言ってくれた庄屋の源右衛門は六十何歳かで彼より先に死んだ。あとは息子がついだが、これは親父ほど忠五郎に眼をかけてくれなかった。

忠五郎は、七年待ったが、何の音沙汰《おとさた》も無い。彼より後から来て、先に赦免になって帰ってゆく者が次第に多くなったから、忠五郎も不安と焦燥《しょうそう》に駆られるようになった。賭場《とば》の争いで、手疵《てきず》を負わせたくらいの罪で、そんなに永く留め置かれるものであろうか。殊に、その年文化六年の四月には、大量の赦免人が出て、それにも洩れたから、忠五郎はいよいよ不安を深めた。

が、当人は知らないが、実は、彼はそのとき赦免される筈であったのだ。

それが出来なかったのは、江戸牢屋敷物書役小柳惣十郎の思いもよらぬ迂闊《うかつ》な行為からだった。

そのため、忠五郎の名は、永久に赦免人の帳面から抹消された――。

四

武州小金井村無宿の忠五郎が、賭場の喧嘩《けんか》で人を傷つけ、伊豆八丈島に遠島になったのは享和《きょうわ》二年四月であった。それから七年経《た》って文化六年の春、幕府は将軍家に仏事のことがあって、遠島人に大赦を行なった。

流罪人は、新島、三宅島、八丈島の三島に配流《はいる》せられている。永いのは十五年、二十年という者がいる。赦免にならぬまま、島で果てた者が多い。

文化六年四月には、将軍家亡母の三年忌が芝増上寺に行なわれることがあり、将軍家及び御台所《みだいどころ》の代参が立つ。これを契機に、流人で在島久しき者は宥免《ゆうめん》しようというのであった。

流罪人の名簿は、江戸牢《ろう》屋敷に保管されてあった。罪人と出生地、年齢、罪状、係りの役人の名が記入してある。遠島者には刑期が無かった。呼び返しがなかったら、一生を島で終わるのだ。赦免は在島の年数と、罪状の軽重とを勘考して指名される。しかし、役人のやり方は、それほど厳密ではなかった。

牢屋敷物書役小柳惣十郎は、先刻から仕事に倦いていた。春のいい日和《ひより》である。この小部屋に射《さ》し込んだ陽が、まるめた背を温《ぬく》めて睡気《ねむけ》がさしそうである。時折り、吹いてくる風も生あたたかい。桜はとうに散り果て、町には金魚売りの触れ声でも聞こえそうな陽気である。

惣十郎の倦怠《けんたい》は、この懶い天気の故《せい》ばかりではない。彼は続けている事務にうんざりしていた。眼の前には帳面が拡《ひろ》げてある。帳面には文字がぎっしり書き込んである。「何国何郡何村百姓当時無宿、何某、何歳、右は博奕致し候上、何某を打擲致し候罪科にて何某殿お掛りにて被取調《とりしらべられ》候処、何島に遠島被申付《もうしつけらる》。」こういった文句が年号月日順にずらりとならべてある。惣十郎の仕事というのは、これを古い順と、比較的軽い罪科の者とを拾い上げ、別の書面に書き写すことであった。今度、将軍家の仏事が行なわれるについて、大赦があり、遠島の流罪人が呼び戻される。その候補人名を奉行に差し出すのだ。裁決は奉行がするから、彼はその下撰りをするのである。

彼はそれを朝からはじめているのであるが、これくらい単調な仕事はないと思っていた。帳面についている人名は、彼とはまるきり縁も由縁《ゆかり》も無い人間ばかりである。少しも興味は無かった。何兵衛《べえ》、何助、何右衛門《えもん》と朝から他人の名前を随分書いてきたが、一向に仕事は終わりそうにない。埃《ほこり》にまみれた部厚い帳面は、彼の机の脇《わき》にまだ堆《うずたか》く積まれてあった。

朝から筆を握っているので、軸だこの出来た彼の指も少々痛くなった。時には茶をのんだり、小用に立つ振りをして廊下で背伸びしたりするが、それがかえって災いして仕事にとりかかるのが大儀になってくる。いよいよ気乗りがしなくなって、筆の運びは遅くなった。

彼は口の中で生あくびを殺しながら、懶怠に筆を動かしていた。睡気がさして仕方がない。後頭部から眠りが拡がってくる。それと闘っているから、泪が滲み出そうである。

眠いのは、昨夜、夜ふかしをしたためだ。近ごろ彼は両国あたりの茶屋女に好きなのが出来て、毎晩のようにそこに通っている。以前から女には騒がれているので顔には自信があった。ところが今度の女は、こっちの方が参っているので、かなり熱を上げている。

惣十郎は十八歳の時に物書役見習として上がり、もう十年ばかりこの役所に坐《すわ》ってきていた。はじめは新鮮だったこの仕事も、今では慣れすぎて当初の感激が無い。二十九歳《とし》という歳は、遊びを覚えると面白くて堪《たま》らないころである。仕事の方は、惰性で毎日を過ごしているようなものであった。

――陽が弱くなり、部屋の中が翳《かげ》ってきた。さきほど彼の背中をぬくめていた日向は遠ざかり、今では五間も離れた塀の上に白く溜っているだけになった。（もう八ツ半ころかな）

惣十郎は肚《はら》で見積もった。すると、彼は急に身体《からだ》の中に元気が湧《わ》いてきた。退出の合図の振鈴が鳴るのは、あと一刻も無い。もうすぐこの退屈な仕事から脱れて、好きな女の所に解放されるかと思うと、気持が立ち直り、眼まで活々《いきいき》としてきた。

彼は机の上の帳面を見た。未整理の部厚いやつがまだ四五冊は残っている。それが眼に入った途端に憂鬱《ゆううつ》になった。上役には明日までには書面を差し出す約束になっている。

（これは居残りになるかな）

うんざりして、彼は帳面を眺めた。今日中には片づくものと思っていたのだが、能率を上げなかったばかりに、この結果になった。

居残りはしたくなかった。好きな女のところに一刻も早く行きたい。その女には、彼とは別に惚れた男が熱心に通っていた。その相手への意識があるから、彼は焦《じ》れている。この殺風景な部屋の、暗い燭台《しょくだい》の下で筆を運んでいる味気なさもさることながら、その間にも相手の男が女を口説いているのではないかと妄想すると、ひとりで気が立ってきて落ちつけなかった。

居残りはしたくない。

（何とか早く片づける方法はないか）

惣十郎は筆を運びながら考えた。昼間の睡気はけし飛び、眼つきが変わったように昂《たか》ぶっていた。

しかし、どんなに速くやっても、あと一刻までには到底おわりそうになかった。四五冊ぶんの帳面の何百人という何兵衛、何助、何右衛門が意地悪く前途に立ち塞《ふさ》がっていた。

（こいつらのために）

と惣十郎は忌々《いまいま》しそうに舌打ちをした。

（こいつらのために、おれの自由が縛られている。何という奴らだ。おれとは何の関《かか》係《わり》も無い奴らに）

彼は帳面を睨《にら》んだ。憎悪《ぞうお》が起こってきた。

（何の縁故も無い奴らに、おれが縛られる道理はない）

これは理屈だ、と彼は思った。そう考えたとき、ふと彼の脳裏に妙案が湧《わ》いた。天の啓示のようだった。

（飛ばせばいい）

これだ。帳面の名前をいい加減に飛ばして書くのである。そうすると時間は三分の一くらいに短縮出来る。まさに妙計だった。

判《わか》る筈がない。誰も、元帳と、彼の書き抜きとを照合する者は無いのだ。上役は彼の書いた書類だけに眼を通して裁決する。知っているのは、彼自身だけなのだ。

惣十郎は、早速、それを実行した。見違えるように速度が上がった。綴じた二枚ぶんから三四名くらい落とすのは平気だった。何しろ面白いように帳面を繰ることが出来る。

彼が飛ばしたため、落ちた名前の当人が、一生、赦免の機会を消されて了うことなど、少しも懸念《けねん》にならなかった。一生懸命なのは女に会うために居残りをしたくないことだけだった。

（なに、どうせ悪いことをして島送りになった奴らだ。構うことはない）

彼は心でうそぶいた。無論、落とした中に、七年前、八丈島に送った武州小金井村無宿の忠五郎の名があっても、その名前と顔に記憶があろう筈はなかった。——

五

そんなことがあって、また五年経った。文化も十一年になった。この十一年は、そのまま小金井無宿の忠五郎が八丈島に来てからの歳月でもある。

その間にも赦免は度々あった。江戸に帰る御用船を見送る度に忠五郎は苦痛を味わった。殊に堪らないのは、彼より新しく来て先に赦免される流人を見ることである。

江戸から通牒《つうちょう》をうけて、韮山代官の手付の役人が船で来て、赦免人の名前を呼び上げる毎に絶望を味わった。

「今度も無い！」

忠五郎は黒い穴に突き落とされるようだった。そんな筈《はず》はないのだ。彼より罪状がずっと重い者が帰されて行くのである。

「おめえなんざ科《とが》が軽い方だから、すぐに帰されるよ」

死んだ先代の庄屋の源右衛門が言っていたくらいだ。自分でもそう信じていたし、友だちも同じことを言った。

「忠五郎。おれよりおめえの方が先に江戸の土を踏むぜ」

そう言ってくれた人間が先に赦免の船に乗るのである。八丈島の海岸は、切り立ったような岩の断崖《だんがい》で、海に下りるには桟道《さんどう》のような径《みち》が刻み込んである。御用船は沖がかりで、そこまでは端舟《はしけ》で通う。忠五郎は何度その端舟にいそいそと乗り込む赦免人を送ったかしれない。

「おかしいな。おれの方が先に帰される筈はねえが。てっきり、おめえを見送るものと思っていたぜ」

友だちは気の毒げに言った。しかし、彼らのひとりでに笑いのこみ上がってくるような明るい顔色を見ると、忠五郎には、それがただ口さきだけの世辞としか思えず、かえって憎くなるのだ。彼の暗い表情を見ると、先に帰る幸運な男は、あわてて眼を逸《そ》らして口をつぐんだ。

おかしい。たしかに変だ。

もしや自分の名前が赦免状から書き洩らされているのではなかろうか。江戸の役所の何かの事務の手違いで、名前が脱漏したのではあるまいか。これはその都度、忠五郎の胸に起こった疑問であった。

「名前が洩れていると?」

二代目の庄屋の源右衛門は、眼を光らせて忠五郎をじろりと見た。まだ三十前の若さで、死んだ親父とは違い、流人の待遇には冷たい男である。

「何を言やがる。お上のなさることに塵ほどの間違えは無え。偉いお役人衆が多勢いなさってお調べになっているんだ。お天道さまが東から上って西に沈むより確かなもんだ。おめえの赦免が遅れているんじゃねえ。お上には、ちゃんと理由《わけ》があってなすってることだ。てめえの浅い知恵で、余計な気の回し方をするんじゃねえ」

源右衛門は自分の威厳まで傷つけられたように叱った。

忠五郎は返す言葉がない。言われてみるとなるほど、その通りに思える。お上のすることに間違いはない！　鉄壁だった。爪《つめ》も立たない。高々と回した白い厚い塀と、寺のように大きい奉行所の屋根が彼の眼に泛《う》かんだ。いかめしい役人が無数にそこに居て、面倒な書類を机上にひろげて端然と調べている。——すると忠五郎には、役人の頭脳が自分の及びもつかぬくらいに高級な精緻さで組み立てられているようにみえ、その組織の中では、どのような誤謬《ごびゅう》も絶対に無いように思えてきた。

お上のなさることに間違いはない。

忠五郎は、この理屈を何度も繰り返して己れの胸にきかせた。然《しか》し納得させようとする底から、まるで地下水のように絶えず不安が湧き出て押しのけるのだ。

だが、こんなに永く島に留め置かれる筈はない。筈はない、筈はない。——不安はうたうように呟いている。それは眼に見えぬ不合理に泡のように押し上げられてくるようだ。

十一年前、忠五郎と一しょの船でこの島に来た者のうち、千住の栄造、上州の伝四郎、相州の源八、甲州の藤五郎は島で果て、肥前の佐吉と越後の宇之助とは赦免になって江戸に帰った。残っているのは、信州の丑松《うしまつ》、下総の軍蔵、それに下谷高源寺の役僧だった覚明だけとなった。

丑松は押し込み、軍蔵は佃の溜抜《たまりぬ》けで、忠五郎より重科である。覚明は女犯で最も重罪であった。

覚明は、自分でもそれを承知していて、

「わしは江戸には帰れぬ。この島の土になるのだ」

と悟り切っている。尤も、彼は今では三根村の小さな寺に入り込み、機織《はたお》り女と一緒になって、結構満足しているようだった。この女は、てごと言う名で、よく働くし、色も白く、つぶらな黒い瞳《め》をもっていた。

「てごのような女は吉原にも居ねえ。わしが江戸で間違えを起こした女にくらべると吉祥天みてえに佳い女だ」

と目《め》尻《じり》に皺《しわ》をよせて、口もとを緩めていた。

島での流人の生活は、「いづれも島人のなさけをうけ、百姓の助力をもつて、露命相続するかなしき世渡り」（八丈寝《ね》覚草《ざめぐさ》）であるが、ただ一つの慰めは、女房同様の女をもつのを黙認されていることだった。その女を水汲《みずくみ》女といった。島は溶岩帯で水に乏しい。雨は多いが、清水は遠くの川まで汲みに行かねばならなかった。それが若い女たちの仕事であった。

この島は女が多かった。よく働くし、男を大事にする。江戸を発つときは、色の真黒い猿のような女を想像したのだが、来てみて案に相違した。皮膚は白く、黒い艶《つや》やかな髪は背を流れて裾《すそ》に届くまでに長い。いずれも目鼻が整って、上品な容貌《かおだち》をしていた。

「島の女子《めらしべ》は、遠い昔に流されておじゃった、やんごとないお方の血をひいているでな」

と島の男は自慢した。その自慢に肯くだけの佳い顔を女たちはもっていた。

「おれの女は、吉原の角店に出してもお職が張れるぜ」

と信州の丑松などは眼を細めている。

忠五郎にも、くすという水汲女がいた。十九だが、身体が弾けるように生育していた。切れ長な瞳と、細く通った鼻すじと、いつも濡《ぬ》れたような赤い唇とがあった。この女と仲よくなって二年経《た》つが、女は忠五郎に粘りつくように親切である。眼は熱があるように潤《うる》み、肌は男により添うとき、いつも燃えていた。

忠五郎もくすを好いていた。しかし、女と江戸に戻りたいという帰心とは別だった。この女とは島に居る間だけのことだと思っている。

女は、忠五郎がいつまでも島に残っていることを望んだ。別れる時のことを思うと悲しいと女は口説きながら泪《なみだ》ぐんだ。忠五郎は、そのたびに逆らいもせず生返辞しているが、心の中では別なことを考えている。早く島を出て江戸に帰りたい。女の言葉は上《うわ》の空に聞こえるだけである。

くすにもそれが分かっているから、忠五郎が度々の放免に洩れて落胆するのを、喜んだり悲しんだりした。悲しむのは、忠五郎の心がこの島にとどまっていないのを嘆くのである。

くすと一しょになって二年の間、流人の抜け舟が三度あった。一つは、三人の男が闇《やみ》にまぎれて舟を出したが沖合で追い詰められて溺死《できし》し、うち一人は捕えられて斬罪となった。あとの二件は、舟が遠く沖に出たものの、激しい潮流に呑《の》まれて顛覆《てんぷく》した。潮流は南から北に帯のように伸びている黒潮で、その奔流が三宅島から新島や本土に近づくことを遮断している。島の漁師は、その潮の激流を黒瀬川と呼んで畏怖《いふ》している。

「あんた、抜け舟しても駄目ですよ。黒瀬川は乗り切れないからね」

くすは忠五郎の心を見透かして警告するように言い、さも、その障壁《かべ》に安心したように、きれいな声で唄《うた》った。

鳥も通わぬ八丈島を　越えよと越させぬ黒瀬川

六

放免にならぬのが不思議だ、帰されぬのはどこかに間違いがあるのではないか、という忠五郎の絶えることのない不安が現実となって的《あた》ったのは、その翌年の春、公儀の御用船が沖に姿を見せてからであった。

この御用船は、新しい流人を島に送り込みに来ると同時に、永い風待ちをして、放免人を収容して帰るのである。

放免状を携えてきた伊豆代官の手代は、大賀郷大里の部落にある仮屋に入って、その人名を地役人に伝える。地役人は庄屋が兼ねている。流人は、島内の大賀郷、三根村、末吉村、中之郷、樫立村の諸部落に預けられ、その庄屋の監視のもとに百姓や漁師の手伝いをして喰いつないでいた。手に職のある者は、大工をしたり、石工、屋根葺《ふ》き、木挽《こび》きなどになった。

画師も、彫り師もいて、仏像など造ったが、これらは百姓の手伝いなどより待遇がよかったとはいえ、島人の情にすがって生活することには変わりはなかった。

庄屋は赦免人の発表を伝えたが、これこそ流人たちの最大の関心事だった。みんな眼を光らせて、わが名前は呼ばれないかと聴き入った。

ない。

忠五郎はまたも突き放された。このごろは失望を味わうのが恐ろしさに、その名前の発表には心が慄《ふる》えるのだが、それでも、もしやという希望があって胸が躍るのだ。

それだけに、聴くのではなかったという後悔と、真っ黒い絶望に沈む。忠五郎は首をたれた。

「ご赦免になるのは、これだけだ」

庄屋の源右衛門は集まった人たちの前で、書類をたたみながら言った。

「ほかの者は次の御沙汰《さた》があるまで待って、おとなしくしていろ。それから」

と源右衛門はつづけた。

「ご赦免状の中には、武州千住村無宿の栄造、江戸馬喰町《ばくろうちょう》、小間物屋卯右衛門手代才七の名前があるが、この二人は死んだ男だ。生き運のなかった奴らだな」

忠五郎の耳が咎《とが》めたのは、源右衛門が無感動に言ったこの言葉である。死んだ者に赦免が来た。才七は十年前、栄造は六年前に島を襲った飢饉《ききん》のときに死んでいる。それが、今になって赦免状に名前が載るのだ！

お上のすることに間違いはない、と信じようとしても、これではいい加減なことだといいたい。やっぱり予想は当たった。おれの名前が帳面から洩れているのだ。忠五郎はうなだれた首を挙げた。

「お庄屋様に伺えます」

忠五郎は前に身体《からだ》をずらせて言った。

「なんだえ――」

源右衛門はじろりと視た。

「その二人は何年も前《めえ》に土になっている男ですが、お上のどんなご都合で今になってお赦しが出るんでございましょうか？」

「知らんな」

源右衛門はすぐに答えた。

「お上のなさることだ。何かの思し召しがあってのことだろうよ」

「けど、六年も十年も経ってお赦しが来るのは不思議です。もしや何かの手違いで、左様なことになったのではございませんか？　もし、お庄屋さま。あっしと一しょに来た奴《やっ》らは七年前にご赦免になって居ります。あっしの罪はそれより軽い筈です。それが今になってご赦免が無いというのは、若《も》しや、お上のお手違いで名前がどこぞで落ちているのではございませんか？　もう一度、お役人に申し上げてお調べ願いとう存じます」

「やい、忠五郎」

源右衛門は忠五郎を睨《にら》んだ。

「出過ぎたことを言うんじゃねえぞ。お上のお仕置きには、金輪際間違いは無え。おめえがご赦免にならねえのは、ちゃんとそれだけの理由があってのことだ。神妙にご仁慈を待っていろ」

忠五郎は黙っていられなかった。このままでいたら一生をここで送らねばならぬ。集まっているほかの流人たちの間にも、ざわめきが起こった。それは忠五郎の言うことに同感しているからだ。

「もし、お庄屋さま。お上に片手落ちがあろうとは存じませんが、何ぶん、お忙しいお役人のこと、つい、紛れて手違いもあろうかと存じます。死んでからご赦免状が参っても何にもなりませぬ。ご慈悲でございます、どうぞもう一度、お役人にお調べをお願いしてみて下さりませ」

「えい、煩《うる》せいな」

源右衛門は叱《しか》った。彼の声はあたりの動揺まで鎮《しず》めるように大きかった。

「やい、忠五郎、うぬはご赦免に洩れたので逆上《のぼ》せたらしいな。ご政道のことに口を出したりすると、ただじゃ済まねえぞ。お上のなされ方には間違いはねえのだ。この上、つべこべほざくと梏《ほだ》を鉗《は》めてやるから、そう思え」

源右衛門は憎々しそうに言った。手足に梏をはめて折檻《せっかん》するのは、地役人に許された懲罪だった。その拷問《ごうもん》に悶死《もんし》した罪人もある。忠五郎は口惜《くや》しそうに黙った。

庄屋の家を出ると、忠五郎の背を後から押す者がいる。振りむくと、それは下総無宿の軍蔵だった。

「忠五郎、ちょいとおめえに話がある。こっちへ来てくれ」

軍蔵は低声で言い、忠五郎の袖《そで》を引っ張った。道から外れた木立ちの中に二人は入った。足もとには羊歯《しだ》や竜舌蘭《らん》が伸びている。軍蔵はその陰に匿《かく》れるようにしゃがんだ。

「いいことを言ってくれたぜ、忠五郎」

と軍蔵は、尖《とが》った頬に笑いをひろげて忠五郎の肩を敲《たた》いた。

「いま、おめえが庄屋に言ったことよ。おれもおめえと同じことを考えていたのだ。どうも、おめえに赦免が来ねえのはおかしいと思っていたが、今日のご沙汰をきいて合点がいった。十年も前に死んだ者に今ごろ赦免がくるたアふざけた話だ。役人なんぞ呆《あき》れたもんだ。筆の先で何をやってるか分からねえ」

軍蔵は小さい声だが憤慨した。

「こっちは生命《いのち》がけだ。島の奴《やつ》らにご機嫌をとってよ、牛みてえに働いて芋で食いつないでいる。江戸の役人は出鱈目《でたらめ》な仕事をして、したい放題なことをやって遊んでいる。お陰でこっちは島で虫みてえに死んでゆく。役人はそんなことは知るめえ。いいや、親兄弟も知らねえのだ。こんな、べら棒な、理屈に合わねえ話はねえ」

「おめえの言う通りだ」

忠五郎はうなずいた。ここにも自分と同じ気持の男がいると思うと感動した。その顔色を軍蔵は、さし覗《のぞ》くように見た。

「いいや、おれだけじゃねえ。みんなも胸に同じことを思っているのだ。そこでな、忠五郎、おれはずっと前《めえ》から考えていることだが、こんな島で果てるより――」

と彼の声は一層低く、鋭くなった。

「いっそ、抜け舟をしようと思うのだ」

「なんだと？」

忠五郎は、びっくりして軍蔵の顔を見返した。

「何も、そう愕くことはねえ。おめえだってまだ若えし、これから花実が咲く身体だ。来ねえ赦免状を待って死ぬより、ここで思い切り度胸を出してみたらどうだ？」

軍蔵は煽《あお》るようにつづけた。

「この気持はおれだけじゃねえ。みんなが持っているのだ。いざとなりゃ二十人は集まるぜ。そこでよ、多勢で庄屋の家に押し入って、蔵から鉄砲を奪い、舟を出させて逃げるのだ。こっちは鉄砲を持っているから、役人が追いかけてきても平気だ。役人の方が尻ごみすらあ。こいつア成就《じょうじゅ》疑いなしよ」

忠五郎は胸が鳴り出したが、すぐには返事が出来なかった。それに軍蔵は詰め寄った。

「おめえが黙っているのは、心配しているのだな。無事に海が渡れるかどうかをよ。ほら、沖のあの黒瀬川だろう？」

軍蔵は海の方に顎《あご》をしゃくった。波に陽が明るく射《さ》していたが、雨が霧のように降っていた。それは、この島特有の降り方であった。

「ふ、ふ。おれは下総の浜生まれでな。あの黒瀬川の末が常陸や上総の沖を流れていることを知っている。あの潮《しお》流にうめえ具合に乗っかりさえすれば、帆は無くても、ひとりでに常陸の大洗あたりに着くんだ。舟のことならおれに任してくんな」

羊歯の根の間から、蜥蜴《とかげ》が光って匍って出た。

七

隠密の間に抜け舟の計画がすすめられた。主になってその企てをすすめたのは軍蔵である。彼は佃島の人足寄場を脱走した経験があるから、島抜けには自信があるのかもしれなかった。尤《もっと》も、寄場逃亡は失敗して八丈島送りとなった。重罪だから、彼の赦免こそ望みがなかったのである。

軍蔵は、その後も忠五郎のところへ夜こっそり忍んできた。忠五郎は手伝いの百姓家の牛小屋《まや》の脇《わき》に、また藁《わら》小屋を造って水汲女のくすと住んでいる。軍蔵は外に忠五郎を呼び出した。

「丑松に話したら奴は喜んでいたぜ。三根村の庄吉、伍兵衛《ごへえ》、六蔵、中之郷の満助、嘉吉も仲間になった」

軍蔵は報《し》らせた。

「これで、もう八人が出来た。末吉村の方には丑松《うしまつ》が話をすすめているから、まだまだ人数はふえる筈だ」

彼は息を弾ませている。その後も彼は度々報告にやってきた。

「末吉村では三人だ。樫立村では伍市が入った。おれが見込んだ通りだ。このぶんじゃ二十人にはなるぜ」

軍蔵は自慢した。もうことは半分は出来たようなものだと言った。

「大賀郷では新入りの二人がぜひ仲間にしてくれと頼みに来た」

「中之郷では三人ふえたぜ」

軍蔵は来るたびに人数の殖《ふ》え方を言った。暗い中を帰ってゆく彼の肩は一段と聳《そび》えているようにみえた。

くすは足音をしのばせて家の中に戻ってくる忠五郎に心配そうに訊《き》いた。

「軍蔵さんが近ごろよく来るようだね。何の用事で来るのかえ？」

「なに、別に大した用でもねえ」

忠五郎は要心して、覚《さと》られぬように答えた。

「埒《らち》もねえ話だ」

「そんなら上がって話して行けばいいじゃないか。いやだね、外でこそこそ内緒話のように話して帰ったりしてさ」

「あの男は、他人《ひと》の家に上がるのが嫌いなのだ。おめえが心配するような話じゃねえ」

忠五郎は相手にならなかった。いくら好いた女でも、これだけは話せなかった。所《しょ》詮《せん》はこの女との仲は、島に居るだけの間である。本土に帰る希望には替えられなかった。うっかり話して地役人に知られたら、帰れぬどころか首が飛ぶのだ。島抜けは獄門だった。

くすは切れ長な眼で忠五郎の顔を探るようにじっと見た。女の本能で何か分かるらしい。忠五郎は落ちつかなかった。

「おまえ、江戸に帰りたいのじゃあるまいね？」

くすは忠五郎の手にとりついた。

「何を言う。帰ろうたってご赦免にならねえのにどうするものか。おれは諦《あきら》めている。この島でおめえと仲よく暮らしてえ」

忠五郎はなだめるように言って女の背中を抱いた。可哀想《かわいそう》だが、知られてはならない。

「そんなら嬉しいが」

とくすは長い髪を揺すって忠五郎の胸に顔をうずめた。

「あたしゃ何だか軍蔵さんが度々来るのが心配になって、おまえが逃げそうな気がする」

忠五郎は、ぎょっとなった。

「な、なにを馬鹿《ばか》なことを言う。おれはおめえといつまでもこうして居てえのだ」

彼は今度は両手でくすの身体を抱きよせた。女の重みを締めつけながら、これはもう猶予《ゆうよ》が出来ないと思った。

軍蔵が次にやって来たとき、忠五郎はこのことを話した。話しながら彼は興奮した。

「そいつアいけねえ」

軍蔵は暗い中で顔を顰《しか》めて首を傾けた。

「八丈島の女は情が深すぎていけねえ。ほかの者にも、女には話しちゃならねえと強《きつ》く言ってあるが、なるほど、こりゃ油断がならねえな」

彼は忠五郎に顔を寄せた。

「よし。早いとこやって了おう。愚図々々しちゃいられねえ。ついては、おめえに頼みがある」

「何だ」

「坊主《ぼうず》の覚明だ。あいつにはまだ話してねえ」

「なんだ、覚明はまだだったのかえ？」

「うむ、どうもあの生臭坊主は女に惚《ほ》れて、この島が極楽浄土だと往生しているらしい。それでつい、話しにくかったが、考えてみると今度の一件にはあの坊主を一枚乗せなけりゃならねえ」

軍蔵はその理由を説明した。計画を実行するには一度は皆が寄り合って相談せねばならぬ。しかし滅多な場所に集合しては地役人の眼につくから、その場所を覚明の寺にしようというのである。死んだ流人の供養《くよう》ということにして集まれば人目は胡魔化《ごまか》せると彼は言った。

「そいつはいい知恵だ」

忠五郎は賛成した。

「そうだろう？　その坊主に説教するのは、おれより仲のいいおまえから言ってくれた方がいい。どうだえ、おめえ口説いてくれねえか？」

軍蔵は頼んだ。忠五郎はその役を引きうけた。

翌日、忠五郎は早速、寺に覚明を訪ねた。寺といっても名ばかりで、辻堂みたいなところに、この島ではボーエと呼んでいる住家がくっついているだけだった。寺は山の裾《すそ》にあって石垣《かぜくね》を回し、椎《しい》や椿《つばき》が蒼黒く繁《しげ》っている。その家の裏には機織《はた》りの音が聞こえていた。

「いやな話をもってきたな」

覚明は、赭ら顔を撫《な》で、太い眉《まゆ》をひそめた。

「不承知かえ？」

忠五郎は語気を詰めた。

「不承知というほどでもない。わしはこの儘《まま》でもよいと思っていた。てごに惚れているでな」

覚明は機織りをする裏の方へまるい顎を振った。てごが織っているのは蚕《かいこ》の糸で紡いだ黄八丈である。染料の黄汁はアシタバ草から採り、樺色《かばいろ》の染料はマタミの皮から採る。どちらもこの島に生えるものだった。

「だが、みんなの助けなら、わしも合力しよう。この耳で聴いた上は仕方がない」

覚明は、弾みの無い声で言った。

「有難えが、和尚《おしょう》。間違いねえだろうな？」

忠五郎は浮かぬ顔の覚明に不安を感じて念を押した。

「うむ。まあ心得たつもりだ。それよりも、忠五郎、ことはそれほどうまく運ぶかな？」

「軍蔵が采配《さいはい》を振ってやっている。大丈夫だと請け合っていいぜ」

「そうかな。わしはまだてごに未練があるでな。このまま置いてくれていいのだが。そうもならぬか。この首が急に寒くなった」

覚明は手で太い頸《くび》を押えた。

寺からは海が一眸《いちぼう》に見え、小島が一つそこに横たわっている以外、一物の遮りも無かった。富士山のかたちをしているので八丈富士とよばれている西山の頂上に雲がかかっていた。

八

それから五日ばかり経《た》った夜である。

大賀郷の庄屋源右衛門の家で年寄りどもの寄合いが行なわれた。一昨日、暴風雨があった。暴風雨はこの島では珍しくない。その度に多少の被害がある。寄合いはその復旧作業のため、割当て流人を使役してする賦役《ふえき》の相談であった。

こういう場合、一座の音頭をとるのは源右衛門であった。彼はいつものように、きびきびと議事を運んだ。その談合の決着がつくと、集まった四五人の年寄りどもはくつろいで茶を呑《の》んだり、煙草《たばこ》を喫《す》ったりした。

「昨夜、寺で流人どもが集まったようだが」

と一人の年寄りが煙管《きせる》をくわえて言った。

「なに、あれは死んだ流人の供養だ」

と別な一人が答えた。

「流人の命日に一々供養していた日には、毎日寄らねばなるまい。もうあんな集まりは止めさせたがよかろう」

源右衛門は言った。彼の眉には不機嫌なものがあった。

そのとき、あわただしく入ってきた者がある。中之郷の庄屋与兵衛という男で、彼はみなに挨拶《あいさつ》もせず、源右衛門の傍に寄って耳打ちした。

「なに。抜け舟を企《たくら》んでいると?」

源右衛門は思わず大きな声を出して与兵衛の顔を凝視した。傍で聞いた年寄りどもの顔色が変わった。

「それは確かか?」

「確かだ」

と与兵衛はうなずいた。

「昨夜、寺で供養があったのは、実はその謀反《むほん》の相談をやっていたのだ」

「訴人があったのだな?」

「あった。たった今、それを言ってきたので、こうして駆けつけて来たのだ」

与兵衛は、その訴人の名前を耳に吹き込んだ。源右衛門は眼を光らせた。

「うむ。その仲間には忠五郎が居るだろうな?」

源右衛門はすぐに訊いた。彼はこの間、忠五郎が不平顔で差し出口をきいたのを思い出したのである。与兵衛は、居る、と答えた。

「よし」

源右衛門は殺気立った顔で皆を見回した。

「不埒な奴《やつ》らだ。明日まで待ったら、どんな大事が起こるか知れん。今夜のうちに取り押えて引括《ひっくく》ろう」

流人が多勢で島抜けするために起こる暴動の恐ろしさは誰もが知っていた。一同は蒼《あお》い顔になっている。それを励ますように源右衛門は一々差図した。村人をすぐに狩り集めて一味を搦《から》め取ろうというのであった。年寄りどもは源右衛門の指示をうけて倉皇として散った。

源右衛門は、今夜のうちに召し捕ろうといったが、夜中のことで各村の庄屋との連絡が不充分なためそれは出来なかった。八丈島五カ村は道が険岨《けんそ》なので行き来にも難渋するのである。結局、手筈が整って中之郷、末吉、三根の三カ村の若者が総出で取り押えに向かうことになったのは、夜が明けてからであった。この三カ村は、三原山を三方から包囲する地勢にある。すべての采配《さいはい》は源右衛門が振った。

一隊は、先ず寺を襲ったが、覚明の姿は無かった。水汲女《みずくみ》のてごがおろおろして言うには、朝早く軍蔵のところへ出かけたという。そこで軍蔵の家に行くと、軍蔵は覚明と一しょに何処《どこ》かに出かけたと彼の水汲女が言った。

「さては、もう逃げたか。忠五郎のところへ行け」

と源右衛門は喚《わめ》いた。その忠五郎も家には居なかった。水汲女のくすが泣いてばかり居て行先をはっきり言わない。しかし、何処にも行くところは無いから、三原山に逃げ込んでいることは必定だった。どうした訳か、流人の方が事の露見を察知したらしい。

追手の一隊が樫立村まで来たとき、百姓が樋の口から流人どもが山に上ってゆくのを見かけたと報らせた。

「それ、山を囲むように進め。流人どもを見つけたら容赦はいらぬから鉄砲を撃ちかけろ」

源右衛門は命令した。

しかし、山をすすんだが流人の姿は一人も居ない。山には椎《しい》、黒松、椿《つばき》、榛《はん》が鬱蒼《うつそう》と繁《しげ》っている。それに妨げられて視野が利《き》かなかった。だが、安庭山の方へさしかかったとき、芋畑で芋を食った痕《あと》が残っていた。

「あいつらは朝めしも食わずに飛び出したのだ。その辺を捜してみろ」

みなが調べてみると、畑の隅に煙管が一本と庖丁が二梃《ちよう》投げ捨ててあった。この証跡をみて、流人一同が山に籠っていることに確信がついた。

源右衛門の下知で、海岸の方を捜索していた一隊も集め、大勢で喊声《かんせい》をあげて山奥へ向かって進んだ。すると、木の間がくれに四人の姿が逃げて行くのが見えた。

「撃て」

源右衛門の声で鉄砲が鳴った。逃げるのを追って近づくと四人は他愛《たわい》もなく断崖《だんがい》の谷底に転がり落ちた。そこで、回り道をして行ってみると、四人とも庖丁で喉笛《のどぶえ》を切って、うつ伏せになって死んでいた。それは三根村の庄吉、伍兵衛ほか二人であった。

そのうち雨が降ってきたので、追手の総勢は一先ず麓《ふもと》に戻った。すると木挽《こび》きがあわててやって来て、山の小屋で流人が一人首を吊《つ》って死んでいるという。午すぎになると雨も上がったので、追手はまた山に上り、木挽小屋に検分に行くと、梁《はり》にぶら下がって眼をむいて死んでいるのは中之郷の流人嘉吉であった。

樫立村の流人伍市は、山から下りてわが家の近くまで行った。これは水汲女に生ませたわが子の顔が見たくなったからである。しかし、警固が厳重なので諦めたか、流人の墓場に行って咽喉を突いて死んだ。

中之郷の満助とほか二人も伍市にならって墓場で咽喉を切ったが、死に切れずに苦《く》悶《もん》しているところを追手に見つけられて取り押えられた。満助は虫の息で、口も利《き》けなかった。

これに勢いを得た追手は、捜索線をひろげて調べているうちに、海岸をふらふらになって歩いている四人の流人を捕えた。彼らはわけもなく自分から仆《たお》れるように捕まった。

そのなかの一人、三根村の六蔵の白状によると、はじめの計画はこうである。総勢二十人で庄屋の家に押し入り、刀や鉄砲を奪い、五カ村を暴れ回って人数をふやし、鉄砲でおどして船を出させ島抜けする手順であった。不承知の者はすぐに斬《き》り捨てると申し合わせた。

「一味の張本人は誰か?」

源右衛門は訊問《じんもん》した。

「軍蔵でございます」

六蔵は答えた。源右衛門はそれを聞いてうなずいた。

「軍蔵と、忠五郎と覚明と丑松《うしまつ》の行方がまだ分からぬ。何処へ逃げたか知らぬか?」

「三原山を山越えして今根ケ鼻方角へ向かっているのは見ましたが、てまえはそこで別れたので、それから先は分かりませぬ」

六蔵は言った。この六蔵はあとで榾《ほだ》にかけられて狂い死にした。

源右衛門は改めて追手をひきいて三原山から今根ケ鼻の一帯の山中を捜索したが、目指す彼らの姿は無かった。ただ、丑松だけは滝壺《たきつぼ》に身を投げて死んでいた。

「畜生、あの三人はどこに失せやがったのだ。草の根わけても捜し出さずにはおくものか」

源右衛門は歯を鳴らした。

だが、どのように捜索しても三人の姿は無かった。思いも寄らず、樫立村の横塚の漁師から、舟の盗難の届出があったのは後刻であった。

九

舟は揺れたが速かった。潮流が川のように流れてゆく。なるほど黒瀬川とはよく名づけたものである。舟がその上にのって流されていることがよく分かるのだ。八丈の島影はとうに海の向こうに消えた。どこを見ても蒼黒い海ばかりである。天気がいい、雲が少し出ているが風も無かった。北に当たって見えるのは、雲か、山のかたちか判然としなかった。山なら伊豆か相模あたりであろうと思われた。

櫓《ろ》は意外なことに覚明が握っていた。漕《こ》ぎ方が慣れている。この坊主《ぼうず》の正体は分からなかった。

軍蔵は酔って舟の中に転がって寝ていた。無論、舟酔いする男ではない。真っ赭《か》な顔をして口から涎《よだれ》をたらしていた。酒を強《したた》か飲んだ揚句である。酒は島の雑穀で造った濁酒《どぶろく》で強い。どういう算段をしたのか、山を遁《に》げる忙しい最中に覚明が徳利に詰めて持ち回ったものを、舟が潮流に乗ってから軍蔵に呑ませたのである。もとより酒の好きな男だ。有難え、と咽喉を鳴らして呑んだものである。

「こんなに呑ませて、いいかえ」

と忠五郎は気づかったが、覚明は厚い唇をひろげてにやにや笑っていた。

「忠五郎」

と覚明は言った。

「言わないこっちゃないだろう。みろ、抜け舟の謀反は見事に失敗《しくじ》ったじゃないか。まあ、ここの三人は脱れたからいいようなものの、ほかの連中が気の毒だよ」

「うむ」

忠五郎も意外だった。こんなに早く、ことが露見しようとは思わなかった。

「だから、おまえが話をもって来たときに、わしは乗り気がしなかったのだ。あのまま、黙って置いてくれた方がよかったものを。可哀想《かわいそう》に、今ごろはてごが泣いているぜ」

覚明は、櫓をこぎながら話しかけた。

「うむ、おれもこんなに早えとこ露見しようとは思わなかった。おめえの言う通りだ

った な」

忠五郎は呟《つぶや》いた。

「訴人があったのだ」

「え？」

「仲間のうちから訴人があったのだよ。それで地役人に早く判《わか》ったのだ」

訴人。忠五郎は、はっとなった。電光のように頭を掠《かす》めたのは、くすのことだった。あの女だ。軍蔵が度々来るのを怪しんでいたが、さては当て推量で密告したと見える。可愛《かわい》い男をひきとめたいばかりの浅はかな知恵とみえた。

忠五郎は顔から火が出そうだった。

「ひどい奴があったものだ」

と覚明は知らぬげにつづけた。

「そのために十何人かが死んだり苦しんだりせねばならぬ。なあ、忠五郎。そうではないか。おまえもわしを仲間に引っぱり込んで、罪なことをさせたものだな」

忠五郎は返辞が出来なかった。裏切ったのは自分のように思える。彼は心の中でくすを憎悪《ぞうお》した。そのとき、

「おや、軍蔵が眼を醒《さ》ましたぜ」

と覚明が顎《あご》を振った。

軍蔵はとろりとした眼をあけた。口に手を当てると、

「ああ、咽喉が乾いた。水をくれ」

と言った。

「水なんぞあるものか」

覚明が答えた。軍蔵は背中を起こして覚明を見た。

「おや、坊主。なかなかやるな。おめえ、お経と一しょに舟乗りも習ったのかえ？」

「舟乗りなら、おまえよりわしが先かもしれぬ。何しろ、年が十も多いでな」

「うむ、小坊主に上がる前は、舟っ子だったのか。なるほど人は見かけによらねえ。それでおいらも大助かりだ。ところで助けついでに水をくれ。何しろ咽喉が滅法乾いてならねえ」

「水ならここにあるがな」

覚明は舟板を一枚あけて徳利をとり出し、振ってみせた。これもいつ用意したのか、忠五郎には分からなかった。徳利の中は水音が揺れていた。

「お、そいつを一口のませてくれ」

軍蔵は片手を挙げた。

「と、そうはゆかぬ。舟に居る間は僅《わず》かでも水が大事でな。お前にやったらみんな呑《の》まれて了《しま》う。忠五郎とわしの分が無くなる」

覚明は徳利を引っ込めた。

「そんな意地悪言うんじゃねえ。和尚《おしょう》、たのむ。一口で我慢する。何しろ、咽喉が灼《や》けるようだ。酒をのんでこんなに咽喉が乾くのは初めてだ」

「そんなに咽喉が乾くか」

「うむ、堪《たま》らねえ」

覚明は、にやりとした。

「その酒にはな、島のアシタバの煎《せん》じ汁が入っているのだ。アシタバは身体《からだ》に利く薬だが、その代わり、えらく咽喉の乾《ひ》る薬だ」

「えっ。な、何でそんなものを酒にまぜたのだ？」

「なに、別段のことじゃない。お前の身体に精分をつけてやりたい為《ため》だ」

「えい、余計なことをする坊主だ。咽喉がひりひりすらあ。お、後生だ。その水を呑ませてくれ。一口のむだけだ」

「そんなに飲みたいか？」

「うむ、飲みてえ」

「よし、呑ませて進ぜる」

覚明は徳利を手にとると、軍蔵の傍にやってきた。彼は軍蔵の首を摑《つか》まえると、その口に徳利を当てがった。

「有難え、和尚」

礼を言って軍蔵はとびついた。が、一息にのんだとみると、忽《たちま》ち口を開けて余分を吐き出した。

「ぶっ。え、塩辛え。やい、こりゃ海の水だな」

「真水が無いので我慢してくれ。これでも水だ」

覚明は軍蔵の首を押え、その口に徳利を押しつけて傾けた。汐水《しおみず》は軍蔵の顎から胸にかけて流れた。

「や、やい。何をしやがる。坊主」

軍蔵がもがくのを覚明は放さなかった。膂力《りょりょく》の強い坊主だった。

「忠五郎」

覚明は、呆然《ぼうぜん》としている忠五郎に言った。

「この縄で、軍蔵を動かぬように縛ってくれ」

と懐ろから縄を出して投げた。縄まで用意しているのだ。

「やい、おれをどうしようというんだ。坊主。気でも狂ったか？」

両手を括《くく》られ、そこに転んだ軍蔵は喚《わめ》き立てた。

「どうもしない。まあ、おとなしくしてくれ」

と櫓に戻った覚明は薄ら笑いを消さずに言った。

「常陸の浜にこの舟が流れつくまでは、まだ明日一ン日くらいはかかろう。このお天道さまだ」

と覚明は空を見上げた。眩しい初夏の陽がぎらぎらと輝いていた。

「お前の咽喉をからからに干してくれる。乾いたら、また汐水をのませてやる。海の真ン中だ。汐水にはことを欠かさぬからの。すると、それがまた乾いてくる。乾いて、乾いてお前の咽喉は塩だらけになって焦《こ》げつくのだ。これは辛いぜ。軍蔵。お前は悶《もだ》え死にをするのだ。南無阿弥陀仏《なむあみだぶつ》。この世の干し地獄にお前は落ちるのだよ」

「ち、畜生。おれに何の恨みがあってそんなことをするのだ？」

覚明は説明した。眼を細めて顔色も変えなかった。忠五郎は息を呑んだ。

軍蔵は吠《ほ》えた。

「恨みは、お前のために計られて死んだ友だちの流人のために、わしがするのだ」

「あっ」

軍蔵は眼をむき出した。恐怖が顔の皮膚をひき吊《つ》らせた。

「忠五郎」

と覚明は、あまりのことに竦《すく》んでいる忠五郎に言った。

「この男だ。仲間を売って訴人したのは」

と軍蔵を指さした。

「こいつはな、自分で抜け舟をたくらんだが、あまり事が大きくなり過ぎて怯けづいたか、それともはじめから訴人の手柄で赦免に与りたかったのか、こっそり抜けて役人に密告したのだ。謀反《むほん》が早く露見したのはそのためだ。張本人が訴えるのだから、世話はない」

「和尚、どうして、おめえはそれを知った？」

「てごだよ。わしの可愛いてごが、夜、織り上げた黄八丈を庄屋に届けに行ったとき、こいつが庄屋の裏から出てゆく姿を見たのだ。わしはそれを聞いてすぐ悟ったのだ。それで、夜の明けぬうちに、こいつの家に行き、愚図々々言うのをなだめすかして山に連れて行ったのだ。そうだ、その時、お前も誘ったな。わしはお前を助けたかったのだ。案の定、すぐそのあとに手入れがあった」

忠五郎は、なるほどとうなずいた。

「こいつは、わしと一しょでは、今さら役人の方に逃げるわけにはゆかぬ。わしが眼を光らして視《み》ていたでな。仕方なく舟まで同行したのだ。尤も、舟に乗ってみれば、どっちでもいい筈《はず》だ。島から脱ければいいのだからな。わしは徳利に入っていた酒に、アシタバをいれた。あれはてごがわしに精分をつけるためにいつも作ってくれていたものだ。情の深い女だった。親切な、佳い女だ。あんなのは、もう日本の何処《どこ》に行っても居らぬ。忠五郎、お前は悪い奴《やつ》だ。お前がわしを誘いに来なかったら、死ぬまでてごの傍で暮らせたものを」

軍蔵がうめいた。口を蛙《かえる》のように開けている。

「うむ、水ならやるぞ、海の汐水をな。咽喉《のど》が灼けて来たらしいな。この照りつけるお天気だ。無理もない」

覚明が笑った。

「水をくれ。真水をくれ」

軍蔵はかすれた声で叫んだ。

「来たな。よし、よし。もう少し乾かせ。そしたら汐水を吞ませてやる。おう、苦しそうな顔をしているな。干しては塩を吞み、干しては塩を吞むのだ。お前の手が自由なら、咽喉を掻《か》いて傷だらけになるところだ。それから苦しんで苦しんで、悶え死にするのだ。牢《ろう》内でそのような折檻《せっかん》があったな」

「和尚！　おめえは——」

と呆《あき》れた声を上げたのは忠五郎だった。

「山が見えぬかな」

と覚明は、とり合わずに海の彼方《かなた》を見た。

舟は黒潮に乗って、川舟のように流されている。

左の腕

一

深川西念寺横の料理屋松葉屋に、このひと月ほど前から新しい女中が入った。まだ十七だったが、小柄でおさない顔をしている。しかし、苦労しているらしく、することが何でも気が利《き》いていて、よく働く。おあきという名だったが、十二三人も居るこの家のふるい女中達からはすぐに可愛がられた。

松葉屋は、おあきと同じ日に六十近い老人を下男に雇い入れた。庭の掃除や、客の履物番、風呂《ふろ》焚《た》き、薪《まき》割り、近くへの使い走りなどの雑用をさせる。卯助《うすけ》といって、顔に皺《しわ》が多く、痩《や》せた男である。あまり口かずを利かないが、これも精を出して働く。のっそりとして動作が鈍いのは年齢のせいだろうが、仕事には陰日向《ひなた》がない。

おあきと卯助とが同時に松葉屋に奉公したのは、二人が父娘だったからである。実をいうと、卯助は近くの油堀を渡った相川町の庄兵衛店《だな》の裏長屋に住んで、それまで飴《あめ》細工の荷を担《かつ》いで売り歩いていた。飴細工は葭《あし》の茎の頭に飴をつけ、茎の口から息を吹いて飴をふくらませ、指で鳥の形などこしらえて子どもに買わせる荷商《にあきな》いである。

卯助は愛嬌もないし、老人のことで手も何となくきたならしいから、食べものことで、子供より親が警戒してあまり売れそうもない。それでも、こんな細々とした一文商いで何とか親娘は過ごしていた。無論、ひどい暮らしである。

　おあきは父親が商いに出たあとは、近所の子守りなどしていくらかの駄賃をもらいながら、煮炊《た》きをして父親を待っている。時には父親の荷について出ることもある。

　この父娘を松葉屋に口をきいて世話したのは、板前の若い者で銀次だった。銀次は相川町に叔母が居り、そこへ時々遊びに行くうちに卯助親娘を知ったのだ。

「とっつぁん、おめえじゃ、その商いは無理だ」

　と銀次は、ある日、卯助に言った。

「おめえが垢《あか》じみた指で飴をひねくり回し、髭面《ひげづら》の口から臭え息をふくれた飴の中に吹き込んでいるのを見たら、どこの親だって子供に握らせた銭をとり上げらあな」

「うむ。違えねえな」

　と卯助はそのとき萎《しな》びた指をひろげて改めるように見た。

「おめえの言う通りだ。おれもそう思ってる。近ごろはとんと売れた日が無え」

「そこでよ、とっつぁん。おらア何も幡随院の長兵衛を気どるわけじゃねえが、おあき坊もあのままじゃ可哀想《かわいそう》だ。おれの働いている松葉屋のお内儀《かみ》さんに話して、おめえたち二人を傭《やと》ってもらうよう頼んでみてもいいぜ」

「銀次さん」

卯助はくぼんだ眼をあげた。

「そいつは有りがてえが、おれはこの通り年寄りだし、おあきはまだ子供だしなあ。出来る相談じゃあるめえ」

「なに、おあき坊だって、とっつぁんの考えてるような子供じゃねえやな。いまが蕾《つぼみ》の開きかけだ。あの容貌《きりよう》なら申し分はねえ。それに、おめえの前だが、苦労させてるからしっかりしたもんだ」

卯助が銀次を見たので、銀次は少しあわてた。

「おれがそう言ったからって、妙な勘ぐりをしねえでくれ。おれはおめえたち父娘を楽な仕事に世話してやりてえのだ」

「おめえの親切は分かっている」

と卯助はうなずいた。

「それじゃ何分よろしくお願いするとしよう。おれも年をとったで、荷をかついで回るのも肩が痛くて、からきし意気地がなくなった。おめえに甘えるようだが、そんなら頼むぜ」

いいとも、と板前の銀次は請け合った。彼から松葉屋に話すと、お内儀はおあきを一目見て気に入った。恰度、若い女中が欲しかったときである。父親の卯助も実直だとみて、一しょに雇った。

父娘が松葉屋に奉公したのはこんな次第だが、幸い松葉屋でもいい奉公人を傭い入れたと喜んでいる。おあきは住み込みで、卯助は店が閉まると夜更けに相川町の裏長屋に帰ってゆく。

いまさら、独りじゃ不自由だろうから娘と一しょに住み込んだら、と松葉屋では卯助にすすめたが、

「なあに、この方が気楽でさ」

と彼は断わって帰って行く。それから独りで寝しなに火を起こして一本燗《かん》をつけて飲むのがたのしみだと彼は語った。料理屋の朝は遅い。が、卯助は五ツころには必ず出て来て、女中たちが眼をこすりながら雨戸を繰る時分には表から裏までの掃除が出来て、庭の草とりなどしている。年寄りだから、もっと遅く来ても構わないといっても、卯助は、眼が早くさめて仕ようがありませんので、と笑っている。

笑うと眼が糸のように細くなって人なつこいが、片隅にひとりで坐《すわ》っている時などは頬に尖《とが》った影が出て、眼が光ってみえる場合がある。

「おやじさん、おめえ、前には何をしていた人だね。根ッからの飴売りじゃあるめえ」

と板場や仕こみの連中が四五人あつまったときなど、卯助に訊《き》く者があった。夜も四ツを過ぎると客への通しものは終わるので、閑になった男たちが雑談するのである。

「江戸に出てくるまでは国で百姓をしていたがね。詰まらねえ仕事ばかりで、自慢にもならねえことよ」

と卯助はおだやかに笑う。

「国はどこだね？」

ときいても、

「遠国だ。田舎者よ」

と答えるだけである。

「おめえもいい娘をもって仕合わせだ。何かえ、父親にしちゃ年齢がちっと違い過ぎるようだが、若い女房《かみ》さんでも貰《もら》ってすぐに死なれたのかね？」

これには返辞がなく、にやにやして煙管《きせる》を口にくわえる。おあきに訊くと、おっ母さんは十ぐらいの時に死んだと言うのである。するとおあきは卯助が四十過ぎの時に出来た子であった。

「後妻に出来た子かもしれねえ」

という意見もあれば、

「いや、あれで散々道楽をしてきた男かもしれねえぜ」

と言う者もある。

しかし、現在の卯助からはその名残りもなかった。寝酒は四文一合の安いのを飲むというが、松葉屋で上等を出してやっても辞退して口に触れようとはしない。板前連中は道楽者が多く、四ツ半をすぎて俎板《まないた》を洗うと、さいころを持ち出して車座になる。そんなときでも卯助は興味のない眼つきをしていた。

「どうだえ、おやじさん。おめえもよかったら入らねえか」

と誘う者があると、卯助は顔を振って、ごそごそと片づけものなどしている。

「律義《りちぎ》なもんだぜ」

と誰かが賞《ほ》めた。

律義なことは確かだった。一文売りの荷商いから松葉屋に拾われたことを当人は喜んでいたし、感謝もしている。働きにそれが自然と現われている。

娘のおあきは松葉屋に来て、見違えるようにきれいになった。松葉屋に来る客が、

「いい女《こ》が来たものだね。櫓下《やぐら》にも滅多には居ねえぜ」

と内儀にほめた。それに、馴《な》れない初心《うぶ》な様子と、汗でもかきそうに動き回る働きぶりが見ていて気持がよかった。

この父娘の間も仲がいい。おあきは何かと卯助に心を使い、父親が夜ふけてとぼとぼと帰って行くときなど途中まで見送って、小走りに戻って来るのである。

「あれが親父《おやじ》でなく、情夫《いろ》か何ぞだったら岡焼きものだぜ」

松葉屋の若い者はそう話していた。

二

誰が気づいたのか、卯助の左腕の肘《ひじ》の下にいつも白い布が帯のように捲《ま》いてあるということだった。なるほど気をつけてみると、袖《そで》をたくり上げた時に確かにそんな布が肘の下を輪のように括《くく》りつけていた。

卯助が来てから途中で気がついたことなので、はじめは怪我《けが》でもしたのかと思って訊《たず》ねてみたが、卯助はそうではないという。口数の少ない男だったので、それ以上の説明はなかったが、いつまで経《た》ってもその布の帯は除《と》れないでいる。もしかすると、以前からそうしているのかもしれなかった。

「おやじさん、その腕はどうしたのだね？」

気になる男が質問した。

「なあに、若え時に火傷《やけど》をして癒《なお》らねえでいるのさ」

と卯助は淋《さび》しい翳《かげ》りのある笑い顔で答えた。

「皮膚《かわ》がひき吊《つ》ったまま、傷痕《あと》が見っともねえので、こうして匿《かく》しているんでね」

そうか、と訊いた者はうなずいて納得した。醜い皮膚の傷痕を布で捲いて人目に見せない。いかにも律義な卯助のしそうなことなので、奥床しく思ったくらいだった。

板前の銀次は、自分が世話した因縁もあってか、卯助には親切だった。

「あんまり無理して動き回ることはねえぜ、おやじさん。そういっちゃ何だが、どうせ年寄り仕事だ。根を詰めることはねえやな」

「有りがとうよ、銀さん。なあに荷台をかついで町中をほっつき歩き、売れ残りの飴をもって帰るよりどんなに気も身体《からだ》も楽か知れねえ。これもおめえのお陰だ」

卯助は礼を言った。

「おめえに喜んでもらえておれもうれしい。おあき坊も滅法きれいになって、お客衆の眼についてるそうだ。お内儀さんがそう言っていたよ。両方から喜んでもらって、おれも世話甲斐《がい》があったというもんだ。松葉屋はこんな水商売だが固い家でな、妙な客は上がらせねえから、おあき坊のことは心配無え。陰ながらおれも付いている。変な真似《まね》はさせねえから安心しな」

　銀次は力んで言った。卯助は、よろしく頼むと微笑《わら》って答えた。女中たちの間では、銀さんはおあきさんに惚《ほ》れているのではないかとささやき合った。

　妙な客は上がらない、と銀次が言った通り、松葉屋では場所だけに木場の商人が多かった。そんな客は女中たちに心づけを出すから、それだけでもばかにならない。おあきは客から貰ったものは、みんな卯助に出すようだった。卯助は給金やそれらを貯《た》めて、おあきの世帯のときの用意にしているらしい。寝しなの安酒は彼のただ一つの愉《たの》しみのようである。

　卯助は万事が遠慮深い。例えば銭湯に行くのでも、自分だけは店《たな》の用事が終わって、自由な身体にならないと行かない。傭いの男たちは四ツをすぎると手の空いた者から近所の銭湯に出かけるが、卯助だけはどんなにすすめても一しょの連れにはならなかった。

「おれは帰ってからでいい」

　と言うのだ。手が空いていれば同じことだと誘っても、いつも断わった。やはり自分の身体になってからという心算《つもり》があるらしい。しかし、彼が夜更《よふ》けの道を歩いて帰り、近所の銭湯に行くとしても九ツ（午前零時）ごろにはなるだろう。

「それじゃ仕舞い風呂だ。同じ垢臭え湯でも、早え方がちっとはましだぜ」

と勧めても、

「馴《な》れてるからね」

と卯助は柔和に眼を細める。年寄りの頑固さも手伝っているが、その気持も分からなくはない。たとえ仕舞い風呂でも、やはり行きつけの銭湯がいいのだ。それきり誰も言わなくなった。

春の或《あ》る日のことである。卯助が松葉屋の裏口で埃《ほこり》の立つ道に手桶《ておけ》を持ち出して水を撒《ま》いていると、三十過ぎの羽織をきた男が来た。男は卯助の顔をじっと見た。

「おめえは松葉屋の雇い人かえ？」

と彼は横柄な口吻《くちぶり》できいた。

「へえ」

卯助は返辞した。

「いつからここに来たのかえ？」

「もう五十日くらいになります」

「そうか。そいつは、ちっとも知らなかった。ここんとこ暫《しば》らく来なかったからな」

男はそのまま松葉屋の内へ大股《おおまた》で入って行った。

卯助はその後ろ姿を見送ったが、暗い眼つきになっていた。彼はその男の職業を直感したようだった。

「銀さん」

と卯助は裏から料理場に回って銀次にきいた。

「いま、奥にへえったのは誰だえ?」

銀次は庖丁《ほうちょう》の手をやめて奥をうかがった。

「うむ、ありゃ目明しの麻吉という男だ」

とかれは教えた。

「門前町の稲荷《いなり》横丁に住んでいるから稲荷の麻吉と人からいわれている。そのあだ名の通り、狐《きつね》みてえに嫌な奴《やつ》だ」

銀次は麻吉を快く思っていないらしく、低い声で悪態をついた。

「お上の御用をきいているが、みんなが遠慮しているのをいいことに、陰じゃ威《おど》しもしているようだ」

「はてね。十手を持った男がね」

「弱い者いじめでね。人の弱味につけこんで何とか小遣い銭を捲き上げようとするげじげじ野郎だ。この家にもちょくちょくやって来るがね。なに、ただ飲みして、帰りにはいくらか鼻紙に包んだものを貰おうって魂胆さ」

「御用風を吹かせてる男にゃよくある手合だね」

と卯助は呟《つぶや》いた。

「そんなところだ。野郎、久しく面を見せなかったが、何しに来やがったのだろう」

銀次はまた奥を覗《のぞ》くように見た。

それから一刻ほど経ったころ、卯助が裏で薪《まき》を割っていると、さっきの麻吉が通りかかった。麻吉は卯助の横で立ち停まった。

「精が出るな」

と麻吉は卯助の頭の上から声をかけた。彼の顔は酔って赭くなっていた。

「へえ」

卯助は頭を下げた。

「おめえ、何という名だえ？」

「卯助と申します」

「卯助さんか。なるほど年寄り臭えが、色気のある名前だな」

麻吉の足もとは少しふらついていた。しかし、彼の眼は卯助の左腕に吸いついていた。

「おい、卯助さん。おめえのその左の腕に捲いた布はどうしたのだえ?」

「へえ」

卯助はたくり上げた左の袖《そで》をそっと下ろすようにした。

「火傷《やけど》をしましてね。こりゃ飛んだものが親分のお眼に入りました」

「うむ、火傷か。火傷とはちっとばかり色気が無えな。この家の竈《へっつい》の前にしゃがんだとき、割木の火でも弾《はじ》いたのかえ?」

「いえ、若えときからの傷でございます。あまりきたねえので、こうして布を捲いております」

「うむ、若えときのか」

麻吉の眼に冷笑が泛《う》かんだ。

「若えときの火傷の痕が見っともねえので、そうして匿しているなんざいい心がけだ。なあ、卯助さん。いつか一ぺんそいつをおれに見せて貰いてえもんだな。おらアそういう傷痕を見るのが好きな性質《たち》でね」

麻吉は、せせら笑うようにして立ち去ったが、卯助は鋭い眼つきをしてその後ろ姿を見送った。

三

稲荷の麻吉が久しぶりに松葉屋に顔を見せた用件は間もなく知れた。

木場の旦那《だんな》衆が、ひと月に二回ぐらい松葉屋の奥座敷に集まって無尽講を開いている。だが、無尽講というのは表向きで、実は宵から酒を呑《の》んだあと、明け方まで手慰みをするのである。五六人の人数だったが、大きな商人のことで場で争う金も少額ではない。はじめは無尽のあとの座興で始まったのだが、近ごろでは熱が入ってこの方が主になっている。松葉屋では厳しく隠していたのだが、これを麻吉が嗅《か》ぎつけたらしい。

本来なら博奕《ばくち》は法度であるから、十手を預かっている麻吉はこれを禁止させるか、見て見ぬふりをするかであるが、麻吉は松葉屋にやんわりと捻《ね》じ込んで、その場の立つ座敷に出入りさせろと要求したのである。といって、彼には旦那衆に混って賽子《さいころ》の目に張るだけの金がある筈《はず》がない。つまり、朱房をふところに持っている俺を出入りさせたら安全だという売り込みと、相手の弱点を摑《つか》んで否応《いやおう》を言わさない脅しがあった。手当てとしてテラ銭を出させ、これを捲き上げる計算なのだ。

それからというものは、麻吉は足しげく松葉屋にやってくる。月二回の奥座敷への出入りも思った通りに叶《かな》ったらしく、大そう機嫌がいい。間の日もやってくるが、松葉屋でも疎略《そりゃく》に出来ないから、その都度、酒を出して帰させる。麻吉は松葉屋に来ると、いつも生酔いであった。

そんなことが三月もつづいた。そのうち稲荷の麻吉は、おあきに眼をつけているらしいと女中たちの間で噂が立った。彼はそのために用事もないのに度々松葉屋に来るというのである。廊下でおあきにしつこく搦《から》んでいるのを見かけた女中もいた。

「狐野郎。そろそろ本性を出しやがったな」

と銀次は陰で息まいた。

「おあきちゃんに手を出すなんて飛んでもねえ奴だ。なに、おれがついているからには指一本ささせるもんか」

銀次は出刃庖丁を振ったが、これは陰の話で、麻吉に正面から会うと意気地がなかった。

「おい、銀次」

と麻吉は銀次に声をかけた。

「こりゃア親分」

銀次は鉢巻きの手拭《てぬぐ》いをとってお辞儀をした。

「てめえは案外色男だってなあ」

「へ」

「何だそうだな、てめえはおあきに惚れてるそうだな」

「ご冗談で」

「なにも照れることは無えやな。この家におあき父娘を世話したのはてめえだそうじゃねえか？」

「へえ。左様で」

「ふん。いい心掛けだ。それでなくちゃ女は狙《ねれ》えねえな」

「いえ、あっしゃ何もそんな」

「餓鬼相手の一文飴《あめ》売りのうす汚ねえ親父《おやじ》を一しょにこの松葉屋に背負い込ませたなんざ天晴れな細工だ。だがな銀次、あの卯助という親爺は、一体、何者だか知ってるかえ？」

「別に。ただの飴屋でございます」

「そうか。おめえたちがそう思ってるから世の中は泰平楽だ。まあいいやな。せいぜいおめえはあの年寄りの機嫌をとっておくことだな」

稲荷の麻吉はあざ笑って立ち去った。

麻吉がどんなことをしているか、松葉屋の傭《やと》い人たちは薄々知っている。しかし、麻吉はそんなことは歯牙《しが》にもかけない横柄《おうへい》な顔をしていた。彼は自分が皆から嫌われていることは知っているが、同時に誰からも抵抗をうけないことも心得ている。だが、卯助を見る眼だけは違っていた。それは相手を無視することの出来ないような、一種の怯《おび》えのような色がひそんでいた。自分の所業を奥まで見透かされているような弱味を、卯助に行き遇ったときだけは見せた。それがかえって逆に憎しみとなって出てくる。麻吉が卯助の姿を見つめる時は、蛇のような冷たい眼になっていた。

まだ陽の高いうちだったが、卯助が近所に使いに出て帰りかけると、うしろから麻吉が大股で追って来た。

「おい、卯助さん」

とかれは卯助と肩をならべて歩いた。

「これは、親分さん」

卯助は小腰をかがめた。

「相変わらず精が出るね」

と麻吉は言った。それが愛想でないことは卯助にも分かっている。

「へえ。何しろ年齢をとりましたので、からきし身体の意気地がなくなりました」

「なに、おめえくらい壮健《たつしや》なら結構だ。一文飴の荷商いよりやっぱり楽かえ？」

麻吉はそろそろ厭味を言った。

「へえ。そりゃもう。極楽でございます」

「銀次の世話だそうだな。世の中には親切な者があったもんだ。おめえは銀次を婿養《むこ》子にするつもりかえ？」

「いえ、そういう訳ではございません。銀次さんは好い人で、ただその親切に甘えただけでございます。銀次さんに限らず、店の方はみんな親切にして下さいます」

「その親切にしてくれる人への遠慮かえ、おめえがみんなと一緒に風呂《ふろ》にへえらねえのは？」

この言葉で、卯助はちょっと黙った。それを探るように麻吉はじろりと見た。

「聞いたぜ、そんな話を」

「その通りです、親分」

と卯助は答えた。

「そりゃ、あっしの気儘《きまま》でね。やっぱり遅くなっても行きつけた風呂屋の方が心持が落ちつきます。ただ、それだけの理由《わけ》でさ」

「おめえの行きつけの風呂てえな梅湯だな」

「へえ」

卯助は麻吉の心を計りかねて曖昧《あいまい》な返事をした。

「そうか、まあ、いいや。ところで、おめえの生国は何処《どこ》だね？」

「………」

「変にとってくれちゃ困る。おれは何も御用の筋で訊《き》いてるんじゃねえ。ちょいと心覚えに訊いたまでよ。御用で訊くときはおめえを番屋にしょっぴいて行かあな」

麻吉は最後の言葉に力を入れた。

「越後でございます」

卯助はぼそりと答えた。

「うむ。越後か。越後とは大ぶん遠いな。ところで、卯助さん、おめえのその腕の火傷も越後で受けたのかえ？」

「へえ――」

卯助は低い返事をした。

「そうか。そいつは災難だったな。今もって他人《ひと》前で布を解いて見せられねえとは、よっぽどの火傷に違えねえ。どうだえ、卯助さん、おれもこんな稼業柄《かぎょうがら》、他人の傷改めが商売だ。のちのちの知恵のために、一ぺんその捲《ま》いた布を解いて見せてくんねえか？」

「親分の言葉だが」

と卯助は眼に光を見せて、きっぱりと言った。

「こいつばかりは御勘弁願います。この傷は醜い傷だ。娘にもまだ見せたことが無えので」

「なるほど」

と麻吉は言ったが、頬に冷笑が流れていた。

「娘にも見せねえほど嫌がる傷を、おれが無理にでも見る訳には行くめえ。今日のところは引き退ろう。だがな、卯助さん」

とかれは相手の顔をじろりと見た。

「おれは一旦《いったん》思い立って遂げられなかったら、どうにも心に残っていけねえ男だ。まあ、このことを覚えておいてくれ」

四

稲荷の麻吉は、小部屋で酒を飲んでいたが、盃を強く置くと、

「ええ、面白くねえ」

と言った。宵の口から飲み出して、今夜はいつもより遅くまで腰を据えている。眼が酒で熟れていた。

「あら、親分さん、どうなさいました？」

前に坐《すわ》っているおみつという年増の女中が、銚子《ちょうし》を持った手を上げた。

「どうもこうもねえ、面白くねえのだ」

麻吉は拗《す》ねるように肩を動かした。

「だから、何が面白くないんですか。さっきから妾《わたし》ひとりだけが差し向かいでお酌をしているじゃありませんか」

おみつは媚《こ》びるように麻吉の赭《あか》い顔を見上げた。

「何をいやがる。てめえのような婆《ばば》あに酌をされて酔えるけえ。さっきから生唾《つば》が湧《わ》いて仕ようがねえのだ」

「婆アで申し訳ありませんね、親分さん。いまにみんな呼んで来ますから。おあきちゃんも伺わせます」

おみつは麻吉の下心を読んだように言った。

「おあきは何処に行っているのだ？」

「二階の座敷です。今夜は日本橋の大事な旦那方が大勢見えているので、みんなその方へかかり切りなんですよ」

おみつはうっかり口をすべらせた。

「なに、大事な客だと？」

麻吉は眼をむいた。

「こいつぁ面白え。すると何かえ、おれはこの家では大事な客ではねえというのか？」

「いえ、そ、そんなわけじゃありませんよ。そりゃ親分さんも大事なお客さまです。変ですよ、親分さん、今夜は」

おみつはあわてて酌をしようとしたが、麻吉はいきなり銚子をもぎ取ると片隅に投げた。

「あれ」

「ふざけたことを吐《ぬ》かすねえ。振舞酒を飲んでいるかと思って馬鹿《ばか》にするな。こっちは大威張りで飲める訳があるんだ。それとも金が欲しけりゃくれてやる。てめえたちに乞食《こじき》扱いされて堪《たま》るか」

「な、なにも、そんな、親分さん」

おみつは後退《あとずさ》りながら喘《あえ》いだ。

「ええい、うるせい。金ならこの懐《ふとこ》ろに江戸中の馬に喰わせるほどあるんだ。今夜はおれの散財だから文句は無え筈だ。みんな女中たちを呼んで来い。一人残らず集めろ」

稲荷の麻吉はふらふらと立ち上がった。

「あれ、親分」

「ええい、邪魔するな」

麻吉は襖《ふすま》を蹴《け》って開けると、廊下に出た。眼が据わって動かなかった。

かれは折りから膳《ぜん》を抱えて廊下を通りかかった女中の肩を摑まえた。女中は、あれ、と膳を落として身体をすくませた。

「構うことはねえ、そいつはおれの勘定につけておけ。おめえはすぐにおれの座敷に入れ」

麻吉が肩を突くと、女中は悲鳴をあげて座敷に転がり倒れた。

「やい、やい。女ども」

と麻吉は廊下に仁王立ちに股《また》をひろげて突っ立ち、大声で叫んだ。

「みんな集まれ。今夜はこれからおれが総上げだ。いま客に出してる酒や料理はおれが勘定を払ってやらあ。さあ。来い。ひとりも残っちゃならねえ。すぐ集まれ」

二階で騒いでいる声がぴたりと熄《や》んだ。帳場からも、料理場からも顔がのぞいた。

「おあきは居ねえか。おあき。下りて来い」

麻吉は喚《わめ》きつづけた。

「畜生」

と料理場では銀次が歯を鳴らしたが、とび出してゆく勇気はない。帳場の男も顔色を失っている。お内儀《かみ》は奥でおろおろしていた。

のそりと麻吉の背後から人が歩いた。落ちついた足どりだったが、麻吉の肩を叩《たた》くのもおだやかだった。

「親分」

麻吉はふり返った。

「だ、誰だ」

眼をすえて睨《にら》んでいたが、

「おう、おめえは卯助《うすけ》か」

「へえ」

卯助は頭をさげた。

「親分さんは酔っていなさるようだ。少しお寝みなさった方がいいと思いますがね」

「何を」

と麻吉は吼《ほ》えた。

「利《き》いた風なことを言うぜ。こいつあいよいよ面白くなった。おめえがおれを扱おうてえのか」

「いえ、そんな大層なわけじゃございません。あっしは親分の為《ため》を思って申し上げてるんでね」

「おれのためだと？」

麻吉は眼を光らせた。

「ようし。どうためが悪いのか聞こうじゃねえか。おれもお上の御用を勤めている者だ。耳学問におめえの講釈を承ろうじゃねえか」

「親分。まあ、こっちに来なせえ」

卯助が手を握って引っ張ると麻吉の身体《からだ》は廊下を泳いだ。

「な、なにをしやがる」

「いいから来なせえよ」

卯助に抱えられて、酔った麻吉は他愛《たわい》なく引きずられた。みんなが呆《あき》れたように棒立ちになって見送った。

二人の姿は松葉屋の裏門から消えた。どうなることかと思っている皆の前にやがて戻ってきたのは卯助ひとりだった。

「なにね、おとなしくひとりで帰りなすったよ」

と卯助は皺《しわ》の多い顔で笑っていた。しかし、卯助がどんな方法で荒れている麻吉を説得したか誰にも分からなかった。

その翌《あく》る晩のことである。

卯助がいつものようにおあきに途中まで送られ、油堀を渡って裏長屋のわが家に帰った。陽気がよくなったので寒くはない。かれは手拭いをさげて夜風に当てられながら、少し歩いたが、途中から足を変えて火の見櫓《やぐら》の下を通って、少し遠い熊井町の亀《かめ》の湯に行った。そのころの銭湯は八ツ（午前二時）近くで湯を落としていた。

夜更《よふ》けのしまい湯のことで、さすがに客は疎《まば》らであった。卯助は昼間の汗を流していい気持だった。番台では番頭が蠟燭《ろうそく》の灯影で居眠りをしている。蠟燭は洗い場や衣類の置場に湿ったような暗い光を放っていた。

卯助が柘榴口《ざくろぐち》から出て身体を拭《ぬぐ》い、着物を着ようとすると、にわかにその左の腕を誰かにつかまえられた。

暗い蠟燭の光は稲荷《いなり》の麻吉の顔を映し出していた。

「おお。こりゃア親分さん」

「卯助。昨夜は厄介をかけたな」

麻吉は、しっかりと卯助の腕を握って放さなかった。

「へえ」

「へえじゃねえ。おれは礼を言いに来たのだ。おめえはたしか梅湯に来ると言ったな。やい、ここは亀の湯だぜ。まさか梅と亀とを間違えるほどおめえも耄碌《もうろく》はしめえ。こんなことだろうと思っておれはさっきから待っていたのだ。おめえの了簡は大てい分かっている。おれに梅湯といったもんだから、要心にこっちの湯に来たのだろう。おれはおめえの勘定より先回りしてここで待ってたのだ」

麻吉は一気に言った。

「そりゃ親分の邪推だ。あっしは気ままにこっちに来たばかりだ」

卯助は握られた手を引こうとしたが、麻吉は放さなかった。

「昨夜はおれが酔ってたから、おめえにいなされたが、今晩はそうはゆかねえ。正気ならおめえなんぞにからかわれて堪るか。やい、うろたえずにこの手を見せろ」

麻吉は卯助の左の腕を強く手ぐり寄せると蠟燭のところに近づけた。布の無い、まだ濡《ぬ》れている卯助の肘《ひじ》の下に四角い桝形《ますがた》の入墨がべっとりと彫られていた。

「ざまア見やがれ」

麻吉はそれを確かめると勝ち誇ったように言った。

「やっぱり、てめえは無宿の悪党だったな。火傷《やけど》の痕《あと》が汚ねえと他人には見せられねえ筈《はず》だ。湯にもみんなとは入らねえ筈だ。入墨者と分かっては律義《りちぎ》そうなおめえの化けの皮が剝《は》げるからの」

「親分――」

といったが卯助はあとを黙った。

「やい。口が利けめえ。しかもこの入墨の型は長門《ながと》のものだ。びくりとすることはねえ。おれも目明しだ。四書五経は暗記《そらん》じねえでも、それくらいは知らねえでどうする。卯助。てめえ、小博奕ばかり打ってたのじゃあるめえ。けちな搔濮《かっさら》いか、強請《ゆすり》でもして牢《ろう》に喰らい込んだか。どうせ押し込みなんぞ出来る肝っ玉は持っちゃいめえからの」

「親分さん。堪忍《かんにん》して下せえ。あっしが悪かった」

卯助は白髪のまじった頭を垂れた。

「なに。堪忍してくれだと？」

麻吉はあざ笑いを泛《う》かべて言った。

「どうしてくれと言うのだ？」

「おめえさんの言う通りだ。私は若えときにぐれて博奕《ばくち》で喰らい込み、こんなお仕置きをうけました。だが、今じゃ真っ当な人間だ。こんなことで折角ありついた楽な仕事から追われたくねえ。私も年齢をとりましたでね。それに、このうらめしい入墨は、娘にも見せたことがねえ。親分さん。分かって下さるだろうね？」

「ふん。勝手なことを言うぜ」

麻吉は吐いたが、すぐに何かを考えたように、握った手をゆるめた。

「なるほど、おめえも年齢をとっている。ここでおめえのような者の素姓をあばき立てても大人気ねえ。娘も可愛《かわい》かろう。だがな、卯助。そんなに娘が可愛いなら、別の方法もあるぜ」

稲荷の麻吉は、にたりと笑うと、はじめて卯助の腕を解放した。

五

それから三晩目の雨の夜中である。

表の戸を叩《たた》く音で、卯助は眼をさました。

「誰だえ？」

た。

「おれだ、おれだ」

外の声は乱れていた。卯助は起きて戸を開けた。銀次が濡れた姿で息を切らせてい
「どうした、今ごろ、銀さん？」

「大変だ。松葉屋に押し込みが入ったのだ」

銀次は倒れかかるように言った。

「なに、押し込みだと？」

「うむ。奥座敷で木場の旦那《だんな》衆が遊んでいなさるところに多勢で入ったのだ」

奥座敷で月に二度、どんなことが行なわれているか、卯助も銀次も薄々知っていた。

押し込みの賊はその金を目当てに侵入したに違いなかった。

「まだ逃げずに居るのかえ？」

卯助は帯を締め直して訊いた。

「客も女中も傭い人もみんな縛って落ちついたもんだ。おれはやっと縄を解いて見つからねえように逃げて来たがね。心配なのは女どもだ。どんな悪戯《わるさ》をされるか分からねえ。おあきさんも縛られている。おれはそれが心配で、辻番よりおめえのところに先に走って来たのだ。何しろ稲荷の麻吉まで縛られているんでね」

「あの狐《きつね》もその場にいたのか」

卯助は眼を光らせた。

「今から辻番に駆け込んでも、間に合うかどうか分からねえ。一体、押し込みの連中は、どれぐらいの人数かえ？」

「五六人というところだ。事情を知って入ったらしい。刃物を突きつけてのことだから始末におえねえ」

銀次は自分の不甲斐《ふがい》なさを弁解するように言った。

「よし」

卯助は戸締まりに使った樫《かし》の棒を手に持つと、その場から走り出した。足に泥を刎《は》ね上げながら後からついて来る銀次へ、

「銀さん、危ねえから、おめえは家の中へは寄りつかねえでくれ」

と注意した。雨は相変わらず降っている。

卯助が松葉屋の裏口から忍んで入ると、帳場の横につづいた納戸では雇い人たちが転がされていた。見張りの頬被りの男が立っていたが、卯助の姿を見ると、

「お。何だ、てめえ」

と匕首《あいくち》を持って構えた。卯助は、どこにそんな身軽さがひそんでいたかと思うよう

な速さで飛びかかると、光った物を棒で叩き落とした。見張りの男は障子を仆《たお》して転ぶと、その脛《すね》を卯助の棒が叩いた。男は悲鳴を上げた。

奥座敷の方から誰か走って来る足音がしたが、卯助は出遇い頭に黒い影を棒で殴った。相手の影は手で頭をかかえてうずくまった。

座敷は明るかった。百目蠟燭が燭台《しょくだい》の上に燃えている。その下に散った小判や小粒の光った堆積《たいせき》をとり巻いて、二組の人間がいた。五六人の男たちが隅に寄りかたまって臀《しり》をついて恐怖で縮んでいる。稲荷の麻吉がその中で蒼《あお》くなっていた。

頬被りに尻《しり》からげで、毛脛を出した男たちはお定まりの夜盗の格好だったが、白刃の長いのを突きつけているのも決まった型だった。一人が屈《かが》んで、場の金を包みこむところだった。

卯助が入って行くまでに、いまの物音を怪しんだか、三人がこちらに向きを変えていたが、卯助ののっそりした姿を見ると、一人がものも言わずに刀を振って来た。

卯助はお辞儀をするように腰をかがめると、棒を伸ばして刀を叩き落とした。次にその頬被りの顔の正面を撲った。

金を蔵い込む男もおどろいて立ち、三人とも刃物をもって卯助の正面に身を構えた。

「や。老いぼれじゃねえか」

と一人が言った。眼ばかり光らせて彼らは、じりじりと爪先《つまさき》を寄せた。

「やいやい、じたばたするな」

と卯助は叱《しか》った。

「そんなおもちゃで脅かされて一々金を持って行かれちゃ堪らねえ。そのまま一文も手つかずに置いて行け。女たちが朝晩拭《ふ》き込んだ鏡のような廊下に泥を上げたのは了簡がならねえが、まあ子供の悪戯だと思って勘弁してやる。早えとこさっさと失せろ」

横に回った一人が、いきなり刀を振ってきたが、卯助は棒で叩いた。

「えい、聞き分けのねえ野郎だ。下手なかんかん踊りをしやがると、表の水溜《たま》りの中に面を突っ込ますぞ」

卯助は棒をとり直した。

気怯《おく》れがしたように、男たちは後に足を一歩退いたが、その中の一人が眼をむいて突然、構えを崩して叫んだ。

「おう。おめえさんは蜈蚣《むかで》の兄哥《あにい》じゃねえか?」

卯助は、初めて顔色を動かした。

「なに。だ、誰だ、てめえは?」

叫んだ男は刀を投げると頬被りを除《と》った。額に疵《きず》のある髭《ひげ》の濃い顔が表われた。

「おれだ、おれだ。上州の熊五郎だ」

卯助はじっと見ていたが、

「うむ。違えねえ。おめえは熊だ。珍しいとこで会ったの？」

「面目ねえ」

と熊五郎は頭を掻《か》いた。

「こんなところに兄哥が居ようとは思わなかった。勘弁してくんねえ。――やい、てめえら、その光り物を片づけろ」

と熊五郎は仲間を叱った。

「このお方はな。蜈蚣の卯助さんといって以前《もと》はでかいことをして鳴らした大そうなお人だ。おれたちが五十人かかっても敵《かな》うお方じゃねえ。早く謝れ」

「二昔も前のことを言うぜ、熊」

と卯助は嗤《わら》って言った。

「おれは年寄りだ。そんな悪事とは疾《と》うに縁を切っている。いやな時におめえは面を見に来てくれたな」

「なるほど、兄哥も年齢をとったなあ。おれははじめ気がつかなかったぜ」

「当たり前《めえ》よ。再来年には六十にならあ。今じゃ料理屋の掃除番で、娘とこの家に奉公して、おれなりに気楽な暮らしをしていたのだ」

「うむ。そう言やおめえさんには女の子がいたな。もう大きくなったろう。死んだ姐《ねえ》さんはきれいな女《ひと》だったから、おっ母さんに似て容貌好しだろう」

「その娘は、おめえたちに縛られて、あっちで転がってらあな」

「いけねえ」

熊五郎は、一人に言いつけてすぐに納戸に走らせた。

卯助は、隅に縮んでいる稲荷の麻吉に眼を向けた。

「おう、稲荷の」

麻吉は、びくりと眼を慄《ふる》わせた。

「いま、おめえが聞いたような次第だ。もう腕の入墨もへちまも無え。なまじ人さまにかくそうとしたから狐《きつね》のようなおめえに脅かされたのだ。もう大びらだぜ、稲荷の」

「へえ」

「仕舞湯まで足労かけたが、おあきをどうのこうのというおめえの話の筋は、これで消えたようだな。おれも年齢をとって気が滅法弱くなったが、そのせいだろうな、おめえが怖かったぜ。いっそ、これで迷いの夢がさめたようだ。熊。何がきっかけになるか分からねえな」

「何のことだね？」

「おめえにゃ分からねえ話よ。熊。この男をみろよ。これで十手をもっている人間だ。その十手は弱え者を餌食《えじき》にしている道具でね」

熊五郎が麻吉を睨《にら》むと、かれは膝《ひざ》を後ろにそっとすべらせた。

「いい人ばかりだったが、此処《ここ》の奉公もこれきりだ」

「済まねえ、兄哥。真っ当になったおめえに迷惑をかけた」

「なに、構わねえ。なまじおれが弱味をかくしていたからだ。人間、古疵でも大威張りで見せて歩くことだね。そうしなけりゃ、己《うぬ》が己に負けるのだ。明日から、又、子供相手の一文飴《あめ》売りだ。——子供はいい。子供は飴の細工だけを一心に見ているからな」

外の雨の音が強くなって、屋根を敲《たた》いた。

怖妻の棺

一

非番なので遅く起きた戸村兵馬は、朝飯とも昼飯ともつかぬ食膳《しょくぜん》を終わって庭に降りた。秋のおだやかな陽が、うす紅くなった葉の上に溜《た》まっている。塀ぎわの隅に桐《きり》の実がこぼれていた。

昨夜の酒で頭が少し重かった。兵馬が庭下駄《げた》を突っかけた時、人が訪ねてきたことを告げた。

「誰だな？」

「香月《かづき》さまからのお使いでございます」

「弥右衛門の？」

兵馬は首を傾《かし》げた。滅多にないことである。なんだろう。玄関に出てみると、見知りの香月の用人が待っていた。

「まあ上がれ、と言いたいが急用だろう。なんだな？」

袴《はかま》の上に両手を滑らせて挨拶《あいさつ》する用人に、兵馬は懐手《ふところで》をしてきいた。

「奥さまからのお使いで参りました。昨夜、旦那《だんな》さまがこちらに伺うと申されて、いまだにお帰りがありませぬ。もしや、ご酒を過ごされて、こちらさまにご迷惑をおかけしているのではないか、伺ってまいれとのことでございます」

そうか、と言ったが兵馬はしばらく返事をしなかった。香月弥右衛門はもとより当家に来ていない。昨夜、帰宅せぬとは珍しいことだが、兵馬には心当たりがあった。しかし、これは用人に言うことではなかった。

「弥右衛門はたしかに当家に参った。昨夜は久しぶりに飲んでな。帰ると言うのをわしが無理に引きとめたのだ」

兵馬は作り話を言った。

「夜明け近くまで飲んだので、弥右衛門はまだ臥《ふ》せている。わしは起きたが、まだ頭が揺れている。弥右衛門は、わしより酒が弱いゆえ、まあもう少し寝せてやってくれ。奥方にはそう伝えてもらいたい」

用人は、それを承って安堵《あんど》いたしました、と礼を述べて帰っていった。

奥にはいると、妻が、香月さまのご用事はなんでございますか、ときいた。いや、さしたることはない、と兵馬は答えた。これは妻に聞かせられない話である。

「おや、お出かけでございますか？」

「うむ、飯田のところへ行ってくる」

友だちの名を言って兵馬は邸《やしき》を出た。

秋の空には柔らかな光が満ちている。大きな屋根の上に鰯雲《いわしぐも》が立っていた。兵馬は友だちの家へ行かず、町家の方へ坂をくだっていった。彼が心当たりがあるのは、この方角であった。

香月弥右衛門は謹直な男として評判をとっていた。養子のせいもあるが、がんらいがその性格なのである。その男が一晩、家をあけた。滅多にないことであった。弥右衛門の妻が問いあわせにきたのも、とうぜんであった。弥右衛門は来ていない。彼は嘘《うそ》をついて昨夜家を出ている。そのことで、ああ、そうか、と合点するのは兵馬だけが知っている秘密であった。

角に植木屋があり、空地に商売物の植木が林のように立っていた。その奥に、離れの小さい家が隠れている。いかにも兵馬にそういう感じがするのは、じつはこれが香月弥右衛門のかくれ家だったからである。

この家に弥右衛門は、おみよという女をかくまっていた。弥右衛門は、ときどきここに通うのだ。もう一年半もつづいていた。妻はもとより、世間もそれを知らない。

相手の女は、両国辺の茶屋女であった。四十を越し、謹直で通った弥右衛門のしていることだと人が聞いても容易に信じぬであろう。が、おみよを彼に取りもったのは実際は兵馬であった。

兵馬は遊び慣れた男だ。二年前、彼は弥右衛門を両国に誘った。おみよとの縁はそれからである。弥右衛門はおみよに惚《ほ》れたし、おみよもまんざらではない。兵馬が面白がって傍から油をかけた。弥右衛門の妻は、家つきの娘で、いつも弥右衛門に高飛車であった。弥右衛門は妻に萎縮《いしゅく》している。謹直の原因は半分がそれだった。

兵馬は弥右衛門の妻のおとわが嫌いであった。ととのってはいるが冷たい顔で、兵馬にものを言うのでも権高であった。勝気が険しい眉《まゆ》の間に現われている。兵馬は、おとわへの腹癒《い》せに、弥右衛門をそそのかしたとも言えた。

二人の間が熱くなって、おみよに家を持たせたいと弥右衛門から相談を受けたのも兵馬であった。弥右衛門は青年のように昂《たか》ぶっていた。無理もない、この男に愉《たの》しみはなかった。いつも妻から抑えつけられて暮らしてきたのである。知らずに抑圧された血が、おみよを見つけて奔騰《ほんとう》したのである。

植木屋の仁兵衛《にへえ》の離れを借りたのは、兵馬の知恵であった。邸に出入りの仁兵衛を律義《りちぎ》な男と見こんで引きうけさせたのだ。誰にも言ってはならぬと堅く口止めした。仁兵衛は他言するような男ではない。こうして弥右衛門とおみよの秘密が一年半も保たれた。

ある日、邸に来て植木に鋏《はさみ》を入れている仁兵衛が、庭に出た兵馬に低い声で言った。

「殿さま、香月の旦那もおかわいそうですね」

そうか、どうしてだ、と兵馬はきいた。

「見えてもお泊まりになるということはねえんですからね。必ずお邸へお帰りになりますよ。ああまで奥さまがこええのですかね」

そりゃ、そうだろう、と兵馬は笑った。

「いいえ、こうしてあっしまでが気を揉むのは、おみよさんがいいからですよ。親切で、気だてがよくて、そりゃ、旦那への尽くしようも行き届いたもんでさ。香月の旦那も、あの離れにおいでのときだけが仕合わせでね。それを振りきってお戻りになるんですから、こりゃ涙もんでさ。おみよさんだって悲しそうな顔をして見送りまさあ。世の中は不自由なもんですね、あれで一緒になれねえんですからね。せめて、いつまでも奥さまに知れねえように隠しおおせておきてえもんですよ」

おみよの良いことは兵馬もひそかに認めていた。水商売に馴染《なじ》んだ女とは思えない気質の美しさがあった。家つきの娘を嵩《かさ》にきて、気位ばかり高い弥右衛門の妻とは雲泥《うんでい》の違いであった。女の親切に飢えていた弥右衛門が、おみよに倒れていく気持は、兵馬にも理解できた。

三百石旗本の家柄と、女房に縛られて身動きできない弥右衛門が、泊まりもできないで帰っていく気持に同情する仁兵衛の意見に、兵馬も同感であった。

その弥右衛門が、昨夜は帰宅しなかった。今までにないことだ。何かある、と兵馬が気づかって、すぐにここまで出向いてきたのは、こういう理由からであった。

兵馬は植木屋の慣れた裏木戸を押した。

二

木戸を押しても、いつもは兵馬を見つけて商売物の手入れをやめ、木の陰から笑って出てくる仁兵衛が、今日は姿を見せなかった。

兵馬が離れの戸口に立つと線香の匂《にお》いが鼻にただよってきた。このときは、まだそれが、なんのためであるか気がつかなかった。

兵馬は声をかけた。出てきたのは、おみよでなく、仁兵衛の女房であった。女房は兵馬を見ると、愛想笑いを忘れて、

「旦那さま」

と、一声叫んだ。それから袂《たもと》を取るようにして家の内に引っぱりこんだ。その様子

がただごとでないので、兵馬は初めて何かの変事を直感した。

狭い家なので、座敷が一眼で見渡せた。香月弥右衛門が蒲団《ふとん》の中に長々と寝ている。おみよがそこにかがまっていた。兵馬が息をのんだのは、その弥右衛門の顔が蒼《あお》ざめて、眼を閉じ、固定していることであった。線香が枕《まくら》もとに細い青い煙をもつらせて昇っていた。

棒立ちになって兵馬は、わが眼を疑った。弥右衛門の顔を見つめたまま、しばらくは声も出ない。

「旦那さまが」

と、おみよは急に兵馬の顔を見上げると泣いて崩れた。

「今朝、こんなことにおなりになりました」

弥右衛門が死んだという実感がはじめて兵馬に来た。ど肝《ぎも》を抜かれたというのはこのことである。夢想もしなかった椿事《ちんじ》が突発した。

「い、いったい、これは――」

どうしたのだ、という言葉がつづかない。

枕もとにぺたりとすわって、弥右衛門の死顔を凝視した。急死であるから患《わずら》いの変《へん》貌《ぼう》はなかった。蒼い顔色を別にすると、とんと生きた人が太平楽に眠っているようであった。

「昨夜からご気分が悪くて目まいがしそうだとおっしゃいました。お邸にお帰りになるとおっしゃるのを無理にお引きとめして臥せっていただいたのですが」

おみよが泣き声で説明した。

「今朝ほど一度お起きになったのが、悪かったのでございましょう。急にお倒れになったのでびっくりいたしました。ううん、と呻《うめ》かれただけでございます。あとはお声もありませんでした。それで、おばさんにすぐにお医者の良庵さんを呼んできてもらったのですが、その時は、もう手おくれでございました」

「医者はなんと言ったのか？」

「卒中だと申されました。脈を診ておられましたが、これはもうだめだと首を振られました」

おみよの後ろにすわっていた仁兵衛の女房が身体《からだ》を前に出した。

「旦那さま。よいときにお越しくださいました。仁兵衛は昨日から行徳《ぎょうとく》の親類の家に行っておりまして留守なので、女二人でどうしたものかと、うろたえていたところでございます」

仁兵衛の女房の言う意味は、兵馬にすぐわかった。

じつはそれなのである。弥右衛門が不意に死んだ。好きな女のところで死んだのだから、本人は本望であろうが、あとの処置はどうするのだと、死人の横着な顔に言ってやりたい。あのけわしい権高な顔をした彼の妻へ、この場の始末をどう報告すればよいのだ？

兵馬は困惑した。死んだ場所が悪いのだ。こともあろうに匿し女のところに泊まって死んだ。正面切って、あの妻に言えることではなかった。それに兵馬自身が弥右衛門の悪事の共謀者であった。追及されると、そこまで割れることになる。

だが、このまま遺族に知らせずに死骸《しがい》を置いておくわけにもいかなかった。が、兵馬の困惑は死体の処置ばかりではない。香月弥右衛門は、小納戸役三百石の直参である。十五の娘があるだけで跡目がなかった。このまま病死の届けを出すと、彼の家は断絶であった。

相続ということに敏感なのは、ひとり兵馬だけではなく、このころの武士の観念であった。跡目なく断絶となれば、家族は、家も身分も生活も一挙に失う。三百石といえば、武家では中流の暮らしであった。

兵馬が心配したのは、この親友の家が断絶することであった。彼の妻にたいしては少しも同情はない。しかし、家までつぶすことは、死んだ当人の本意ではあるまい。

女房にはいじめられたが、娘はかわいいはずであった。いや、弥右衛門は人一倍の子煩悩《ぼんのう》であった。

　当主が急死した場合、相続人がなかったら、表向きにはしばらく病気の届けを出し、娘に養子縁組みをして後、死亡を届ける。そうすると養子に跡目の沙汰《さた》がくだるのが、普通のしきたりであった。

　しかし、それは普通の話だ。弥右衛門の場合は、まず事のしだいを妻に明かさなければならない。これが兵馬にとって難物であった。あの女房は、たださえ鬼門なのに、こんなことを報告に行ったらどのような目にあわされるかわからなかった。兵馬は、まだ見ない先に、弥右衛門の女房の憤怒の形相を想像して畏怖《いふ》した。

が、それですまされることではない。だいいち、仏の始末がつかぬ。この家から黙って葬式を出すわけにもいかないではないか。兵馬は惑乱した。

「うちの人がいたら、旦那のご相談にもなれましたものを、ほんとに留守で申しわけがございません」

　仁兵衛の女房はわびた。

「ほんとに親方がいてくだすったらね」

おみよも嘆いた。兵馬もそう思うのだ。仁兵衛はしっかり者で、考え深い男だった。

やはり五十まで職人で叩《たた》きあげ、世間を見てきた男の性根は違っていた。頼りになるこの男が、他行《たぎょう》しているとは、運の悪い時は仕方がないものである。

「まあ、仕方がない。わしから邸には届けよう」

兵馬は決心して言った。死んだ友人を悼《いた》むよりも善後策に勇気を奮い起こすのが先だった。

「そのかわり、邸から遺骸《いがい》を引きとりにくる。その時になって、おみよ、取り乱すでないぞ」

大変な事態が起こる。自分でも、どうなることかと恐ろしかったが、その場になっての注意をおみよに与えたのは、さすがであった。

「はい」

おみよは、また袂を顔に当てて泣いた。

「弥右衛門もな、おまえのそばで死んで仕合わせだったのだ。よく世話をしてくれたと、日ごろから喜んでいたぞ。それで満足して仏は向こうの邸に返すのだ」

おみよは声を立てた。仁兵衛の女房が手放しで涙を流した。

兵馬が憂欝《ゆううつ》な心を引きずるようにして外に出ると、植木の木犀《もくせい》の匂いがただよってきた。

三

兵馬は面《おもて》が上げられなかった。相手の顔を見ずに、一通りのしだいを話しただけで、あとはうつむいていた。

弥右衛門の妻のおとわは、急には返事をしなかった。沈黙が兵馬に苦しかった。勇気を出して告白はした。今度は相手の言い分を聞く番である。暴風雨が来る前のその無風が兵馬の頭上に耐えがたく重かった。女の狂気のような罵声《ばせい》を彼は覚悟して頭を垂れて待った。

「お話は承りましたが」

と、おとわがやっと言った。むろん、語気は強く、声音まで男のように変わっていた。

「弥右衛門どのの亡骸《なきがら》は、当家に引きとることはできませぬ」

鞭《むち》を鳴らしたような言い方であった。兵馬は、眉をびくりとふるわせて眼を上げた。おとわの眼が兵馬の上に白く凄《すご》んで据わっていた。顔の筋が太く怒張して浮き、まなじりがつりあがっていた。兵馬はあわてて眼を伏せた。

「戸村さま。そうでございましょう。失礼な言い分ながら、もし、お手前さまがそのような卑《いや》しい女の傍でお果てなされたら、奥さまはなんと申されましょう。わたくしと同じお言葉が出るとぞんじます」

静かだが、声に凄涼《せいりょう》さがあった。兵馬は一言もなかった。答える言葉が見あたらない。しかし、おとわのたとえには、兵馬をふらちな夫の共犯者とする敵意がこもっていた。

兵馬は、おとわの前に縮んだ。

「弥右衛門どのはわたくしをだました。よくも一年半もだまされました、このわたくしがです。あっぱれなお方です。もう、夫でもなく、娘の父親でもございません。赤の他人、それも獣のような人です。その死人を、この香月の邸《やしき》の内に入れることはできませぬ」

女の本性と、家つきの娘の権威とがこの切り口上の中にたぎっていた。妻の感情はなかった。夫の死に動転するでもなく、悲嘆するでもなかった。蒼凄んでいる顔は、嫉妬《しっと》からではなく、卑しい女に見かえられた侮蔑《ぶべつ》への怒りだけが出ていた。その怒気のかけらが兵馬にも飛んで当たってくる。

「いちいち、ごもっともですが」

と、兵馬は細い声で言った。

「それでは弥右衛門はご当家に還れませぬか？」

「むろんです。どこかで片づけてもらいましょう」

おとわは、言下に言った。どこかというのが、相手の女の家を指している意味にとれた。わずかに女らしい嫉妬がのぞいた。

萎縮《いしゅく》していた兵馬が、わずかに余裕をとり戻したのは、それを感じたからであった。石のように歯が立たなかった相手への畏怖が、それで急に薄らいだから妙であった。

「わかりました」

と、兵馬は言った。

「そのように取りはからいましょう。しかしこれはよけいな口出しかもしれませんが、ご当家の跡目のことはいかがなされます？　弥右衛門からはまだ決まったようには聞きませなんだが」

これを聞いて、おとわの返事はすぐにはなかった。奇妙な狼狽《ろうばい》が彼女の表情に現われてきた。憤怒だけに支えられて硬直した顔に、にわかに崩れが見えてきた。

彼女は、言葉を容易に発しなかった。今度の沈黙は前とは性質が違っていた。あきらかに混迷が、この勝気な女の口を奪ったのである。

兵馬に言われて、おとわは初めて事の重大さに気づいたのであろう。今まで、わが夫への憎悪《ぞうお》だけしか考えなかった彼女は、その思慮の余裕を失っていたといえる。安泰だった生活の危機を指摘されて、彼女の高慢な顔が波のように動揺してきた。

兵馬はしだいに立ち直った。彼は少しずつ背が伸びてきた。

「跡目がなければ」

と、彼は相手の返事を催促するように言った。

「香月の家は断絶ということになりますが」

おとわは蒼くなり、唇を嚙《か》んでいた。もう憎悪や意地だけでは通せない話である。膝《ひざ》の上に堅く組んだ指先がふるえていた。額の筋がいよいよ浮いた。

窮地に追いこまれたこの勝気な女の表情を兵馬は多少の意地悪さで見まもった。もとよりこの女には日ごろから好意を感じないのだ。

「跡目のことは、すぐに計らいます」

おとわはようやく答えた。言葉に前ほどの迫力がないのは、まだ混乱しているからである。

「すると、娘ごに急養子というわけですか？」

兵馬は質問した。

「そうです。親戚《しんせき》に心当たりの者がおります」

おとわはどこかを見つめるような眼つきで言った。

「なるほど、それは好都合です。弥右衛門を病気のていにし、あとで死去の届けを出すわけですな。慣例があることですから、組頭も黙って受けつけてくれましょう。その急養子に跡目相続のご沙汰はくだると思います。しかし」

と、兵馬は踏みこんだ。

「しかし、それにしては、弥右衛門の亡骸がご当家にないとなると妙なことになりますな。葬式がご当家でなく、よそから出たという話がお上にでも聞こえたら、相続どころのことではない、どのようなお咎《とが》めがあるかわかりませんな。いや、わたしは弥右衛門の友だちだから、そんな、万一の場合も考えるのです」

おとわは黙っていた。冷たい、きれいな顔だけに、こわくなるような表情であった。顔に汗が光っていた。彼女が必死に敗北を踏みこらえていることがわかった。

ふらちな憎い夫の遺体は引きとりたくない。さりとて三百石の家禄は失ってはならぬ。この相克《そうこく》の中に彼女は苦悶《くもん》していた。気位と計算の挟み撃ちにあっていた。

「仕方がありませぬ」

おとわは蒼い顔をして、ついに言った。

「弥右衛門どのの死体は引きとりましょう。香月の家のために、わたくしは眼をつむります。家のために、この恥を忍びます」

そう言いだす結果はわかっていたが、この降参は彼女にとっていかにもくやしそうであった。

「そうなくてはなりませぬな」

兵馬はひそかに凱歌《がいか》をあげた。

「それでは、亡骸はお引きとりに先方に参られますか？」

「戸村さま」

おとわは、とつぜんかん高い声をあげた。眼を光らせて兵馬を睨《にら》みつけた。

「それは、あなたに頼みます。弥右衛門どのとは特別なご交際ゆえ、お聞きとどけくださるはずです」

同類だから、おまえがしろ、と命令するような言い方だった。けがらわしい、という表情が露骨に出ていた。

「断わっておきますが納棺はあちらでして運んでください。弥右衛門どのはそのほうを喜ばれましょう」

それが精いっぱいの皮肉であろう。夫の死骸には指もふれたくないという顔つきだった。

「わたくしは顔も見たくありません」

四

戸村兵馬が汗をかいて植木屋の離れに戻ったのは、一刻の後であった。道々、納棺の準備など手はずを考えながら歩いてきたのである。

気づかなかったが、このときは線香の匂《にお》いが鼻に来なかった。座敷に上がってみて、彼ははじめて何かを知った。

「あっ」

と、彼は思わず声をあげた。ふたたび、わが眼が信じられなかった。

香月弥右衛門が、蒲団《ふとん》の上にすわっているのである。たしかにすわっているのだ。

兵馬は棒立ちになった。足が動かない。異様な衝撃が頭の中に突風を巻き起こした。眼をむいてその人間を凝視しているだけで、瞬《また》きも忘れていた。

すわっている香月弥右衛門がその兵馬を見た。間違いなく、眼が開いているのだった。いや、身体《からだ》を動かしてすわり直したではないか。

「これは」

と、兵馬は叫んだだけで絶句した。まだ立ったままだった。

「兵馬」

と、弥右衛門が声を出した。

「心配かけてすまぬ」

これは確かにふだん聞いている弥右衛門の声に相違なかった。軽く頭まで下げたから、もう生きている実証なのだ。

「し、死んだのではなかったのか?」

兵馬は叫んだ。狐《きつね》につままれたとはこのことである。呆《あき》れてそこにすわった。

「騒がせた」

と、弥右衛門はふたたび言った。元気がなく、細い声だったが、まさに死人ではなかった。

「生きかえったのだ」

息をひいたと思った男が、肩を落として溜息をついた。

兵馬の眼はまだ半分さめていなかった。視覚が容易に実感に接着しない。まじまじと弥右衛門の顔を眺めていた。

「戸村さま」

と言ったのは、おみよである。弥右衛門のすわっている蒲団の裾《すそ》に、しょんぼりとうずくまっていた。

「あなたさまがお出かけになってほどなく、旦那《だんな》さまは息を吹きかえされました。ふうと呻《うめ》き声をなされたかと思うと指が動いて――」

「死んだのではなかったのか？」

兵馬は、またうなった。

「じつは、一度死んだのだ」

弥右衛門が自分のことを説明した。

「医者が診てそう言ったくらいだから。それが生きかえったのだ。われながら運がよかった。あたりが急に昏くなってわけがわからなくなったが、今度は眠りから覚めたように眼が開いてな。まだ夢見心地でいる」

夢見心地はこっちだと兵馬は思った。ようやく彼の頭も普通に戻ってきた。

「そうか。生きかえったのか」

兵馬はつぶやいた。が、次に別のことで驚愕《きょうがく》した。

「まずはめでたい、と言いたいが、これはえらいことになったぞ」

弥右衛門は、それを聞くと棒のように硬直して兵馬を見た。うろこのようにどんよりと濁っていた眼に急に光が射《さ》した。それも恐怖の光である。

「おみよから聞いた。邸に行ったそうだな。大変なことをしてくれた。いま少し様子を見ていてくれたらよかったものを」

生き戻った死人は、恨むように蒼《あお》ざめた声で呻いた。唇がふるえた。

「無理を言うではない。ちゃんと線香まで焚《た》いていたのだ。生きかえるなどと誰が思う?」

「良庵さんの診立てが早まったのです。卒中でもう息がないなどとおっしゃるから」

おみよが泣き声で横から言った。

「藪《やぶ》医者め。ひどいことを吐かす。そのため取りかえしのつかぬことになったわ。のう、兵馬、おぬし、家内に、家内にどう言ったのだ?」

生きた幽霊は恐ろしそうにきいた。

「仕方がない。ありのままを言った」

「え。では、おみよとの間も言ったのか?」

「やむをえんではないか。おぬしが死んだとばかり思ったから死体の引きとりを頼みに行った。ついては、洗いざらい白状する仕儀となった」

ううむ、と弥右衛門は蒼い頬をふるわせた。

「それで家内は、ど、どう申した?」

「どうもこうもない。烈火の怒りじゃ。おかげでおれまで敵《かたき》扱いだった。おとわ殿はこう申された。自分をだました人非人の遺骸《いがい》は邸に引きとるわけにはまいらぬ。どこぞに捨ててくれとな」

おみよは泣き声をあげた。弥右衛門は身体まで小ぶるいさせて怯えた。

「しかし、弥右衛門が死んだ今となっては、跡目相続のこともある。そうもなるまい、とおれが諄々《じゅんじゅん》と説いたら、それでは娘に急養子をするゆえ、許しがたいが遺骸だけはともかく引きとろうということになった」

兵馬がこれだけの説明をすると、弥右衛門は揺いで倒れそうになった。おみよが後ろから支えると彼は声を絞りだした。

「兵馬。こりゃいったい、どういうことになるのだ！」

奇跡の死人は戦慄《せんりつ》して頭を抱えた。

兵馬も困惑した。今さら処置がつかない。他のことではなかった。弥右衛門が死んだと彼の妻に言いに行ったのである。事もあろうに匿《かく》し女のところで往生を遂げたとぶちまけた。念の入ったことに、その女とのそもそもの出来合いから自分が媒介したことまで、一年半にわたる秘密を告白してしまった。弥右衛門が死んだと思ったから、これまでと覚悟をきめて、白状はきれいなものだった。

えらいことになった。妻に畏怖《いふ》している弥右衛門の動転もさることながら、兵馬も己れの立場を失ったのだ。取りつくろいや、言いわけの立つことではない。あの勝気な女のことだから、こうしている間でも、急養子の話をてきぱきと進めていることであろう。親戚には弥右衛門の死が、もう伝わっているかもしれない。それはまもなく知人や世間に洩《も》れるのだ。どうなるのだ、と絶叫するのは弥右衛門だけではなかった。その報告をした兵馬は、しだいにじっとすわっていられない気持に駆られた。後悔とも、憤怒とも、焦燥《しょうそう》とも、つかない衝動が、身体の底のほうからつきあがってきた。

兵馬は、総身が熱くなって、汗が肌から噴いてきた。わらい者になるのはおれなのだ。いや、これが上のほうに聞こえたら、弥右衛門とともにただではすむまい。最悪の事態を想像して兵馬はのぼせた。

五

「旦那さま」

と、低い声が聞こえた。いつのまにか、植木屋の仁兵衛が兵馬の後ろに膝をそろえていた。

「お、仁兵衛か」

兵馬は眼を輝かした。いまの場合、頼りの杖《つえ》はこの男だけである。兵馬は彼の肩を叩《たた》きたいくらいであった。

「とんでもねえことになりやしたね」

滅多に困った顔を見せない仁兵衛が、暗い表情をして顔をしかめていた。

「あっしがついていればこんなことはなかった。旦那の出ていかれたあとで出先から帰ってきてでくわしたのが、この騒ぎでさ。てめえがぼんやりだからと、かかあにこごとを言って、その足でヤブ医者のところへどなりこみに走ったとこですが、こりゃ、それでおさまる話じゃねえ。弱ったことになりました」

「仁兵衛」

と、兵馬は言った。

「なんとか、工夫はないか？」

「さようですね。これがふだんなら、仏が生きかえったと大祝いするとこだが、香月の旦那の場合は、ちっとばかり事情がこみいってますからね」

問題はそれだった。今さら、蘇生しましたと知らせてすませることではない。隠しにかくした弥右衛門の女のことが、今は一切合財、あの気強い妻に知られているのだ。

遺骸さえ引きとらないと主張した妻ではないか。

生きかえったぞ、と言って、のめのめとわが邸《やしき》の門をくぐれる弥右衛門の立場ではなかった。たださえ妻に圧迫されている彼に、とてもその勇気は望めそうにないのだ。実際、眼の前にすわっている弥右衛門は、見るも哀れに悄然《しょうぜん》としていた。

「こいつはどうもいい知恵が出ませんね。面倒くせえから二人ともどっかに逃げな、と言いてえが、これができるのはあっしたち職人のことでさ。お武家の間じゃ通らねえから不自由なもんですね」

仁兵衛がつぶやいた。

なるほど、この場合、弥右衛門がおみよを連れて逃走し、武士をやめてどこかにひっそりと暮らすのは一番の方法かもしれなかったが、それは不可能なのだ。弥右衛門の遺骸がなくては葬式もできない。死亡届けがなければ跡目相続がくだるはずもなかった。当主が無断で逃亡したとわかれば、家は断絶に決まっている。

弥右衛門は家にも妻にも執着はないが、十五になる娘がかわいい。もとから子煩悩《ぼんのう》であった。この子を路頭に迷わせたくないのが本心であった。

もう一つ問題がある。前にも言うとおり、こうしてすわっている間にも、急養子の手続きをおとわは急速に運んでいるに違いない。さすれば、弥右衛門の不名誉な死は親類じゅうに知れているかもしれない。それが上に知れた時の咎《とが》めがこわいのだ。処罰はとうぜんに関係した戸村兵馬にもかかってくる。兵馬が困惑の中にも覚えている恐怖はこれだった。

二重にも三重にも、身動きできない枷《かせ》の中にはまって、香月弥右衛門はしおれかえっていた。仁兵衛は腕を組んで苦渋な顔をしている。おみよは弥右衛門のかげで泣いているだけである。兵馬は額から脂汗《あぶらあせ》を流していた。

息のつまりそうな沈黙がつづいた。

「死のう」

と、とつぜん弥右衛門が言った。

はじめ何を言ったかわからなかったが、二度めに、

「こうなったうえは仕方がない。死のう」

とはっきり聞いた時は、三人が、あっと思って弥右衛門を見つめた。

「おれが生きかえったのが悪かったのだ。みなに迷惑をかけてすまぬ。武士らしくこの場で腹を切る」

追いつめられた男は、覚悟を決めたように眼を光らせて言った。顔は前よりも蒼く、幽鬼のような形相をしていた。

なるほど彼が生きかえったのが悪い。が、もう一度、死に戻ろうと言いだした弥右衛門の言葉は兵馬の胆《きも》を奪った。仁兵衛も呆《あき》れ顔でいた。

「のう。おれがこのまま邸に戻れると思うか。兵馬、おとわの気性は知っておろう。この上の恥をかきとうない。生き返ったのが不覚だった。生き恥をさらしとうないのじゃ。死なせてくれ」

弥右衛門はあえいで言った。その言葉から、彼が生きる恐怖は、妻の存在であることがわかった。無理もないのだ。二十数年間、家つきの妻に圧迫されて強迫観念につかれた男だった。兵馬にとっても、それをあざわらうことのできない現在の窮地であった。

「死ぬか？」

と、兵馬は思わずきいた。——

死ぬ、と決まってから、ことは早かった。何しろ弥右衛門が言いはってやまないのである。当人はせっぱつまって死ぬほかに手段がないと思いこんでいる。小心で思いつめる性格であった。生き恥をさらしとうない、という主張は、いちおう武士の性根として見事に見えたくらいであった。

この場にいたって仁兵衛も別段な才覚も浮かばぬらしい。彼もしぶしぶ弥右衛門の決心に従うほかはなかった。哀れなのはおみよで、これは弥右衛門にとりすがって泣いてばかりいた。

「のう、兵馬。おぬしは組頭に受けがよい。跡目のこと、何かと頼むぞ」

と、弥右衛門は言った。なんといっても、これは普通の死亡ではない。組頭の耳にはいっても、黙って見のがしてもらうよう頼みこんでくれと彼はうったえた。兵馬は何度もうなずいて請《う》けあった。

「さて死ぬか。介錯《かいしゃく》なしでは、ちと苦しいが」

弥右衛門はわが腹をなでた。

なるほど介錯するわけにはいかなかった。首をはねたのでは、棺桶《かんおけ》におさまって誰かに死顔を見られた時におさまりがつかない。まるい桶に死人はすわるから、腹を切ったぶんでは上からのぞかれても着物をきせてやれば気づかれなくともすむのである。

弥右衛門がこう言った時、兵馬は彼の死の場を見つめる勇気のないことを知った。一つは、切腹だといってもそもそもが武士として名誉な因《もと》からではない。一つは彼の死は兵馬に大きな責任がある。いわば彼が弥右衛門を殺すようなものだった。そう考えると介錯なしで苦悶《くもん》して死ぬる弥右衛門の死にぎわを正視することが耐えられなかった。彼はとっさに逃げ口上を思いついた。

「弥右衛門。それでは、おれはこれから組頭のところへ行ってくるぞ。それとなく手を打っておく」

兵馬が言うと、弥右衛門は、その心を読んだように寂しく笑った。

「よいよい。おぬしも介錯無用では手持無沙汰《ぶさた》であろう。心配はいらぬ。寂しゅうはない。おみよと死出の別れを惜しんでな。仁兵衛にもその間、遠慮してもらおうぞ」

おみよが裂けるような声をあげた。

——兵馬は、逃げだすように外に出た。

陽は傾きかけていたが、秋の空らしく澄みわたっていた。道を歩いている職人も女も、日常《ふだん》と変わりないような顔をしていた。面白そうに笑いながら話しあって通りすぎる者もいる。誰も、今の瞬間にこれから死を遂げようとする人間の世界があるなど、夢にも想像しないのんきな顔つきをしていた。

ある町まで来ると、急に人の騒ぐ声が聞こえた。ばたばたとその方へ駆けていく連中もいる。兵馬は眼をあげた。

遠くだったが、身体《からだ》を縛られた男が、裸馬の上に乗って引きまわされていた。前に高札を持って歩いている男がいるから、これは死刑になる罪人と知れた。群衆が道に集まってどよめいていた。

ここにも何刻かの後には死を確実に迎える人間がいる。――兵馬は、足をとめて、その行列をじっと見送った。

六

香月弥右衛門の遺骸は棺桶に納め、蓋《ふた》をくって、その夜のうちに駕籠《かご》で四谷の香月の邸に運びいれた。兵馬がそれに付きそった。

納棺は、兵馬が組頭のところに行っている間に、すべて仁兵衛がやってくれていた。

「立派なお最期《さいご》でございました」

と、遅く戻ってきた兵馬に仁兵衛は言ったものである。そのとき、兵馬が棺の上からさしのぞいてみると、死人は首を下に垂れて頭が正面に見えた。乱れた髪をきれいに結いあげているのは、おみよの心遣いであろう。うつむいた顔は鼻の先だけが見えた。月代《さかやき》の皮膚はすでに変色していた。

「かわいそうなことをした」

と、兵馬は一瞥《いちべつ》して棺の蓋を閉じて合掌した。仁兵衛が故人の最期の模様を詳しく話した。しかし、どんなにそれが立派でも、これは追いつめられた男の死である。それも女房に恐怖して窮死を遂げた哀れな男であった。

生きかえったと言って戻れなかった弥右衛門は、死体となって、暮夜ひそかにわが邸にはいった。その予定で手はずはととのっていた。夫が棺にはいって帰ってきたのは、とうぜんである。

邸の内は、公けにできないことであるから、親戚《しんせき》でもごく近い者が二三人集まったにすぎなかった。仏前の飾りも寂しいものである。外聞をはばかって内密にことをすませようという計らいであろうが、兵馬にはその粗末さが妻の怒りを表わしているように思えた。

実際、おとわは夫の死顔を見ようともしなかった。兵馬に言った言葉のとおりである。むろん涙を一滴こぼすではない。権高な、冷たい顔は蒼凄んで、己れを侮辱した夫の納まっている棺を睨《にら》みつけていた。この邸に一時でもはいれるのは、よほどの恩恵であると言いたそうな顔であった。

ただ、十五になる娘だけには、さすがに父の対面をゆるした。が、この娘も、母に気を兼ねたか、それとも死人を見るのが恐ろしいのか、こわそうに棺の蓋の間からさしのぞいただけで、後に退って母の横にすわった。

僧が読経《どきよう》を終わると、いよいよ棺の蓋に釘《くぎ》を打つ番になった。もちろん、これは近親者のする行事であった。

「戸村さま」

と、おとわは兵馬に顎《あご》で合図した。棺に手を触れるのもけがらわしいから、おまえがしろ、という意味だった。二十数年、連れそった夫を夫と思わない酷薄さが、そのけわしい美しい顔にむき出ていた。ひとがいなかったら、棺の中の夫に唾《つば》でも吐きかけそうな表情であった。

兵馬は立って棺に進んだ。もう一人、親戚の老人が釘を打つ作業をいっしょにした。兵馬は蓋を閉ざす前に、ちらりと内部《なか》をのぞいた。そばにもう一人誰かが蠟燭《ろうそく》をもって立っているが、灯は充分に棺の内側まで届かなかった。それでも、弥右衛門の頭部はほの明るく見えた。小暗いせいか、死人の髪は黒々と豊かに結いあげられている印象をうけた。

「成仏《じょうぶつ》してくれ」

と、兵馬は石で釘を打った。

もう一人の老人は腹立たしげに釘を叩いていた。昔気質《かたぎ》らしく、けがらわしい女の傍らで人にも言えない死にざまをした弥右衛門に怒っているのであった。老人は、文字どおり、石もて棺を打っていた。

それから十日ばかりして植木屋の仁兵衛が兵馬の邸に植木の手入れにきた。

鋏《はさみ》の音をきいて、兵馬は庭に出た。

「仁兵衛か」

声をかけられて、仁兵衛は木の上から降りた。

「いい天気でございますね、旦那《だんな》」

と、仁兵衛は挨拶《あいさつ》した。眼を細めて笑っていた。

「この間は世話になったな」

兵馬は礼を言った。

「めっそうもない。行きとどきませんで」

と、仁兵衛は腰をかがめて手を振った。

「ときに、おみよはどうしている？」

兵馬はきいた。

「へえ。もう、あっしの家からは出て、いませんよ」

仁兵衛は腰から煙草《たばこ》入れを取りだして、煙管《きせる》をはたいた。

「そうか。出たのか。弥右衛門に死なれてあの女もかわいそうだな。また、両国に働きに出たのかな？」

「いえ――」

と言いかけて、仁兵衛は煙草を吸って黙った。

「いえ、だと？」

兵馬はとがめた。

「では行く先を知っているのか？」

「いえ、どこだかぞんじませんよ」

仁兵衛は顔をそむけた。

「仁兵衛」

と、兵馬は鋭く言った。

「弥右衛門はどこにいる？」

仁兵衛は顔色を変えた。狼狽《ろうばい》が一瞬に表情に走った。が、すぐに老巧に立ちなおった。

「これは妙なことを仰せられます。香月の旦那は成仏して極楽にいらっしゃるはずですがね」

「極楽でも方角が違うだろう」

と、兵馬はうすく笑った。

「仁兵衛。かくすな。棺の中の死人は弥右衛門ではあるまい」

仁兵衛は返事をせずに、太い鼻柱を横に見せた。

「おれは初めの時には弥右衛門の顔を子細に見るのが気の毒で、棺の上からすわって首を傾けている頭を見ただけだった。二度めに弥右衛門の邸《やしき》で、ちらりと頭を見たとき、はじめて気がついた。死人の髪はきれいに結いあげてあった。弥右衛門の髪は薄くて少ないのだ。あんなに豊かなはずはない。そのときも、眼の加減かと考えていたが、だんだん、そうではない確信が湧《わ》いてきた。どうだ、仁兵衛。違うか」

仁兵衛は、否《いや》とも応ともいわず、煙管をかんでいた。

「あの時、おれがおまえの家を出て、組頭のところに話に行き、戻ってくるまで、たっぷり二刻は経《た》っていた。帰ってきたときは、弥右衛門はちゃんと棺の中にはいっていたな。ごていねいにおまえは、立派な最期だったと割腹の様子まで知らせてくれたものだ。万事はおまえが取りはからってくれたが、おれの知らぬ細工は二刻の間にしたのだろう。仁兵衛。あれは他人の死骸《しがい》と入れかえたな？」

「はてね」

と、仁兵衛は煙管を石に叩《たた》いて、その場にしゃがんだ。

「身代わりの死人は髪がずいぶん伸びていた。月代《さかやき》はおみよがきれいに剃《そ》ったのだ」

兵馬はつづけた。

「ありゃ、牢死《ろうし》した罪人だろう。おまえは処分する非人からその死骸を買ったな？　どうだ、図星だろう」

「ぞんじませんね」

　と、仁兵衛はうそぶいた。

「そうか。知らなければそれでいい。それなら、おれだけの当て推量だ。おれは、あの時、外へ出たさいに引回しの罪人を見たのだ。それで連想が牢死の科人《とがにん》に走ったのだな。牢死者は役人が非人に渡すことになっている。もし、それを弥右衛門と入れかえてごまかせたらと、じつは、おれもふと考えたのだ。が、まさかおまえが先手を打って、その危ない芸当をやっていようとは知らなかった。仁兵衛め、やったな、とあとで気づいた」

　兵馬がじっと見ると、

「なんのお話だかわかりませんね」

　と仁兵衛は、のっそり立ちあがった。それから、ごめんとお辞儀すると、しかけた植木の手入れの方にずんぐりとした背を歩かせていった。

　その後も、兵馬は、仁兵衛が来るたびに、

「仁兵衛、弥右衛門とおみよはどこで暮らしている？」

ときくが、

「なんのお話ですかね」

と、受けつけない。太い鼻柱は、いかにも頑固をあらわしていた。

解説

平野謙

本巻に収録されている「腹中の敵」や「陰謀将軍」についての著者の言葉を、まず最初に引用しておきたい。

「『腹中の敵』は丹羽《にわ》長秀《ながひで》のことだが、後進の秀吉《ひでよし》に対する先輩としての反撥《はんぱつ》には、柴田《しばた》勝家の陽動型、長秀の隠忍型とがある。もっとも、長秀のは隠忍型というには当らず、同じ反撥にしてもなんとなく知性が感じられる。その弱さが秀吉に押しきられたかたちで、長秀は破滅していくのだが、これは現代社会のどの組織にも見られることであろう。時代ものに材は藉《か》りたが、私は現代的な現象を頭に置いて書いた」

「『陰謀将軍』は、例の足利義昭《あしかがよしあき》のことを書いている。義昭は史家から爪《つま》はじきされているが、私はこの将軍がわりと好きだ。その幼時の不幸な環境、そこからひとたび世に出かかると、急に出世欲にとりつかれる。しかも小心翼々として、たえず誰かを見まわしながら、つねに誰かを利用しなければならぬ。なんとなく現代の蒼白《あおじろ》い斜陽貴族の青年を思わせる。いや、むりに貴族でなくともよい。こういう青年は、その辺の会社や工場にいっぱい見ることができそうだ」

作者の言葉というものは、その作品を理解するためのもっとも有力な手がかりになる。苦労してその作品を書きあげた作者の言葉ともなれば当然のことだ。産みの喜びと苦しみは、その母親よりよく知っているものがいないのと同じである。とすれば、ここに引用した著者の言葉は、「腹中の敵」や「陰謀将軍」を理解する最大の鍵《かぎ》ともいえるだろう。「これは現代社会のどの組織にも見られることであろう。時代ものに材は藉りたが、私は現代的な現象を頭に置いて書いた」という言葉は、「腹中の敵」理解のキイポイントといえよう。ここに歴史小説を書く著者の態度の一端をうかがうことができる。著者はある特定の歴史的事実を歴史的事実であるがゆえに、わざわざ小説化したのではない。著者のアクチュアルな現代的関心が特定の歴史的事実にたちむかわせたのである。一般に歴史的関心はそういうものだ、と私も信じている。

しかし、産みおとした子供の目鼻だちをいちばんよく判断できるのが、その母親とは限っていないこともまた事実である。目鼻だちのととのった子供を産みたい母親の希《ねが》いが、そのまま実現されるとは限らぬのである。親の慾目《よくめ》ということがある。私は著者の言葉を親の慾目にひとしいなどというつもりはない。ただ著者の言葉のように断定すると、産まれた子供の可能性を一方的に限定する惧《おそ》れがあるように思うだけである。「時代ものに材は藉りたが、私は現代的な現象を頭に置いて書いた」といわれると、まるで「現代的な現象」を描く一手段として、「時代ものに材を藉りた」ようにきこえる。たしかにそういう歴史的小説もある。よく引かれる例だが、菊池寛の「入れ札」という作品はそういう事例にピタリとあてはまる一典型である。その事情を知らぬ読者のために一応説明しておけば――

大正九年に徳田秋声と田山花袋《かたい》の生誕五十年記念の行事が、全文壇的規模において催されたことがある。記念講演会が開催されたのは無論だが、そのほかに、一冊の現代小説選集を編集して、その印税を秋声と花袋に贈ることも企劃《きかく》されたのである。現に、それは田山花袋徳田秋声「誕生五十年祝賀記念」と銘うたれ、「現代小説選集」一巻として、大正九年十一月に新潮社から刊行されている。問題は、その一冊の選集に収録する作家の顔ぶれの選定にあった。今日からみれば嘘《うそ》のような話だが、当時は五十歳まで現役作家として生きのびた人もすくなく、したがってその記念文集も「一世一代の代表作集のやうに思はれ、それに入る事は、一代の名譽のやうにさへ感ぜられた」（久米《くめ》正雄の「文士会合史」による）ため、その人選は難航した。長田幹彦《ながたみきひこ》を入れるべきか否《いな》かが最後に問題点として残り、長田幹彦本人を目の前にして、現在の長田幹彦はすでに通俗作家に堕しているから入れるべきでない、という激論が起ったりして、とど無記名投票ということになって、長田幹彦はついに落ちたのである。その経緯を見聞した菊池寛は「お互ひに、あんな目に会っちゃア、かなはないな。だが僕は、あれで一つの主題《テーマ》を得たよ。いづれ書く」と久米正雄に語ったという。事実、菊池寛はその事件を国定忠治とその子分たちのイキサツとして巧みに換骨奪胎した「入れ札」を書いたのである。つまり、現在の一事件をそのものとして描くのが適当でないとき、時代を過去にかりて、一篇の歴史ものなり時代ものなりを書きあげる場合はあり得るし、菊池寛の「入れ札」はそういう作柄の一典型である。

本巻に収録された作品はだいたい昭和三十年以後二、三年に書かれたもので、当時は伊藤整が唱えたいわゆる「組織と人間」論が一個の通説として作家のあいだにも滲《しん》透《とう》しつつある時期だった。著者もまた伊藤整の提言とは別個の立場から、戦後の「組織と人間」関係に重大な関心をよせつつあった時期に該当していたようである。とすれば、「腹中の敵」はそういう現代的な「組織と人間」関係を照明する一手段として、主人公を丹羽長秀という歴史上の人物にかりた、と思われぬでもない。現に、著者自身もそう推定させるにたる言明をしているのである。しかし、私はこういう自己限定は作品の幅をせまくする惧れがある、と思うものである。

誰でも知っているように、森鷗外《おうがい》の有名な歴史小説論に、歴史そのままと歴史ばなれという言葉がある。これは歴史小説の客観的傾向と主観的傾向を語った言葉として一般に理解されているが、歴史そのままであれ歴史ばなれであれ、そこにはまず作者の関心をつよく惹《ひ》きつける史実というものが前提されているはずだ。その史実に対する詩的想像力の客観的主観的の相異によって、歴史そのままと歴史ばなれという作者の態度の相異もまた結果するはずだ、と私には思える。つまり、歴史小説の場合、その解釈のしかたはともかく、史実に対する作者の関心というものが第一に前提されるべきだ、と思う。ところが「入れ札」の場合はそれが逆になっている。材を過去にかりたのは、あくまで便宜的な手段にすぎない。私はそういう作柄のものがあってもかまわぬとは思うものの、歴史小説という場合はいささか本末顛倒しているように思われるのである。「腹中の敵」や「陰謀将軍」に関する著者の言葉には、そういう本末顛倒的な誤解を生じさせる危険があるようだ。

こんなことを書くのも、著者の文壇的出世作ともいうべき「或《あ》る『小倉日記』伝」の主人公に共感する一面が、生来著者にはそなわっている、と思えるからである。「或る『小倉日記』伝」の主人公をささえた最大のモティーフは、やはり無私な歴史的探求ともいうものだったろう。この調査を完成して、自分を軽蔑《けいべつ》する世人をみかえしてやりたい、と思ったにしても、根本は非功利的な探求欲、調査欲にうながされたためだったろう。そういう無私な学問ずき、歴史ずき、調査ずきの性情は、また著者のものでもあったはずである。本巻に収録された作品に限っていえば、「腹中の敵」「秀頼《ひでより》走路」「戦国謀略」「ひとりの武将」「陰謀将軍」などはすべて特定の史実に依拠して書かれた作品である。みな織田信長、豊臣秀吉の時代の史実をもととしているが、このことは、歴史小説執筆のための材料あさりとしてではなく、それ以前の無私な史書耽読《たんどく》の結果を、職業作家として活用したまでだ、という気がする。つまり、著者は織田・豊臣時代の歴史がすきであって、なにに利用する心づもりもなく、その時代の史書を耽読した時期があって、それが職業作家一本になったとき、モノをいったように思われるのである。

このことは、「腹中の敵」以下にえらばれた主人公の性格をみてもわかるはずである。そこには一貫したライヴァル意識とか復讐《ふくしゅう》とか陰謀とかにこりかたまったような人物に、照明が集中している。これは著者がある特定の史実に心ひかれるということの結果にほかなるまい。歴史そのままという鷗外の言葉を史実尊重と翻訳してみれば、著者がどんなに歴史ばなれを意図したような言葉を書きつけていようと、史実尊重こそ著者の歴史小説の大前提をなすものと私には思われる。

特定の歴史上の人物を主人公としない「いびき」「佐渡流《る》人《にん》行」「甲府在番」「流人騒ぎ」などの作品についても、ほぼ同じことがいえるのではないか。ここには流人とか甲府在番というような歴史上の特定なシテュエーションに対する著者の好みがあらわれている。それを踏まえた上の創作という点では、「腹中の敵」以下の歴史小説と本質的にかわらない、というのが私の感想である。こんなことを書くのも、著者の無私な歴史ずき、踏査ずきの性情が、現代的関心として、一方で「日本の黒い霧」から最近の「昭和史発掘」というふうに、他方では推理小説の新分野開拓というふうに発現している、と私には思えるからである。著者はある特定のイデオロギイを仮託するために、ある史実をかりたり、現代的状況をかりたりする作者とはちがう、ということを私はここでいいたいのである。

（昭和四十年九月、文芸評論家）

松本清張著

或る「小倉日記」伝

芥川賞受賞　傑作短編集㈠

体が不自由で孤独な青年が小倉在住時代の鷗外を追究する姿を描いて、芥川賞に輝いた表題作など、名もない庶民を主人公にした12編。

松本清張著

黒地の絵

傑作短編集㈡

朝鮮戦争のさなか、米軍黒人兵の集団脱走事件が起きた基地小倉を舞台に、妻を犯された男のすさまじい復讐を描く表題作など9編。

松本清張著

西郷札

傑作短編集㈢

西南戦争の際に、薩軍が発行した軍票をもとに一攫千金を夢みる男の破滅を描く処女作の「西郷札」など、異色時代小説12編を収める。

松本清張著

張込み

傑作短編集㈤

平凡な主婦の秘められた過去を、殺人犯を張込み中の刑事の眼でとらえて、推理小説界に新風を吹きこんだ表題作など8編を収める。

松本清張著

駅路

傑作短編集㈥

これまでの平凡な人生から解放されたい……。停年後を愛人と送るために失踪した男の悲しい結末を描く表題作など、10編の推理小説集。

松本清張著

わるいやつら

（上・下）

厚い病院の壁の中で計画される院長戸谷信一の完全犯罪！　次々と女を騙しては金をまき上げて殺す恐るべき欲望を描く長編推理小説。

松本清張著
歪んだ複写
―税務署殺人事件―

武蔵野に発掘された他殺死体。腐敗した税務署の機構の中に発生した恐るべき連続殺人を描いて、現代社会の病巣をあばいた長編推理。

松本清張著
半生の記

金も学問も希望もなく、印刷所の版下工としてインクにまみれていた若き日の姿を回想して綴る〈人間松本清張〉の魂の記録である。

松本清張著
黒い福音

現実に起った、外人神父によるスチュワーデス殺人事件の顚末に、強い疑問と怒りをいだいた著者が、推理と解決を提示した問題作。

松本清張著
ゼロの焦点

新婚一週間で失踪した夫の行方を求めて、北陸の灰色の空の下を尋ね歩く禎子がまき込まれた連続殺人！『点と線』と並ぶ代表作品。

松本清張著
眼の壁

白昼の銀行を舞台に、巧妙に仕組まれた三千万円の手形サギ。責任を負った会計課長の自殺の背後にうごめく黒い組織を追う男を描く。

松本清張著
点と線

一見ありふれた心中事件に隠された奸計！列車時刻表を駆使してリアリスティックな状況を設定し、推理小説界に新風を送った秀作。

松本清張著
黒い画集
身の安全と出世を願う男の生活にさす暗い影。絶対に知られてはならない女関係。平凡な日常生活にひそむ深淵の恐ろしさを描く7編。

松本清張著
霧の旗
兄が殺人犯の汚名のまま獄死した時、桐子は依頼を退けた弁護士に対する復讐を開始した。法と裁判制度の限界を鋭く指摘した野心作。

松本清張著
蒼い描点
女流作家阿沙子の秘密を握るフリーライターの変死——事件の真相はどこにあるのか？代作の謎をひめて、事件は意外な方向へ……。

松本清張著
影の地帯
信濃路の湖に沈められた謎の木箱を追う田代の周囲で起る連続殺人！ふとしたことから悽惨な事件に巻き込まれた市民の恐怖を描く。

松本清張著
時間の習俗
相模湖畔で業界紙の社長が殺された！容疑者の強力なアリバイを『点と線』の名コンビ三原警部補と鳥飼刑事が解明する本格推理長編。

松本清張著
砂の器（上・下）
東京・蒲田駅操車場で発見された扼殺死体！新進芸術家として栄光の座をねらう青年の過去を執拗に追う老練刑事の艱難辛苦を描く。

松本清張著

Dの複合

雑誌連載「僻地に伝説をさぐる旅」の取材旅行にまつわる不可解な謎と奇怪な事件！　古代史、民俗説話と現代の事件を結ぶ推理長編。

松本清張著

死の枝

現代社会の裏面で複雑にもつれ、からみあう様々な犯罪――死神にとらえられ、破滅の淵に陥ちてゆく人間たちを描く連作推理小説。

松本清張著

眼の気流

車の座席で戯れる男女に憎悪を燃やす若い運転手、愛人に裏切られた初老の男。二人の男の接点に生じた殺人事件を描く表題作等5編。

松本清張著

渦

テレビ局を一喜一憂させ、その全てを支配する視聴率。だが、正体も定かならぬ調査による集計は信用に価するか。視聴率の怪に挑む。

松本清張著

共犯者

銀行を襲い、その金をもとに事業に成功した内堀彦介は、真相露顕の恐怖から五年前に別れた共犯者を監視し始める……表題作等10編。

松本清張著

渡された場面

四国と九州の二つの殺人事件が、小さな同人雑誌に発表された小説の一場面によって結びついた時、予期せぬ真相が……。推理長編。

松本清張著

水の肌

利用して捨てた女がかつての同僚と再婚していた――男の心に湧いた理不尽な怒りが平凡な日常を悲劇にかえる。表題作等5編を収録。

松本清張著

天才画の女

彗星のように現われた新人女流画家。その作品が放つ謎めいた魅力――。画壇に巧妙にめぐらされた策謀を暴くサスペンス長編。

松本清張著

憎悪の依頼

金銭貸借のもつれから友人を殺した孤独な男の、秘められた動機を追及する表題作をはじめ、多彩な魅力溢れる10編を収録した短編集。

松本清張著

砂漠の塩

カイロからバグダッドへ向う一組の日本人男女。妻を捨て夫を裏切った二人は、不毛の愛を砂漠の谷間に埋めねばならなかった――。

松本清張著

黒革の手帖（上・下）

横領金を資本に銀座のママに転身したベテラン女子行員。夜の紳士を相手に、次の獲物をねらう彼女の前にたちふさがるものは――。

松本清張著

けものみち（上・下）

病気の夫を焼き殺して行方を絶った民子。疑惑と欲望に憑かれて彼女を追う久恒刑事。悪と情痴のドラマの中に権力機構の裏面を抉る。

松本清張著
状況曲線（上・下）
二つの殺人の巧妙なワナにはめられ、追いつめられていく男。そして、発見された男の死体。三つの殺人の陰に建設業界の暗闘が……。

松本清張著
松本清張傑作選 戦い続けた男の素顔 ―宮部みゆきオリジナルセレクション―
「人間・松本清張」の素顔が垣間見える12編を、宮部みゆきが厳選！　清張さんの〝私小説〟は、ひと味もふた味も違います――。

松本清張著
小説日本芸譚
千利休、運慶、光悦――。日本美術史に燦然と輝く芸術家十人が煩悩に翻弄される姿――人間の業の深さを描く異色の歴史短編集。

松本清張著
黒の様式
思春期の息子を持つ母親が、その手に負えない行状から、二十数年前の姉の自殺の真相にたどりつく「歯止め」など、傑作中編小説三編。

乃南アサ著
女刑事音道貴子 凍える牙
直木賞受賞

凶悪な獣の牙――。警視庁機動捜査隊員・音道貴子が連続殺人事件に挑む。女性刑事の孤独な闘いが圧倒的共感を集めた超ベストセラー。

乃南アサ著
女刑事音道貴子 鎖（上・下）
占い師夫婦殺害の裏に潜む現金奪取の巧妙な罠。その捜査中に音道貴子刑事が突然、犯人らに拉致された！　傑作『凍える牙』の続編。

高村 薫 著
リヴィエラを撃て（上・下）
日本推理作家協会賞／日本冒険小説協会大賞受賞

元IRAの青年はなぜ東京で殺されたのか？白髪の東洋人スパイ《リヴィエラ》とは何者か？ 日本が生んだ国際諜報小説の最高傑作。

高村 薫 著
黄金を抱いて翔べ

大阪の街に生きる男達が企んだ、大胆不敵な金塊強奪計画。銀行本店の鉄壁の防御システムは突破可能か？ 絶賛を浴びたデビュー作。

西村京太郎著
黙示録殺人事件

狂信的集団の青年たちが次々と予告自殺をする。集団の指導者は何を企んでいるのか？十津川警部が〝現代の狂気〟に挑む推理長編。

帚木蓬生著
逃亡（上・下）
柴田錬三郎賞受賞

戦争中は憲兵として国に尽くし、敗戦後は戦犯として国に追われる。彼の戦争は終わっていなかった――。「国家と個人」を問う意欲作。

帚木蓬生著
閉鎖病棟
山本周五郎賞受賞

精神科病棟で発生した殺人事件。隠されたその動機とは。優しさに溢れた感動の結末――。現役精神科医が描く、病院内部の人間模様。

帚木蓬生著
風花病棟

乳癌と闘う泣き虫先生、父の死に対峙する勤務医、惜しまれつつも閉院を決めた老ドクター。『閉鎖病棟』著者が描く十人の良医たち。

佐《さ》渡《ど》流《る》人《にん》行《こう》 傑作短編集（四）

新潮文庫　ま-1-5

昭和四十年九月六日　発行
平成十六年二月二十日　四十二刷改版
令和六年八月五日　五十四刷

著者　松《まつ》本《もと》清《せい》張《ちょう》

発行者　佐藤隆信
発行所　株式会社 新潮社
郵便番号　一六二—八七一一
東京都新宿区矢来町七一
電話　編集部(〇三)三二六六—五四四〇
　　　読者係(〇三)三二六六—五一一一
https://www.shinchosha.co.jp

価格はカバーに表示してあります。

乱丁・落丁本は、ご面倒ですが小社読者係宛ご送付ください。送料小社負担にてお取替えいたします。

印刷・東洋印刷株式会社　製本・株式会社大進堂

ISBN978-4-10-110905-3　C0193